SZKARŁATNY PORTRET

Jody Shields

SZKARŁATNY PORTRET

Z angielskiego przełożyła
Maciejka Mazan

Świat Książki

Tytuł oryginału
THE CRIMSON PORTRAIT

Redaktor prowadzący
Ewa Niepokólczycka

Redakcja
Hanna Bielska

Redakcja techniczna
Małgorzata Juźwik

Korekta
Elżbieta Jaroszuk

Świat Książki
Warszawa 2008
Bertelsmann Media sp. z o.o.
ul. Rosoła 10, 02-786 Warszawa

Skład i łamanie
Joanna Duchnowska

Druk i oprawa
GGP Media GmbH, Pössneck

ISBN 978-83-247-0880-2
Nr 6171

Dla Jane Wildgoose

Oko jest zdrajcą serca

Thomas Wyatt (1503–1542)

ROZDZIAŁ PIERWSZY

Naprzeciwko niej siedział mężczyzna w mundurze. Było upalne popołudnie i wpadające do salonu słońce zmieniło metalową klamrę jego pasa w oślepiająco jasny kwadrat, a złote guziki kurtki w monety. Miękką szyję otaczał sztywny kołnierzyk. Mężczyzna miał rozlane rysy osoby nieprzywykłej do wydawania rozkazów. Odgadywała, że przed powołaniem do wojska zajmował mało ważne stanowisko.

– Udostępnienie domu tym ludziom będzie wymagać wielkich zmian.

– Tak, to będzie dziwne – zdobyła się na uśmiech.

– Czy myślała pani o zmianie miejsca zamieszkania na czas wojny? Wyjeździe do rodziny?

– Nie mam krewnych. Mój zmarły mąż poczynił przed pójściem do wojska przygotowania, by urządzić tu szpital. Poparłam tę decyzję. Nigdy nie przyszło mi do głowy, by stąd wyjechać. Pozostanie jest moim obowiązkiem.

– Przekona się pani, że pacjenci są spokojni.

– Nie wątpię. – Jej sukienka była cienka, zwiewna; tylko ciemny kolor powodował złudzenie ciężaru. Pochyliła się.

– Proszę mi powiedzieć, czy to pan wydał rozkaz, by wynieść lustra z domu?

– Nie. To polecenie głównego chirurga, doktora McCleary'ego. Lepiej usunąć co cenniejsze rzeczy, zanim przybędą pacjenci.

– Tak. Już dość było zniszczeń.

Major rozłożył dłonie w przepraszającym geście.

– Zostawimy na miejscu, co się da. Kinkiety. Niektóre zasłony. Nawiasem mówiąc, pani żyrandole są olśniewające.

Jednocześnie podnieśli wzrok. Niezapalony żyrandol był ogromny; jego kryształki powlekała cienka powłoka kurzu, jakby przez pokój przetoczyła się fala brudnej wody. Za życia jej męża żyrandolami zajmowało się dwóch służących; raz w miesiącu powoli opuszczali na linach migotliwe kryształowe korony i odkurzali je miotełkami z piór.

Major poruszył ustami, ale młoda kobieta nie usłyszała, jakby jego głos dochodził z oddali. Przyszedł, by rzucić na dom zaklęcie. Zaklęcie gwałtowne, żołnierską misję szerzenia zniszczeń. Wyobraziła sobie przemieszczające się przez te pokoje cienie mężczyzn, rzutkie, czarne, gigantyczne. Za nimi przyjdą inne i razem wypędzą ciszę z biblioteki, okradną jadalnię z urody, zmącą chłód studni i jezior. Był rok 1915, pierwsza wojenna wiosna, jej dom przekształcał się w szpital wojskowy.

Wyczuła, że major zadał pytanie i oczekuje na odpowiedź. Tak. Skinęła głową. Tak. Tak.

Delikatnie odkaszlnął, by przerwać milczenie.

– Pogoda. Niezwykła jak na tę porę roku.

– Właśnie, w pokojach może zapanować duchota, kiedy wypełnią się żołnierzami. Nie zostały zaprojektowane z myślą o takiej sytuacji. – Wstała, zmuszając go do pójścia w jej ślady. – Przyślę kogoś, by pana odprowadził do drzwi.

– Trafię. Dziękuję pani.

Z okna biblioteki przyglądała się przysadzistej postaci w brązowym mundurze, idącej podjazdem bez przyglądania się krajobrazowi czy domowi. Zrozumiała, że nie musiał tego robić, ponieważ wszystko to już znajdowało się w jego posiadaniu. Dwór został podbity. Czy miał przy sobie broń? Czy dostrzegła zakrzywioną kolbę pistoletu? Szpadę?

Otworzyła drzwi gotowalni. Na ścianie wisiało niewielkie lustro; kiedy je poprawiała na ścianie, odbita w nim ręka wyglądała jak odcięta. Napisała na zakurzonej tafli swój inicjał, C jak Catherine. Bez nazwiska. Była wdową. Usunęła się w bok i jej odbicie gładko wyśliznęło się z lustra, jakby przeszła przez wodę. Pozbawione zapachu i substancji zjawisko.

Lustra są jeziorami w krajobrazie tego domu, pomyślała. Były jakoś ze sobą połączone, jak zawsze bywa ze szkłem i wodą. Ogromne zwierciadło w sali balowej, trójskrzydłe lustro w samym sercu domu, było niczym wielki staw, inne lustra magicznym sposobem wlewały się do niego – dopływy srebra.

Kiedy zdejmą ostatnie, będzie to oznaczać punkt zwrotny w historii domu – zaciemnienie miejsc, które dotąd obmywało światło.

W oficjalnych dokumentach wojskowych znajdowała się lista pokojów, jakie zostaną zarekwirowane na potrzeby rannych i szpitalnego personelu. Wszystkie znajdujące się w nich przedmioty o lustrzanych właściwościach miały zostać zmagazynowane.

Wojsko zabierze lustra; może także zegary, stojące i ścienne, innych świadków i strażników czasu. Zegary słoneczne. Kalendarze. Wszyscy zwracają uwagę na czas. Jak wolno przemija. Ile jeszcze go upłynie, zanim skończy się wojna. Nazwiska poległych przewijały się przez łamy „Timesa" jak niekończąca się szara wstążka, zapełniały strona za stroną drobnym drukiem. Jak można z tym walczyć wiarą?

Catherine, a za nią stary główny ogrodnik i dwóch milczących pomocników, ruszyła szybkim krokiem przez długą galerię do różowego salonu, zatrzymując się przed lustrem w ramie z chińskiej laki. Ich sylwetki, odbite przez nachyloną powierzchnię pod niepochlebnym kątem, wyglądały pokracznie: wydłużone twarze, jej surowa żałobna suknia i ich grube robocze ubrania, niezgrabnie opinające zniekształcone ciała.

– Najpierw zdejmijcie to lustro. – Catherine z wysiłkiem tłumiła gorzkie uczucie straty w obawie, że lustro zanadto podkreśli wyraz jej twarzy.

– Jak pani rozkaże.

Lustra w sąsiednim pokoju były jeszcze bardziej sędziwe, w spękanych złoconych ramach, z tyłu pokryte czarnymi, podobnymi do liszajów naroślami – śladem jadowitego oddechu czasu. Na rogach ram wisiały malutkie złote dzwoneczki, które się nie odezwały, jakby w delikatnym proteście przeciwko zdjęciu ze ściany.

– Wynieście z pokoju wszystko, co błyszczy lub odbija obrazy. Zegar, srebrną salaterkę i wazony z kominka. – A po chwili dodała: – Nie. Salaterkę zostawcie. Niech sczernieje. Ale to także zabierzcie. – Wskazała lustro osadzone w drzwiach kredensu i wyszła.

Trzej służący ogołocili kominek, opróżnili komodę, sekretarzyk i biurko. W szufladzie biurka, wyścielonej wytartą zieloną skórą, znaleziono nóż do listów, ramkę i srebrny kompas. Starszy chłopiec owinął je we flanelową szmatkę i włożył do pudła. Wziął przycisk do papieru, gładką kopułę z kolorowego szkła, apetyczną jak cukierek. Ogrodnik nie był przyzwyczajony do pracy w domu i zbyt donośnym głosem rozkazał chłopcu odłożyć przedmiot i iść po drabinę.

Ten pobiegł po nagiej drewnianej posadzce; od jego kroków zatrząsł się żyrandol, którego rozedrgane kryształki rzuciły na ściany i sufit ukośne wzory, zmieniając pokój w ogromny kalejdoskop.

Chłopiec powrócił z drabiną i oparł ją chwiejnie o ścianę. Mniejsze lustra powoli zdejmowano ze ścian, odnoszono je następnie po kolei na strych, gdzie kładziono rzędami na podłodze.

Ogrodnik czekał, zerkając nerwowo na ogromne centralne lustro w różowym salonie. Gdy służący wrócili, kazał im przyglądać się zwierciadłu przez całe trzy minuty, by się zapoznali z jego ciężarem i kruchością.

Lustro miało ponad dwa metry długości; zakołysało się i zamigotało w ich dłoniach, jakby zdjęcie ze ściany go odczarowało i tafla lada chwila mogła nagle utracić swoją fizyczną solidność i wypłynąć z ram. Służący szeptali do siebie, jakby rzucali zaklęcia przeciwko upuszczeniu ciężaru.

Lustro, owinięte kocami, w pozycji horyzontalnej zaniesiono na strych. Służący – ostrożnie, jakby nieśli trumnę – manewrowali nim w ogromnym domu, idąc po głównych, a potem węższych schodach. W kontakcie z pocącymi się dłońmi spowijający lustro koc zaczął wydawać mocny zapach szorstkiej wełny.

Dotarli na strych i nie odstawiając nieporęcznego ciężaru, jeden z nich kopnął w drzwi. Otworzyły się z rozmachem, a oni zatrzymali się, oszołomieni blaskiem luster, zaścielających całą podłogę. Weszli do środka; rozpalony snop słonecznego światła wlewał się przez okno, tak bardzo potęgując lśnienie, że podłoga wyglądała jak zalana srebrną wodą. Przyglądali się jej ze zdumieniem, jak badacze, którzy napotkali dziwne, niespodziewane morze.

W początkach osiemnastego wieku właściciel posiadłości przemierzył swoje ziemie i rozkazał zbudować w najbardziej malowniczych miejscach wiele małych, ozdobnych pawilonów, altan i grot. Niektóre z tych budowli, najwyraźniej zaprojektowanych jako tymczasowe, były nietrwałe niczym teatralne dekoracje; zbudowano je z porowatego kamienia, gipsu, wapienia i starych cegieł, przeniesionych z ruin na terenach posiadłości. Ściany i sufity były zdobne w lśniące stalaktyty, kryształowe twory, bryły stopionego szkła lub proste wzory ze skamielin, muszelek, kamyczków. W jednej, jeszcze niezniszczonej podłodze, widniały mozolnie winkrustowane kości nogi wołu.

Budowli tych nikt od dawna nie chronił przed zębem czasu, wpływem pogody, celnymi kamieniami wandali. Odkąd ogrodnicy zaciągnęli się do wojska, od dwóch sezonów nikt się nimi nie zajmował. Kamienne ściany i szkło pękały, strumienie zmącił szlam. Chińska świątynia chyliła się ku upadkowi; ekstrawaganckie złocenia rzeźbionej ryby na szczycie dachu złuszczyły się, pozostawiając tylko gdzieniegdzie zmatowiałe łuski. Malowanym postaciom na ścianach wnętrz, niegdyś noszącym pyszne orientalne szaty, ostały się ledwie strzępki koloru. Świątynia poświęcona nieznanej nimfie utraciła podmurówkę z imitacji kamienia, pseudogotycka wieża zaś miała pęknięty gzyms.

Jedną z mniejszych budowli oplątały sieci winorośli, ściany innej do połowy zatopiło jezioro. Całe budynki i posągi były przetykane włóknami trawy i chwastów, zapomniane. Ostatnio Catherine z zaskoczeniem usłyszała nagły bulgot wody, dobiegający jakby spod jej stóp; stała na ukrytym kanale w pobliżu winnicy.

Kuchenny wskazał Catherine lodownię, kopułę z piaskowca na ceglanym loszku w kształcie leja, głębokim na niemal siedem metrów. Jego ojciec urodził się na terenie posiadłości i przekazał mu opowieści o czasach, kiedy w loszku tym przechowywano lód, obłożony solą i słomą, by nie stopniał w czasie letnich miesięcy. Teraz lodownia stała pusta, pełna jedynie ech, a chwiejne stopnie, prowadzące w jej głąb, były tak strome, że ci nieliczni, którzy zaryzykowali zejście, nieodmiennie dostawali zawrotów głowy.

Parę miesięcy po śmierci męża Catherine spotkała się z przyjaciółką w hotelu Carlton i oznajmiła, że zamierza wyburzyć wszystkie ozdobne budowle na terenie posiadłości.

– Nie mają żadnego zastosowania. Nie ulega wątpliwości, że od wybuchu wojny po prostu nie znoszę ruin. Chcę zatrzymać tylko to, co jest tego warte.

– Ach, daj spokój. Przecież nie potrzebujesz ziemi – powiedziała przyjaciółka, znudzona rozmową.

Ale Catherine była uparta.

– Chcę je zburzyć, a budulec wykorzystać do czegoś innego. – Pragnęła wszystko to zmieść z powierzchni ziemi. Czekała na płaski zimowy krajobraz, na zakrywający wszystko śnieg, by nie musieć decydować. Podejmowanie decyzji ją nużyło.

Nabrała zwyczaju nasłuchiwania, przekonana, że słyszy odgłosy burzenia, kruszenia cegieł i kamieni niszczonych ozdobnych budyneczków, spod których po raz pierwszy od stu czterdziestu dziewięciu lat ukazywała się naga ziemia.

Słysząc trzask – suchy, jakby pękła porcelana – Catherine podniosła głowę znad pisanego listu. Z zaciekawieniem odłożyła wieczne pióro i wyszła z domu. Minęła jezioro, wyobrażając sobie lustra, zdejmowane ze ścian domu za jej plecami, ich jasne, kanciaste odbicia, przepływające przez pokoje, bez śladu przesuwające się po draperiach i powierzchniach obrazów, niezmieniające niczego swoim zimnym, obojętnym blaskiem.

Wejście do groty, okrągły otwór wśród kamieni, było zarośnięte tatarakiem. Gdy znalazła się wewnątrz, jej oczy z wolna przyzwyczaiły się do mdłego światła, wpadającego przez świetlik w sklepieniu, i stopniowo mrok się rozproszył, ukazując misterne wzory na ścianach – tysiące tysięcy muszelek, subtelnie lśniących jak obrany ze skórki owoc, kruchych jak porcelana. Catherine zrobiła krok naprzód; pod jej podeszwą odklejone muszelki zmieniły się w pył.

*

– Zamierzam dołączyć do mojego regimentu za dwa tygodnie – powiedział mąż Catherine w różowym salonie. Pamiętała, że w chwili, gdy się odezwał, do pokoju weszła pokojówka ze srebrną tacą, która odbiła się w jej oczach jasnym zygzakiem. Teraz wiedziała, że to była zapowiedź tej kuli lub błysku eksplozji na polu bitwy, która odebrała życie Charlesowi i przekreśliła ich przyszłość.

Charles zginął, a ona została sama w tym wielkim domu, otoczona konstelacjami przedmiotów gromadzonych przez jego rodzinę z pokolenia na pokolenie. Ona także urodziła się w domu wypełnionym cennymi rzeczami i miała świadomość, że są niezmiennie obecne, jak laska, która zawsze znajduje się w zasięgu ręki. Kiedy wyszła za Charlesa, zamieniła jedną kolekcję przedmiotów na inną. Drewno. Kamień. Żelazo. Glina. Złoto.

Przedmioty Charlesa znajdowały się, nietknięte, w jego ubieralni, sąsiadującej z główną sypialnią; jedynie dwa otwarte kufry zdradzały jego nieobecność. Niemal rok temu te kufry spakowano według listy, którą przysłał z frontu: nadmuchiwana poduszka, kompas z fosforyzującymi wskazówkami, batony czekoladowe, drelichowe spodnie od Sandona, tabaka, puszki z pasztetem, szaliki, rękawiczki, wełniany koc i *Oksfordzka księga poezji angielskiej*. W kąciki kufra upchnięto chusteczki skropione perfumami Catherine.

Catherine wyobrażała sobie, jak jej mąż otwiera w namiocie kufer i znajomy zapach cytryny, irysów i bergamotki unosi się niczym dżin, a dzieląca ich przestrzeń przestaje istnieć. Wiadomość o śmierci Charlesa na polu bitwy dotarła przed wysłaniem kufrów.

W najwcześniejszym etapie żałoby Catherine była owładnięta żądzą niszczenia. Krążyła wściekle po pokojach, szukając zaśniedziałego metalu, przegniłego drewna, spękanego gipsu. Głębokie barwy tapicerki, zasłon i dywanów płowiały jakby w przyspieszonym tempie. Śmierć Charlesa ukazała prawdę o nietrwałości tego domu.

Było w nim wiele pięknych przedmiotów, ale ona chciała zachować te, których dotykał Charles. Oprawną w szagryn szkatułkę na przybory do pisania. Pióro, przycisk do papieru, srebrne bibeloty z biurka. Znaleziony w kufrze kawał wygładzonego przez morze szkła. Parasol z mahoniową rączką, którą ściskały jego palce. Szczęk filiżanki o spodeczek, kiedy ją odstawiał. Przestrzeń, którą pokonywał jego wzrok ku zegarowi. Ta pełna napięcia chwila, kiedy czekała na pieszczotę jego dłoni.

Ubrania Charlesa w garderobie zachowały kształt jego ciała – po dwunastu przymiarkach u wymagającego krawca z Poole & Co na Savile Row, by klapy odstawały na obojczykach, poduszki podkreślały piękny kształt ramion, kieszenie znajdowały się dokładnie tam, gdzie powinny.

Znalazła skrzynkę z drewna kamforowego, pełną jego rękawiczek, i naciągnęła jedną na dłoń pewna, że miękka skóra w środku zachowała odcisk jego palców, linii na dłoni, gruby poziomy pas obrączki.

Znała jego skórę w najdrobniejszych szczegółach. Raz, po kłótni, Charles delikatnie położył dłoń na jej obnażonym karku – a jego dotknięcie było znajome jak dotyk kamienia. Pewnego razu tuż po ślubie otworzyła oczy i zobaczyła, że Charles przygląda się jej twarzy. Wstała, przyłożyła dłoń do zamarzniętej szyby – na zewnątrz kłębiły się tumany śniegu – a potem położyła zimną dłoń na jego policzku. Ten gest go rozbawił, ale w ten sposób odcisnęła swoje piętno. Należał do niej.

Teraz usiłowała przywołać tamtą chwilę, wydłużyć ją, połączyć ze słowami, z rozmową. Co do siebie mówili? Jaką miał minę, kiedy ich oczy się spotkały? Tego jej wspomnienia nie obejmowały. Rozpraszały się, ulotne jak smak lub zapach, nie zostawiające śladów jak fala. A ona chciała, żeby znowu ją zaskoczył.

Tęskniła za obrazem swojego męża. Codziennie wybierała inny pokój w domu i zmuszała pamięć, by umieściła w nim Charlesa, odebrała go – po odrobinie – przeszłości. Ale te mgnienia dawały się przywoływać tylko pośrednio. Kiedy przyglądała się krzesłu w bibliotece, on pojawiał się przy kominku. Jeśli jej oczy śledziły wzór na dywanie, wyobrażała sobie, że Charles stoi przy oknie. Nie mógł jej uciec, ale nie potrafiła zmusić go do ruchu, przejścia przez pokój, wyjścia z niego. Zawsze był statyczny. Dlaczego? Wierzyła, że wspomnienia są niezmienne, tak jak ogień zawsze jest gorący.

Czy nie miała prawa do tego jednego życzenia – żeby zobaczyć jego cień, płaski, bez znaczenia. Sylwetka mężczyzny stojącego pod słońce, pozbawiona oddechu, koloru, wymiaru. Jak śmierć, wypełniająca ciało. Przeszukiwała wspomnienia twarzy Charlesa, ale znajdowała tylko szczegóły – profil, wargi, zmarszczki przy ustach, znajoma długa blizna na dłoni – jakby oglądała portret pod różnymi kątami. Może te fragmentaryczne obrazy mają jakiś związek z jego straszliwie rozdartym ciałem?

Roztrwoniła czas, który jej dano, by mu się przyglądać. Teraz chętnie zamieniłaby godziny, które spędziła przed lustrem, własną kronikę próżności, na jedno, jedyne spojrzenie na niego. Jej myśli krążyły żałośnie w kółko. Gdybym tylko... szkoda, że nie... gdybyś nie... chociaż jesteś... Gdyby tylko była bardziej spostrzegawcza.

Dwa miesiące po doniesieniu o śmierci Charlesa otrzymała jego fotografię. Stał z paroma innymi żołnierzami przed barykadą z worków piasku. Zdjęcie było źle wywołane, a może światło na polu bitwy tak zmieniło mężczyzn, bo ich oczy stały się bladymi kręgami, a twarze były ściągnięte i upiorne, nieuchwytne dla czułości kliszy. A może fotograf uchwycił rozpoczęty już proces rozpływania się, umierania.

Metamorfozy. Fakt, że Charles nie wrócił z wojny, miał w sobie coś magicznego. Śmierć wyraziła się w postaci koperty, listu, słów. Nie zwłok.

Catherine utraciła łaskę snu. Czuwanie – przekleństwo wdowy. W ciemnościach zatraciła kontury, nosiła w sobie plamę, opar, który zaczął ją roztapiać od środka. Tylko Charles był kotwicą, niepozwalającą jej ulecieć.

Ojciec zabronił Catherine korzystać z biblioteki, choć nikt nie czytał znajdujących się w niej książek, chaotycznie rozmieszczonych, odziedziczonych po jego ojcu. Kiedy miała zaledwie szesnaście lat i wyrosła już z lekcji z guwernantką, ojciec uparł się, żeby ta starsza pani pozostała w ich domu. W ten sposób chciał zniechęcić Catherine do pójścia na uczelnię, Newnham lub Somerville, na których niektóre rodziny z towarzystwa pozwalały studiować swoim córkom. Zatem guwernantka została – wrogie, przykre przypomnienie zbyt skromnego wykształcenia. Catherine została wprowadzona do towarzystwa. Była za młoda, by żałować straty.

W sezonie, w którym została przedstawiona na dworze, nosiła suknie od Lucille i Redferna, diadem i wysadzane brylancikami klamry u bucików. Cieszyła się zalotami kilku kawalerów, domysłami, szeptanymi zwierzeniami, starannie kaligrafowanymi, a nieortograficznymi zapiskami w dzienniku oprawnym w fiołkowy jedwab – później spalonym.

Na pożegnanie lata Chetwode'owie wydali ostatniego dnia sierpnia bal w Market Drayton. Maudie Chetwode była najbliższą przyjaciółką Catherine. Tańce skończyły się o wschodzie słońca, kiedy Catherine i Maudie psotnie rzuciły z balkonu w gości girlandami zwiędłych kwiatów i uciekły z domu ze śmiechem. Pobiegły na pusty kort tenisowy. Bez jednego słowa wzięły rakiety i rozegrały brawurowy mecz w furkocie przejrzystych jak mgiełka sukien balowych.

Wiele lat później Charles wyznał, że obserwował z ukrycia grę obu pań i w tej samej chwili postanowił, że poślubi Catherine. Nagle pojawił się na korcie tajemniczy człowiek w surducie, niosący w dłoni zgubioną śnieżnobiałą piłkę, jakby kusił Catherine zakazanym owocem.

Uwodził Catherine, wysyłając jej codziennie pół tuzina telegramów i naręcza białych lilii. Stali się popularnym małżeństwem; rzadko pojawiali się osobno, wszędzie ich zapraszano. Były bale z okazji polowań, herbatki, karty, przyjęcia z zagadkami, weekendowe zabawy w Lansdowne, Bridgewater i Londonderry House. Catherine całkowicie oddała Charlesowi decydowanie w sprawie ich życia towarzyskiego. Pod koniec drugiego roku ich małżeństwa żadne z nich nie miało już żyjących krewnych.

Co powiedział Charles przed wielu laty tego pierwszego dnia września na korcie? Jak brzmiało pierwsze zdanie, jakie do niej napisał? Ile wysłał telegramów?

W pierwszym miesiącu wojny mąż Maudie został śmiertelnie ranny, a Catherine nie potrafiła pocieszyć przyjaciółki. Oddaliła się od niej; Charles wypełnił miejsce, które kiedyś zajmowała Maudie. Teraz Catherine gorzko żałowała tej straty.

Dziadek Catherine umarł, kiedy była dzieckiem, i choć zabrano ją na pogrzeb, nic z niego nie pamiętała. Przypominała sobie tylko, że parę miesięcy później przyglądała się babci w żałobie, ścinającej róże w przydomowym ogrodzie.

– Głos twojego dziadka mnie opuścił – powiedziała babcia. – Rozkazuję mu wrócić, ale go nie pamiętam. Nikt już nigdy nie wypowie mojego imienia tak jak on.

Zobaczyła przerażenie na buzi Catherine i szybko dodała, że to nic ważnego. Potem odwróciła wzrok, krucha staruszka. Zapomniała o trzymanym sekatorze, a srebrne strzały łez śmignęły w trawę u jej stóp.

*

Dwaj stajenni wynieśli z biblioteki krzesła, stoły i biurko, uwolnili dywan od przyszpilających go do podłogi szpiczastych nóg. Posługujący chłopcy opróżnili półki, owijając książki byle jak w prześcieradła, gazety, worki i płótna znalezione w składziku. Choć pracowali bardzo powoli, Catherine nie poganiała ich, lecz przyglądała się im od drzwi. Nie spieszyła się z wypełnianiem rozkazów majora.

Stała przy oknie, kiedy chłopcy załadowali książki do taczek i zawieźli je do stajni; przy każdym wykrocie sterta groziła rozsypaniem. Po południu chłopcy stracili czujność i książki spadły z taczek; okładki się rozpostarły, kartki rozleciały. Młodszy stajenny zerknął, sprawdzając, czy Catherine to widzi. Zasunęła zasłony; nie mogła się zmusić do wygłoszenia reprymendy.

Później z zamkniętymi oczami stanęła w bibliotece, wyobrażając sobie, że nic się nie zmieniło, bo woń książek – starego papieru i skóry – nadal się tu unosiła, tak jak zapach miodu jest nierozdzielny z plastrem. Zatrzepotała powiekami. Światło wpadające przez wysokie okna kładło się ukośnie na rzędach pustych półek, zmieniając pokój w ogromny ul. Ogarnęło ją przelotne poczucie spokoju.

W tygodniach, które upłynęły, odkąd Catherine oznajmiła, że niedługo przybędą lekarze i służba szpitalna, służący podjęli cichy bunt. Catherine zauważyła, że zaniedbują swoje obowiązki. Nikt nie nakręcał zegarów. Nie czyszczono sreber, nie zapalano lamp. Niezmienne obyczaje, fundament domu, zostały zdruzgotane. Pewnego ranka Catherine spotkała na korytarzu najmłodszą pokojówkę i zauważyła, że ma przekrzywiony czepeczek. Dziewczyna śmiało wytrzymała jej surowe spojrzenie. Minęły się bez słowa. Catherine dopiero po paru krokach przyznała przed samą sobą, że dziewczyna zachowała się bezczelnie.

Służba stała się mniej liczna, gdyż stangret, kamerdyner,

lokaje, stajenni, pracownicy do cięższych robót, posłańcy, pomocnicy zarządcy i młodsi służący zaciągnęli się do miejscowego batalionu. Wszyscy sprawni mężczyźni. Choć Catherine ledwie pamiętała ich imiona, w pokoju muzycznym uroczyście wręczyła każdemu zegarek i uścisnęła im dłonie. Z Bogiem.

Większość pokojówek zaczęła pracować w fabryce amunicji, gdzie pensje były wyższe, a ich zaczerwienione dłonie z wolna nabierały żółtego odcienia od toksycznego trotylu.

Cztery, które pozostały, ułożyły porcelanę w drewnianych beczułkach wymoszczonych słomą i spakowały do pudeł i kufrów mniejsze przedmioty z biurek, szafek i kredensów. W pożegnalnym podarku otrzymały nowe fildekosowe pończochy i jeden z kapeluszy Catherine z zeszłego sezonu.

Tylko najmłodszy służący i najstarszy ogrodnik pozostali, by strzec Catherine i majątku.

Pewnego pięknego popołudnia do domu weszli obcy w mundurach. Chodzili po korytarzach, oglądali obrazy, komentowali widok z okien. Przy spotkaniach z nimi Catherine kiwała głową ze zdziwieniem, jakby się nie spodziewała, że w domu przybyło mieszkańców. Uciekała do swojego apartamentu na drugim piętrze.

Ponieważ kamerdyner i główny lokaj poszli na wojnę, ogrodnik przejął obowiązki majordomusa i Catherine poprosiła go, żeby podał nazwiska przybyszy. Odpowiedział z urazą, że nie przedstawili się jak należy. W zniszczonej marynarce, z sękatą dłonią na klamce drzwi, okazał się bezradny wobec tych wyszkolonych intruzów. Mężczyźni w mundurach nazwali go kpiąco „pasterzem" i odtrącili.

Przed domem panowała atmosfera gorączkowych przygotowań. Drogą dojazdową do tylnego wejścia sunął sznur wozów, przyczep, samochodów, motocykli i nie wiadomo jakich jeszcze nieznanych pojazdów. Ich koła natychmiast rozorały trawnik. Na korytarzu kuchennym, nie pytając nikogo o zgodę, ustawiono ogromne skrzynie i pudła. Piwnicę wypełniono zapasami. Do zewnętrznych murów i słupów przytwierdzono tablice z nazwami nowych punktów: pogotowie, magazyn odzieżowy, pokój sanitariuszy, magazyn żywności, recepcja. Większa tablica – „Szpital wojskowy" – zawisła nad czarną bramą z kutego żelaza, broniącą dostępu na teren posiadłości.

Catherine zwróciła uwagę na dystyngowanego starszego mężczyznę, który spokojnie i niezmordowanie kierował tą kampanią. Jego nazwisko – doktor McCleary – wykrzykiwano od rana do zmroku, ale sam doktor rzadko podnosił głos. Najwyraźniej miał mało szacunku dla wojskowych obyczajów, ponieważ na lekarski fartuch zarzucił niedbale tweedową marynarkę.

Mijały przykre godziny, pochwycone i ginące w pajęczej sieci pęknięć na tarczy zegara. Catherine pochmurnie przyglądała się, jak robotnicy wnoszą skrzynie, chodzą po żwirowanym podjeździe, palą, rozmawiają – zupełnie powszednie zachowania, które kiedyś ją otaczały, a z których nagle ją wykluczono. Wszystko toczyło się wbrew jej woli.

Każdego ranka coraz trudniej było jej wstać z łóżka, usiąść w fotelu. Każdy kęs pożywienia był bez smaku, jak papier. Z gorzką satysfakcją odkryła inną przyjemność. Rzędy zdjęć na komódce, złocony zegar i porcelanowe figurynki na kominku, spoczywający na stojaku kapelusz z piórami stanowiły liche pamiątki jej miejsca w świecie.

W odrętwieniu podniosła ubrania w kolejności, w jakiej je rzuciła poprzedniego wieczoru. Ubrała się z wysiłkiem – malutkie perłowe guziczki bluzki stawiały opór, marynarka i bryczesy wydawały się toporne, sztywne. Zwinne dłonie pokojówki zawsze zapinały te haftki, zaciągały sznurówki ubrania, podnosiły porzucone na podłogę suknie – zwiędłe kręgi jedwabiu.

Catherine opróżniła szkatułkę z biżuterią. Otoczyła szyję naszyjnikami i perłami, ukryła je pod wysokim kołnierzykiem. Pod klapami wpięła platynowe i złote szpilki, kieszenie obciążyły brosze od Cartiera i spinka w kształcie motyla. Na każdym palcu pierścionek. Jeśli będzie musiała uciekać, ta cenna biżuteria będzie bezpieczna. Włożyła marynarkę zmarłego – na szczęście. Należała do jej męża.

Stała się w tym domu potajemnym wędrowcem. W nocy po cichu zeszła jedną z trzech klatek schodowych dla służby, pewna, że nikogo nie spotka, gdyż schody były zbyt wąskie i kręte dla służby szpitalnej. Przypominała sobie zdradzieckie labirynty dźwięku, skrzypiące deski schodów, nierówne posadzki, omijała przestrzenie, z których dobiegał szmer głosów, zalegał papierosowy dym.

Polegając wyłącznie na pamięci, szybko przemykała przez pokoje. Przedmioty i meble przestawiono, bez względu na ich wartość i przydatność. Piękna niska szafka z indyjskiego drewna została wstawiona do magazynu opatrunków i zasłana ligniną. Sekretarzyk z biblioteki zgubił przykrywę i obecnie zawierał przezroczyste słoje ze sterylną watą. We wschodnim skrzydle na kominku stała masywna kryształowa czara z kwiatami, które jakaś pielęgniarka po kryjomu zerwała w oranżerii. W pokoju opatrunkowym na piętrze cenny portret wrzucono za kanapę.

Na korytarzach stanęły rzędy metalowych szafek ze szklanymi drzwiczkami, a przed jadalnią i salą balową urządzono pokoje pielęgniarek. Ekrany z białego płótna ukryły misterne stiuki na ścianach, malowidła *grisailles* i bogate rzeźbienia. Fortepian pozostał w niebieskim salonie; jego sylweta w niezgrabnym płóciennym futerale wydawała się większa. Gramofon zaniesiono do pokoju Catherine.

Podłogi przykryto linoleum lub samodziałowymi dywanikami. Wyglądały spod nich tylko pasy lśniącego wypolerowanego drewna pod ścianami. Dywan z Aubusson wyścielał podłogę pod biurkiem nocnego portiera w westybulu, już teraz wydeptany ciężkimi buciorami. Kominek z rzeźbami Gibbonsa w ramach odkażenia pobielono wapnem.

W pokoju śniadaniowym sanitariusze przystawili drabiny do okien, zdjęli zasłony z prętów, a sztywna tkanina powoli opadła, tworząc wielkie, poszarpane górskie masywy w zawierusze kurzu. Ogołocone z zasłon pokoje stały się zwykłymi, ustawionymi na sobie pudłami – malowanymi, złoconymi, lakierowanymi – które przedzielały schody.

Do największych pomieszczeń na parterze wniesiono żelazne łóżka. To tu znudzeni, unieruchomieni pacjenci mieli się tępo wpatrywać w plafony i gipsowe girlandy na suficie, pokryte rozrastającymi się plamami rdzy z ukrytych w stiukach gwoździ.

Nocami, kiedy hałasy rozchodziły się w ciepłym powietrzu, w głębi domu rozbrzmiewało rytmiczne bicie młotków. Sączył się zapach piłowanego drewna, gryząca woń farby. Mężczyźni, którzy patrzyli w rozkładane teleskopowo przyrządy, następnie przyturlali przez pola ogromną szpulę niczym gigantyczną zabawkę i cienkimi czarnymi drutami przywiązali dom do słupów telefonicznych.

Catherine przechodziła przez pokoje niezauważona, nie dotykając żadnego z nielicznych znanych przedmiotów. Miała prawo brać je w posiadanie tylko wzrokiem. Wyobrażała sobie, że meble wraz z resztą wyposażenia wypłynęły z domu, uniesione przez wodę, strumień. Teraz liczyło się tylko to, czy złamią się, zatopią, czy też podryfują z prądem. Albo uratują komuś życie.

W oddali rozległ się hałas. Catherine odwróciła się z fotelem do okna; reflektory pierwszego pojazdu omiotły podjazd, ukazując jego wyboistą powierzchnię i wąskie tasiemki trawy po bokach. Kilka ambulansów zatrzymało się w jaskrawym świetle flar i rozpoczęła się dziwna ceremonia; mężczyźni szybko je otoczyli, otworzyli tylne drzwi, wspięli się do środka. Nosze – każde obarczone jednym ciałem – wyniesiono tak szybko, jakby same wypłynęły z ambulansów i znikły w domu. Lżej ranni weszli po schodach o własnych siłach, miarowymi krokami, po królewsku obojętni na gorączkowe zamieszanie wokół nich.

Catherine drgnęła, wystraszona ostrym dzwonkiem. Nitka dźwięku pociągnęła ją do telefonu. Oficjalny głos mówił szybko, uspokajająco.

– Zobaczyłem światło w pani pokoju. Przywieziono pierwszych rannych z pola bitwy. Mam nadzieję, że pani nie przeszkodziliśmy.

– Nie potrzeba mnie powiadamiać. Dom należy do was.

Rzucona słuchawka głośno trzasnęła o widełki.

Catherine obudziła się w fotelu odwróconym od okna, nie pamiętając wypadków poprzedniego wieczoru. Na trawniku leżały rozrzucone przedmioty – zmięte kurtki i koszule, buty bez pary, ręczniki, papiery, szmaty, jakiś plecak – porzucony, jakby w następnym etapie podróży okazał się nieprzydatny. Kto zostawił te bezwartościowe rzeczy?

Zrobiła listę mieszkańców swojego domu:

Pielęgniarki. Białe szpiczaste czepki ze wstążkami. Ciemne peleryny. Pielęgniarki mają dwa paski na mankietach bluzek.

Ochotniczki ze służb pomocniczych. Suknie w śliwkowo-białe prążki. Wykrochmalone kołnierzyki. Białe fartuszki. Czepeczki przypięte szpilkami do głowy.

Doktorzy. Fartuchy. Gumowe rękawice.

Pacjenci. Luźne błękitne uniformy. Czerwone krawaty. Na dwór wychodzą w szlafrokach.

Oficerowie. Długie kurtki. Spodnie wpuszczone w wysokie buty. Mundury w piaskowym kolorze. Złote guziki.

Sanitariusze. Tuniki z czterema kieszeniami, pięć guzików. Czapki z plakietkami.

*

Po przybyciu rannych cechą najbardziej odróżniającą noc od dnia były dźwięki, wypływające z pomieszczeń, przenikające drzwi, okna, ściany, wezbrana fala niosąca ze sobą odgłosy kroków, szczękanie wózków, suchy brzęk instrumentów, rzucanych na metalowe tace, trzask zamykanych szuflad, szepty pielęgniarek.

Zegarowi na korytarzu piętra pozwolono pozostać na dawnym miejscu. Catherine słyszała jego dźwięczny głos, przebijający się przez nieustanny szum domu, przywołujący wspomnienia tego miejsca z czasów jej szczęśliwego małżeństwa. Włączyła światło i wzięła książkę. Wydawała się dziwnie nieporęczna, zszyte razem kartki, zdania uporządkowane w szare, niedające się odczytać bloki, jakby zamazane.

Odgadywała godziny, spoglądając za okno. Promienie wschodzącego słońca, z początku biegnące nisko nad ziemią, padły na szklarnię, odbierając jej przejrzystość szkła, zmieniając w obiekt ze srebrnej blachy. Catherine wiedziała, co będzie dalej, gdy światło wzbije się z wdziękiem w górę, rozpościerając się na dalekich polach i zmieniając strumień w białą kreskę, połączoną z kołem basenu.

Dzień był pogodny i wielu pacjentów – niektórzy w fotelach na kółkach lub na łóżkach – wyprowadzono na zewnątrz. Inni pokuśtykali o kulach do krzeseł ustawionych na trawie, gdzie pielęgniarki, widoczne z daleka dzięki ogromnym wykrochmalonym czepkom – sztywne białe skrzydła po obu stronach twarzy – śmigały między nimi. Jedna kobieta chyba niedawno wróciła z frontu, ponieważ na fartuchu miała wielki znak Czerwonego Krzyża.

Między Catherine w jej pokoju i pacjentami w dole – milczącymi mężczyznami w identycznych szlafrokach albo szpitalnych niebieskich uniformach – rozciągała się połać ciszy. Obserwowała ich godzinami, scenę tak osobliwie nierealną, że tylko ból dłoni, ściskających mocno parapet, przekonywał ją, że ta wizja nie rozgrywa się w jej wyobraźni.

Młoda pielęgniarka w ciemnej pelerynie pochyliła się, słuchając mężczyzny na wózku. Położyła mu rękę na ramieniu, odrzuciła głowę i roześmiała się z tego, co powiedział, a on odwrócił się do niej, aż promieniejąc radością z jej reakcji. Catherine spuściła wzrok, wstrząśnięta widokiem takiej bliskości. Nikt w tym domu nie znał jej na tyle, żeby sprawić jej przyjemność. I nikomu na tym nie zależało. Ale czy nie lepiej pozostawać w samotności niż łączyć się w chorobie z kimś obcym? To związek, w którym jak w żadnym brakuje równości. Ci ranni, którzy zajmowali jej dom, stanowili dowód na to, jak rozdzielane jest szczęście. Ich niefortunny los mógł się stać udziałem każdej z otaczających ich osób, każdego pomieszczenia, w którym mieszkali, przedmiotów, które dotykali. Ta posiadłość była objęta kwarantanną, była nieczysta, przeklęta, miała chronić cały świat przed tymi okaleczonymi ciałami.

Temu należało położyć kres.

Włączyła gramofon i oparła się o parapet, bo wesoła muzyka z *Mikada* otoczyła ją, rozkołysała jej rozpacz.

Zerwał się wiatr i jakby na dany znak pielęgniarki jednocześnie chwyciły się za nieporęczne czepki i ruszyły w tym samym kierunku. Długie spódnice dziko trzepotały wokół nóg. Nagle zaczęło padać i wszyscy wolno wracali do domu; mężczyźni stoicko pochylając głowy lub osłaniając twarze rękami, by chronić białe bandaże, nietrwałe jak cukier. Ranni unieruchomieni czekali cierpliwie, ociekając strumieniami deszczu, aż pielęgniarki przybiegną z naręczami koców, by osłonić ich głowy i zawieźć do pokoi. Padało przez resztę dnia, potem ciemność zmieniła przestronny trawnik w czarny kamień, rzeźbiony hieroglifem podjazdu, jasnym i zawiłym.

Po północy dokładnie pod oknem Catherine rozległy się jakieś krzyki; wychyliła się i ujrzała dwóch mężczyzn, skaczących i wirujących z rozłożonymi rękami i twarzami wystawionymi radośnie na ulewę. Światło z okna na parterze zmieniło deszcz w ruchome sznury brylantów, a mężczyźni wyglądali jak na nich zawieszeni.

Zasnęła. Nagle obudziła się gwałtownie, przekonana, że lustra na strychu wchłaniają całe światło z okolicy – maleńkie błyszczące lusterka wody na trawie, liściach, kałużach, słabe mżenie mokrego szarego żwiru na podjeździe – i skupiają je w jeden promień, znak dla nieprzyjacielskich samolotów. Bomby odnajdą cel, roztrzaskają lustra na strychu, przeszyją jej serce ostrymi odłamkami szkła, niemiłosiernymi jak sztylety.

Jej nogi pod splątaną pościelą ułożyły się w baletowe pas i skamieniały, odmówiły posłuszeństwa. Stały się obcymi przedmiotami. Ogromne, migotliwe brzemię luster przygniatało ją. Czekała przerażona, niezdolna do ruchu, nasłuchując samolotów, które z pewnością nadlecą.

ROZDZIAŁ DRUGI

Doktor McCleary uroczyście położył przykrywkę na pustym słoju do sterylizacji i ten delikatny brzęk oznajmił koniec czterdziestojednoletniej praktyki chirurgicznej. Doktor wyjechał do Bruisyard we wschodniej części hrabstwa Suffolk i osiedlił się w zrujnowanym wiejskim domu, niegdyś siedzibie zakonu klarysek. Chodził na ryby, porządkował kolekcję dzieł literatury klasycznej, rozpieszczał psy. Choć nigdy się nie ożenił, samotność emerytury mu się nie spodobała. Rok i trzy miesiące później odnalazła go wojna.

Spakował tuziny wygiętych i półkolistych igieł, imadeł, kleszczy kostnych, szczypczyków, rozwieraczy szczękowych, kleszczy dentystycznych, skalpeli, kolekcję kleszczy hemostatycznych, zestaw do tracheotomii i karborundową ostrzałkę, po czym dołączył do doktora Cole'a, ordynatora na oddziale chirurgii twarzowo-szczękowej Szpitala Króla Jerzego. Tam koledzy nazywali McCleary'ego z sympatią „starym grandem", co było aluzją do jego wieku i oficjalnego sposobu bycia.

– Proszę się nie popisywać, bo wyślą pana na front – żartował najmłodszy stażysta. – Nie poradzimy sobie bez pana, doktorze.

Był wrzesień i nikt nie wątpił, że wojna potrwa tylko parę miesięcy. Najdalej do Bożego Narodzenia.

Ponieważ w czasie pokoju obrażenia twarzy są rzadko spotykane, chirurdzy byli żałośnie nieprzygotowani do leczenia ran od bomb i szrapneli. McCleary miał również ograniczone doświadczenie na tym polu, ale posiadana wiedza wystarczyła, by uznano go za specjalistę.

Podczas konferencji medycznej, którą zorganizowano w szpitalu w tygodniu jego przybycia, nie było żadnego odczytu o przeszczepach kości żuchwy, ponieważ żaden z obecnych chirurgów nie wykonał dotąd takiej operacji. Prawdę mówiąc, większość artykułów o chirurgii twarzowo-szczękowej publikowały pisma zagraniczne.

Zgodnie z odebranym wykształceniem McCleary wspomagał się badaniem skóry przy stawianiu diagnozy. Skóra jest pełna zapadlin i wybrzuszeń, ma liczne warstwy, jamy zamknięte (ucho) i otwarte (otwory nosowe). Tworzy wgłębienia i fałdy przy zgiętym stawie; wokół tych fałd powstają mniejsze zmarszczki, wśród których można wymienić wiry i linie na opuszkach palców i dłoniach. Obejmują one niemal niewidocznym wzorem całe ciało, otulają je wzorami najdelikatniejszej sieci. Największe fałdy skórne umieszczone na zewnątrz ciała znajdują się głównie w okolicy genitaliów: penis, napletek, krocze, wargi sromowe i łechtaczka.

Jednakże McCleary nie miał pojęcia o osiągnięciach chirurgii twarzowo-szczękowej. Zaskoczyło go, jak skąpe i chaotyczne informacje znajdują się w bibliotece Królewskiej Akademii Medycznej. W historii chirurgii szczękowej istniało bardzo niewiele dowodów na systematyczny postęp, co stanowiło potwierdzenie słów Hipokratesa, że „wojna jest jedyną skuteczną szkołą chirurgii”. McCleary uświadomił sobie, że spotkał go wyjątkowy przywilej bycia świadkiem rozwoju gałęzi wiedzy, gdyż chirurdzy byli zmuszeni do szukania informacji w zapomnianych lub odrzuconych dokumentach, by pomóc rannym.

Podczas wielotygodniowych badań McCleary odkrył, że pierwsza książka dotycząca skóry – *De morbis cutaneis* – pojawiła się w 1572 roku, a do czasu wydania następnej musiało upłynąć dwieście lat. W tym okresie rozcinanie lub ranienie ciała w celu dokonania sekcji stanowiło ścisłe tabu.

Słowa opisujące skórę są liczne, niespodziewanie różnorodne. Greckie słowo „derma” jest znane, lecz stanowi zaledwie jeden z wielu subtelnych aspektów skóry, które opisywał język. Są także liczne słowa łacińskie, w tym *cutis* oznaczające skórę żywą i *pellis* dla skóry zdartej, martwej. Słowo *horror* ma wspólne pochodzenie z *horrilation*, lub też „zdjęciem” skóry.

Platon uważał skórę za „firmament ciała”, zwykłe „okrycie” organów wewnętrznych, służące jako ich osłona. Arystoteles twierdził, że skóra powstała z „wyschniętego ciała”, tak jak szumowiny na gotowanych substancjach. Ten lekceważący pogląd – skóra jako szumowina, jakby kożuch na mleku, zsiadły płyn, materia nietrwała, galaretowata osłona – obowiązywał przez wiele wieków. W osiemnastym stuleciu skórę uznano w końcu za przepuszczalną membranę, zaporę podczas wymiany płynów i powietrza ze światem zewnętrznym.

Co osobliwe, rzadko opisywano kolor skóry, ale McCleary znalazł wspaniały cytat w *Miszne Torze*, czternastotomowym dziele Mojżesza Majmonidesa z dwunastego wieku. Skóra może mieć parę odcieni bieli, na przykład „śnieg w winie” lub „krew z mlekiem”. Może być biała jak kreda lub jak

„skorupka jajka”. Hebrajskie słowa oznaczające światło i skórę są ze sobą blisko spokrewnione. Jeden z tekstów dowodził, że skóra dotknięta trądem ma trzydzieści sześć różnych odcieni; inny autor utrzymywał, że siedemdziesiąt dwa. Istnieje niewiele określeń wyglądu chorej skóry. Blizny mogą być „zaognione” lub „sine”.

Wszelkie doniesienia o operacjach twarzy brzmiały jak mityczne historie. W Indiach, mniej więcej w szóstym wieku przed naszą erą, znany hinduski chirurg Susruta napisał pierwszy traktat o chirurgii twarzy *Salya-tantra*, w którym zamieścił opis przeszczepu skóry, rozcinania mięśni, podwiązywania żył i czuwania nad snem pacjenta podczas rekonwalescencji. Dzieło to przetłumaczono na angielski w 1794 roku. Wielu pacjentów Susruty było cudzołożnikami, których karano obcięciem nosa. McCleary zachwycił się pewnym ustępem z dzieła Susruty, który przepisał do swojego dziennika: „Choroby, których medycyna nie może uleczyć, leczy nóż; których nie może uleczyć żelazo, leczy ogień, a których nie może uleczyć ogień, należy uznać za całkowicie nieuleczalne”.

W dawnych czasach wierzono, że nie można przeszczepić komuś obcej skóry, gdyż istnieje „mistyczne współodczuwanie” skóry ze swym właścicielem. McCleary mozolnie pozbierał rozproszone, spisane przed setkami lat relacje o przyszytym bogaczowi nosie niewolnika. Nos dawcy obumarł, podobnie jak dawca.

W początkach piętnastego wieku na Sycylii żył znany ród Branca, sławny ze swoich owianych tajemnicą sposobów rekonstrukcji twarzy, których nauczył się od Greków lub Arabów. Profesor z Uniwersytetu Bolońskiego, Gaspare Tagliacozzi, stał się pierwszym Europejczykiem, który zilustrował i opisał operację rekonstrukcji nosa, uszu i warg w wydanym w 1597 roku dziele *De curtorum chirurgia*. Jednakże został on oskarżony o uprawianie czarów; donieśli na niego Paré i Fallopius, najsławniejsi chirurdzy owych czasów, a Kościół zakazał korzystania z jego metod. Wiele lat po jego śmierci jakiś głos powiedział siostrom z zakonu San Giacomo, że Tagliacozzi jest potępiony i należy go ekshumować z poświęconej ziemi. Zakonnice uczyniły to. Choć trybunał inkwizycji oczyścił Tagliacozziego z zarzutów i nakazał ponowny pochówek, tajemnica jego metod zaginęła. Postęp chirurgii został zatrzymany.

W 1743 roku Henri François Le Drean odtworzył dolną powiekę czternastoletniego chłopca za pomocą skóry przeszczepionej z jego nosa. Niemal piętnaście lat później François Chopart dokonał rekonstrukcji dolnej wargi dzięki skórze z karku pacjenta. W dziewiętnastym wieku J. von Szymanowski opublikował opis pionierskich operacji tkanki miękkiej w dziele *Handbuch der operativen Chirurgie*. *La Rhinoplastic* Nélatona i Ombrédanne'a także zawierała bogactwo informacji o fałdach skórnych.

W roku 1869 Jacques-Louis Reverdin przeszczepił milimetr skóry na ranę pacjenta. Choć przeszczep się przyjął i chory wyzdrowiał, odkrycie Reverdina zlekceważono i wyśmiano. Louis Ollier i Carl Thiersch nie przelękli się jego losu i opracowali technikę pozyskiwania cieńszych płatów skóry. Przeszczep Olliera i Thierscha stanowił podstawy chirurgii plastycznej.

McCleary znajdował osobliwą pociechę w tych strzępach historii, jakby w ostatnim rozdziale swojego życia zawodowego został włączony do wzniosłego, lecz niezrozumianego i tajnego bractwa.

Kiedy przeczytał, że słowo „ciało" w sanskrycie pochodzi od przedrostka *pluta*, oznaczającego „pływanie", doznał olśnienia. Zrozumiał, że skóra nie jest materią ani płynną, ani stałą, lecz stanowi zasłonę doznań. Jest zmienna, podatna, niestabilna, jej granice są nieokreślone, nieuchwytne jak dym. Skóra jest jednocześnie płótnem i farbą na jego powierzchni.

McCleary pojął także nagle prostą prawdę; poprzez zmianę koloru skóra przekazuje coś, pozostając zupełnie nieruchoma. Układ wegetatywny. Twarz reprezentuje zarówno skórę, jak umysł.

McCleary był przydzielany do różnych szpitali, od czterdziestołóżkowego punktu przy Czerwonym Krzyżu na Brook Street po większą jednostkę na Norfolk Street 24, potem do Roehampton i majestatycznego Szpitala Głównego, który zorganizowano na miejscu dawnej ochronki. Został także przydzielony do ewakuacji żołnierzy z ranami twarzy, którzy przybyli na dworzec Waterloo – ogromny jak pieczara, w którym krzyki i gwizdki pociągów medycznych odbijały się echem.

Gdy McCleary został przydzielony do Szpitala Króla Jerzego, walki toczyły się z coraz większą intensywnością i przybywało rannych. Personel szpitalny pracował jak szalony. Nikt nie spał. Sytuacja była trudna, zmienna, dezorganizacja szokowała, gdyż szpitale powiadamiano dopiero w ostatniej chwili o liczbie przybywających rannych. Robiono to umyślnie, by utrudnić zadanie szpiegom i nie niepokoić cywili.

McCleary miał dyżur, gdy przybyła jedna z pierwszych grup żołnierzy z ranami twarzy. Widział, jak odsłaniano płócienną budę ambulansu; cienki promień latarki z wahaniem zagłębił się w mroczne wnętrze pojazdu, nieśmiało oświetlił sześciu siedzących mężczyzn o głowach zdeformowanych grubymi opatrunkami i ciałach przywiązanych do krzeseł. Siedzieli nieruchomo, jak kamienie albo rzeźby, strzegące wejścia do świętej groty. Z powodu tego zupełnego milczenia McCleary'emu wydawało się przez chwilę, że ich usta zasłonięto ciemnymi, cienkimi bandażami; dopiero potem dostrzegł, że ich szczęki są zadrutowane. Transportowano rannych w pozycji siedzącej – nie leżącej – ponieważ leżąc na wznak, mogli się śmiertelnie zadławić.

Niektórzy byli przytomni i McCleary usiłował patrzeć im uspokajająco w oczy. Jeden, z grubo obandażowaną twarzą, dał słaby znak zdrową ręką i usiłował coś wypowiedzieć poszarpanymi wargami. McCleary nie zrozumiał. Pochylił się bliżej; straszny odór infekcji napłynął do niego wraz ze słowami:

– Zabij mnie. Zabij mnie.

Żołnierzy z ranami twarzy, których przez pomyłkę wysłano do zwykłych szpitali, natychmiast izolowano lub przewożono do specjalnych oddziałów. Inni pacjenci nie chcieli leżeć z nimi na tym samym oddziale, ponieważ ich widok przygnębiał. Niektórzy mężczyźni ze zmasakrowanymi twarzami po paru miesiącach zostali przeniesieni do ośmiu różnych szpitali; do palców stóp przytwierdzono im kartki z nazwiskami i krótkim opisem obrażeń, ponieważ sami nie mogli mówić.

Wiele miesięcy później, po piętnastu godzinach na sali operacyjnej, McCleary zdjął marynarkę i, otępiały ze zmęczenia, wyszedł na pusty korytarz. Słońce ścieliło mu pod stopy rażące wzrok pasy. Przez wychodzące na szpitalny ogród duże okno widział dwóch pacjentów, którzy – nieco chwiejnie z powodu nóg w gipsie – atakowali bagnetami zawieszony na drzewie szmaciany manekin w mundurze wroga.

Zamknął oczy. Nie mógł tego ścierpieć.

Tego popołudnia poprosił o przeniesienie do szpitala poza miastem.

Zanim McCleary obszedł posiadłość, rozkazał wynieść z domu lustra. Żaden pacjent nie miał prawa używać ani posiadać lusterka. Doktor nie pozwalał, by spojrzeli sobie w twarz.

– Prawda ich nie uleczy – powiedział personelowi, zebranemu w sali balowej. – Widok własnej zmasakrowanej twarzy opóźni ich rekonwalescencję. Lepiej, by nie stracili nadziei.

Jeśli ktoś z obecnych był innego zdania, nie wyraził tego na głos.

Zgodnie z poleceniami sanitariusze rewidowali każdego pacjenta przyjmowanego do szpitala i konfiskowali wszystko, co posiadało lustrzaną, lśniącą powierzchnię: lusterka do golenia, piersiówki, papierośnice, kompasy, nożyczki, butelki z alkoholem, otwieracze do listów i scyzoryki o lśniących ostrzach. Nawet kałamarz z płaską złotą zakrętką, oprawioną w ramki fotografię i wypolerowany zegarek w kopercie uznano za przedmioty zakazane i zamknięto w magazynie. Stały się niebezpieczne jak broń.

Kiedy McCleary po raz pierwszy badał pacjenta, wypowiadał się zwięźle, używając łacińskich nazw mięśni i kości twarzy, ponieważ ceremonialny sposób mówienia w dziwny sposób uspokajał chorych. Tłumaczył im, że greckie słowo oznaczające skórę – *thumos* – ma dwa znaczenia: „gniew" i „duch".

– Pańska skóra jest żywym, nieustannie zmieniającym się tworem, a uleczenie jej stanowi cały proces – wyjaśniał. – Nieustannie powstają nowe techniki chirurgiczne. Zrobię dla pana wszystko, co w mojej mocy.

McCleary zawsze umiał przewidzieć postępy leczenia, tak jak inni potrafią odgadnąć godzinę, pogodę, wynik w zakładzie. Ale tu nie było żadnej pewności. Twarze niektórych pacjentów zostały tak okrutnie zmasakrowane, że doktor nie mógł obiecywać im pełnego wyleczenia. Nie mógł zapewniać, że ich twarz znowu będzie wyglądać jak dawniej, czy choćby że będzie znośna dla oka na tyle, iż wrócą do rodzin, będą mogli pracować albo przynajmniej przejść ulicą, nie zwracając na siebie uwagi. Nie tłumaczył, dlaczego w szpitalu nie ma luster, dopóki pacjent o to nie spytał. Usiłował ograniczać kontakt z chorymi, stawiać uczciwe, ale niekonkretne diagnozy, by nie podsycać nadziei.

Tylko nieliczni płakali, słysząc, co ich czeka. Nieliczni zadawali pytania inne niż „Kiedy będę mógł wrócić do domu?", „Kiedy zdejmiecie mi bandaże?". Takie sceny powtarzały się raz po raz.

Wielu pacjentów miało obsesję na punkcie czasu. Nieustannie opowiadali, kiedy dokładnie zostali ranni. Sekunda, godzina, dzień, miesiąc tego wydarzenia był przechowywany w pamięci pieczołowicie jak rocznica ślubu. „To było na tydzień, zanim zostałem ranny, siostro". „Minęło czterdzieści siedem dni, odkąd otrzymałem tę ranę, panie doktorze".

Pacjenci byli na ogół honorowo samowystarczalni i okazywali wdzięczność za uwagę McCleary'ego, choć paru odnosiło się do niego niegrzecznie, źle zrozumiawszy jego wyraz twarzy, cierpiąc lub burząc się przeciwko niemu. Mieli ostre, przenikliwe spojrzenie, jakby rany, które odebrały ich twarzom wyraz, spotęgowały ich zdolność odczytywania cudzych min. McCleary był świadom, że pacjenci ci tylko czekają na najmniejszą oznakę jego niepewności, litości lub obrzydzenia, wypatrują delikatnego, wymownego drżenia jego *zygomaticus major*, ściągającego lewy kącik górnej wargi w uśmiech, którego fałsz podkreślała asymetria. Współczucie wyrażały jego dłonie, oczy pozostawały jasne, chłodne, neutralne. Kamień w stawie.

Było mu łatwiej badać nieprzytomnego pacjenta, ponieważ neutralny wyraz twarzy wymaga wytężonego skupienia, które jest prawie niemożliwe do utrzymania przez dłuższy czas. Czasami czuł, że przestaje nad sobą panować, zmienia się z neutralnego doktora w gapia, chłonącego widok zmasakrowanej twarzy.

Platon uważał, że między doktorem i pacjentem musi istnieć więź, głębokie zrozumienie. Można było ją stworzyć drogą „pięknej dyskusji", uroku, *epôdê*. Pacjent musi się otworzyć, oddać duszę doktorowi, w przeciwnym razie lekarstwo nie zadziała i nie będzie się mógł rozpocząć proces rekonwalescencji. Na co człowiekowi lustro, kiedy dostaje współczucie i fachowe wyjaśnienia, tłumaczył McCleary.

Niektórzy jego pacjenci nie pragnęli ze strony doktorów i innych chorych bliskości ani pocieszenia. By wyzdrowieć, potrzebowali dystansu – lub spojrzenia wyrażającego udaną niewiedzę. Ci byli najgorszymi pacjentami. Trudnymi do leczenia. Powoli zdrowiejącymi. Niedającymi się pocieszyć.

Ale między McClearym i jego pacjentami zawsze pozostawały te same pytania: Jak mam z tym żyć? Jak mam znowu funkcjonować w świecie?

McCleary – z rękami obolałymi po wielogodzinnej operacji – wrócił do swojej kwatery w byłym domku woźnicy przy stajniach. Ascetyczne umeblowanie jego pokoju stanowiło żelazne łóżko, nocna szafka i zniszczony fotel przyniesiony z dworu. Kolekcja książek, pięknie oprawnych w marokańską skórę i nieelegancko ustawionych w skrzyniach, stanowiła jego jedyną osobistą własność.

Lampka przy łóżku ledwie oświetlała pokój i książkę w rękach doktora, ale to łagodne światło po bezlitosnym blasku sali operacyjnej działało na niego kojąco. Kiedy zastanawiał się nad zabiegiem lub rekonwalescencją pacjenta, nie dzielił się swymi myślami z innymi, lecz zajmował się dziełami Henri de Mondeville'a, czternastowiecznego lekarza chirurga i demiurga, który opiekował się królem Filipem Dobrym i jego synem.

„Chirurgia" Mondeville'a, którą odkrył jeszcze na studiach, stała się dla niego inspiracją, gdyż jej autor był oryginałem, który uzależniał wyzdrowienie pacjenta od jego stanu ducha, przekonany, iż jest to równie ważne jak lekarstwa. Kiedy wszystkie inne metody zawodziły, Mondeville zalecał praktykę zwaną „cnotliwym oszustwem" – okłamywanie poważnie chorych, przynoszenie pacjentowi „sfałszowanych listów, mówiących o śmierci lub upadku jego wrogów, o ile ich śmierć miała mu przynieść jakąś korzyść. Jego marzenia i oczekiwania muszą otrzymać korzystną interpretację".

Mondeville zalecał także, by lekarz otaczał pacjenta dyskretną obecnością, kierował do niego pozytywne myśli, wiązał się z nim wysnutą przez siebie siecią. Ten dar wyobraźni miał działanie równie potężne, jak obietnica ulgi w środku nasennym.

ROZDZIAŁ TRZECI

Na szczycie wzgórza McCleary oparł się dla odpoczynku o kamienny mur. Pora była nieodpowiednia na spacery, gdyż światło zaczęło nabierać głębszych barw, nadawało wysokim trawom i jego białej kurtce odcień błękitnawego brązu, zapowiedź nadchodzącego zmroku. Doktor obejrzał się na ogromny dwór i dopiero z tej odległości zdołał dostrzec, że otaczający go krajobraz został przeprojektowany tak, by stanowić piękny widok z okien. Droga została przeniesiona – jeszcze widać było niewyraźną linię zwalonego płotu – a kępa ciemnych cedrów to zapewne pozostałość po dawnym zagajniku. W czasie tych stu paru lat otoczenie znowu zaczęło się zmieniać, a teraz ziemia była zryta oponami, a reflektory samochodów rozjaśniały pola.

McCleary przyglądał się nadchodzącemu młodzieńcowi w niebieskim szpitalnym uniformie, luźnym jak dziecięce ubranko. Szedł sztywno, trzymając ramię w obronnym geście, jakby gruby bandaż, przecinający jego twarz, utrudniał mu marsz.

Nieco zdyszany po wspinaczce Julian rzucił doktorowi krzywy uśmiech ulgi i oparł się o mur obok niego. Został ranny podczas wybuchu szrapnela, a warstwy gazy kryły jak kokon jego zniszczoną twarz. Prawe oko było zranione lekko, więc zostawiono je nieobandażowane, by proces leczenia przebiegał szybciej. Julian był jedynym pacjentem, który do pewnego stopnia podnosił McCleary'ego na duchu, więc czasami razem zwiedzali okolicę.

McCleary wskazał widoczny między drzewami dziwny szpiczasty szary dach, zbyt mały, by mógł przykrywać dom.

– To chyba jakaś ozdobna budowla. Pawilon do zabawy.

Julian spojrzał we wskazywanym kierunku.

– Do zabawy? Coś takiego.

McCleary zauważył, że pomimo przeszkadzających bandaży Julian wodzi po okolicy okiem fachowca.

– Pan jest malarzem, prawda? Widziałem przy pańskim łóżku szkicownik.

– Malarzem... do pewnego stopnia. Jestem kartografem. Szacuję i odtwarzam perspektywę z jednego punktu do drugiego. Nie potrafię malować twarzy ani postaci. *Terra incognita.*

Na horyzoncie na bladożółtym tle jarzyła się wstęga koloru, tajemniczego fioletu. McCleary nie widział takiego widowiska od wielu tygodni. Płonący krąg lampy nad stołem operacyjnym odmierzał jego świty i zmierzchy, obdarzał go brakiem poczucia upływającego czasu.

– Zawsze szukam kierunku północnego. Dla spokoju ducha – powiedział Julian. – To święty Graal kartografów. Nawet gdyby wszystkie punkty orientacyjne zniknęły, geograficzną północ zawsze da się odnaleźć, ponieważ nie ma związku z żadnym przedmiotem fizycznym.

– Proszę mi wyjaśnić, na czym to polega.

– Pokażę na przykładzie. Najpierw musi mi pan pożyczyć swój zegarek. Proszę, wskazówka godzinowa wskazuje słońce. Proszę sobie wyobrazić linię przebiegającą między wskazówką i godziną dwunastą. Linia ta wyznaczy południe. Linia przebiegająca z tego punktu w kierunku przeciwnym to północ. Rozumie pan? – Wyprostował się nieco bardziej. – Zawsze to pokazuję nowym. Niektórzy myślą, że to jakaś sztuczka.

– Pewni moi pacjenci także sądzą, że leczę ich sztuczkami.

– To niezupełnie prawda. Niektórzy uważają, że to raczej czarna magia.

McCleary zauważył uśmiech Juliana, zbiór zmarszczek wokół oka, *orbicularis oculi*. Z drgnieniem zaskoczenia uświadomił sobie, że mógłby go nie rozpoznać, gdyby go zobaczył bez opatrunku.

– Kiedy byłem tu poprzednio, zauważyłem posąg. Tam, przed nami. Może pana zainteresuje.

Obaj przeszli na ukos przez skoszone pastwisko; stopniowo na tle drzew ukazały się dwa kamienne posągi. Kwitnące pelargonie u ich stóp, ledwie widoczne w cieniu, stanowiły delikatną podstawę dla ponurego masywu kamiennych postaci.

Marmurowa kobieta w krótkiej drapowanej tunice trzymała w jednej dłoni łuk; na resztkach białej twarzy pozbawionej prawie całego nosa i kości policzkowej rysował się, wyraźnie tryumfujący, szyderczy wyraz. Oczy spoglądały w dół, na zgarbionego mężczyznę z ustami wykrzywionymi w ryku strachu i zdumienia. Dolną część jego ciała stanowiły nogi i zad jelenia. Wokół niego kłębiły się zajadłe, szczerzące kły psy.

– Jesteśmy obserwatorami tragicznej sceny – odezwał się cicho Julian.

McCleary z szacunkiem dotknął obutej w sandał stopy kobiety.

– Oto Diana Łowczyni. Bogini ukarała Akteona, zmieniając go w jelenia za to, że potajemnie przyglądał się jej w kąpieli. Myśliwskie psy Akteona nie rozpoznały w jeleniu swego pana i rozszarpały go na strzępy. – Obszedł posąg, oceniając figurę Diany. Krzywizna *superficial cervical plexus* na karku była właściwa. Podobnie, jak linia łącząca szczękę z uchem. Mięsień *risorius* unosił jej wargi w sardonicznym uśmiechu. Rzeźbiarz obdarzył boginię wydatnymi ustami.

– Zatem biedny Akteon doświadczył tego samego cierpienia, jak zwierzęta, na które polował.

– Tak. Ale przekleństwo Diany miało w sobie jeszcze bardziej diaboliczne okrucieństwo. Ciało Akteona się zmieniło, lecz nie umysł. Akteon wiedział, co się z nim dzieje. Miał świadomość, że jest uwięziony w swym ciele. – McCleary zbyt późno zrozumiał głębsze znaczenie swoich słów. Pożałował, że nie można zmienić słów w kamienie i odrzucić daleko.

– Dziękuję bogom, że nie ścigała mnie żadna żądna zemsty kobieta.

– W rzeczy samej. – Zawstydzony doktor usiadł na trawie. Pod dłonią poczuł coś małego. Przez chwilę obracał to w palcach, zanim poznał, co to takiego.

– Jeśli się nie mylę, tu mamy brakującą część bogini. Jej nos.

– Praca nie daje panu spokoju, doktorze. Nawet ci, co nie są żywi, domagają się pańskich umiejętności. – Julian przykucnął, ostrożnie, by nie pochylić się zanadto, gdyż miał problemy z utrzymaniem równowagi. Delikatnie rozgarnął trawę, szukając odprysków marmuru. – Dziwne, że w palcach zostało mi czucie. W okopach stalowe noże i widelce były tak zimne, że parzyły skórę. Wiele razy smarowałem chleb masłem, nie zdejmując rękawiczek.

McCleary był zadowolony, że młodzieniec zajął się poszukiwaniami, gdyż sam oszczędzał swoje dłonie. Nawet po tylu latach pracy był przekonany, że ich wrażliwość jest darem, który łatwo może zostać odebrany.

– Coś znalazłem. – Julian wyciągnął rękę efektownym gestem, który McCleary ledwie dostrzegł w zapadającym mroku. Delikatnie ujął odłamek – kawałek żwiru, rozłupany narzędziem. Nie chciał sprawiać Julianowi przykrości, więc schował kamień do kieszeni i obiecał, że obejrzy go przy świetle lampy.

Zaczął podnosić się z trudem na nogi, ale Julian był szybszy. Podał mu pomocną dłoń.

– Pan pierwszy, doktorze.

– Dziękuję. Te moje stare kości... Zapominam, z jaką łatwością poruszają się młodzi. Kiedy byłem w pańskim wieku, ćwiczyłem w Heidelbergu fechtunek. A w czasie wolnym studiowałem medycynę.

– Heidelberg? Chyba stracił pan kontakt z kolegami ze studiów.

– Tak. To już sprawka wojny. Ale to było czterdzieści parę lat temu. Niewiele nauczono mnie o chirurgii twarzy. Nie uważano jej za ważną. Mógłbym w dwa pacierze wyrecytować wszystko, czego się dowiedziałem.

Pogrążony w myślach McCleary nieco zboczył ze ścieżki.

– W tamtych czasach studenci fechtowali się szablami. Za punkt honoru poczytywano sobie otrzymanie rany twarzy. Istniał nawet specjalny lekarz, *Paudoktor*, obecny przy pojedynkach. To on przytwierdzał amputowane nosy i uszy za pomocą czerwonego wina, żółtka kurzego jajka i gazy. Oraz paru szwów. Rzadko się udawało. *Paudoktor* twierdził, że przez dwadzieścia cztery lata był obecny przy dziesięciu tysiącach pojedynków na szable i uratował niezliczoną liczbę nosów.

– Stąd pana zainteresowanie medycyną?

– Szczerze mówiąc, pojedynki wydawały mi się ciekawsze. Był to cywilizowany rytuał. Przed pojedynkiem z parku wyganiano wszystkie psy.

Julian zachichotał po chwili.

– Żeby nie porwały ochłapów. Oczywiście.

McCleary wyczuł, że teren staje się stromy, ale przed

oczami miał inny widok. Gładki śnieg, zamglony zagajnik nagich drzew i dwaj studenci, usiłujący prowadzić słaniającą się między nimi postać z plamą krwi na koszuli, zygzakowatą i nieregularną jak złamany patyk.

– Szanowny panie doktorze, proszę zwrócić uwagę na te akcesoria do usuwania fanaberii świadomości.

McCleary uśmiechnął się do anestezjologa Brownlowa i wskazał szereg przyrządów na stole. Szklane dzbany, przezroczyste pojemniki z poziomymi kreskami miarki. Gaza. Nożyczki. Ssak, strzykawka, zakraplacz, pipeta, inhalator. Ciśnieniomierz Riva–Rocci ze stetoskopem. Poruszane stopą miechy, kontrolujące ilość podawanej narkozy. Termos do ogrzewania gazu znieczulającego. Gaziki do nakrywania oczu pacjenta, maska zasłaniająca jego nos i usta. Flanelowe pęta na nadgarstki i nogi.

– A to arcydzieło. – Brownlow uniósł do twarzy owalny druciany koszyk w kształcie kagańca. Pasował idealnie do twarzy. W masce na ustach znajdowało się jasnoniebieskie piórko.

– Czy może istnieć bardziej prymitywny przyrząd? Ptasie pióro do monitorowana oddechu pacjenta? – spytał Brownlow przez maskę, a piórko zatrzepotało od jego oddechu. – Przerażające. Toporne narzędzia sabotują moje starania. Mój sprzęt powinien być równie misterny, jak przyrządy jubilera.

Eter uwalniał umysł od wszelkich więzów i nigdy nie można było przewidzieć, w jaki sposób pacjent zareaguje na znieczulenie. W przypływie nadludzkiej siły mógł się szarpać z lekarzami w przekonaniu, że nadal znajduje się na polu bitwy, bądź też biorąc ich za swoje prywatne demony. Nawet najbardziej opanowani załamywali się i płakali z powodu kobiety, wylewnie zwierzali się z najbardziej intymnych przeżyć. Anestezjolodzy znali tyle tajemnic, że mogliby sobie dorabiać szantażem.

Brownlow – humorzasty, często ponury – zdawał się lubić te gwałtowne epizody, jakby dzięki nim utwierdzał się w świadomości, że potrafi okiełznać ludzki organizm i panować nad nim.

– Pożądam każdego oddechu, jaki bierze pacjent – powiedział McCleary'emu. – Nie, nie pożądam, ja go darowuję. Jak jakiś bóg.

Pacjenci unikali Brownlowa, jakby przypominał im o bezradności wobec bólu, rytuale narkozy i pustych, czarnych godzinach, które następowały po nim. Wielu uważało z całą pewnością, że podczas operacji magicznym sposobem wdzierał się do ich myśli. Jeśli mu się nie spodobały, mógł narzucić im swoją wolę, tak jak czarownica narzuca ją swoim sługom. Niektórzy pacjenci odruchowo dotykali talizmanów, amuletów na szczęście, gdy tylko pojawiał się niczym szaman ze swoimi narzędziami – czarną gumową maską i małą szklaną buteleczką eteru.

Kościsty Brownlow przemierzał korytarze i okolice sali operacyjnej, gdzie unosił się mocny zapach eteru, a jego oczy patrzyły błędnie, jakby ocalał z katastrofy. Chuda, pobrużdżona twarz była nieprzenikniona, tajemnicza jak jego przyrządy.

Raz pewien rozbrykany młody sanitariusz ośmielił się zmarszczyć nos za plecami Brownlowa, udając, że wdycha charakterystyczny zapach.

– Oto Ponury Kosiarz – szepnął do pacjentów, zażenowanych tym popisem.

– Brownlow nie bez powodu nienawidzi słonecznego światła – plotkowali pacjenci, gdyż anestezjolog nosił czasem na dworze ciemne okrągłe okulary, rzekomo ukradzione oficerowi, który utracił wzrok.

Podczas operacji oczy Brownlowa były lśniące, ciemne, skupione i zatroskane, jak brama otwierająca się łagodnie dla każdego pacjenta, zanim narkoza opadła na jego umysł. Potrafił uśpić operowanego w niespełna pięć minut i przez cały zabieg utrzymać go w narkozie; pochylony nad ciałem, sprawdzał ciśnienie krwi, obserwował ruch podnoszącej się i opadającej piersi, regularny jak muzyka. Zakłócenie tego rytmu miało straszliwe znaczenie.

McCleary trochę zazdrościł Brownlowowi, który potrafił wyjść po operacji albo po prostu odwrócić się do następnego pacjenta. Mógł sobie pozwolić na luksus dystansu do rannych i rzadko pojawiał się na oddziale.

Wykształcony na dziełach klasycznych McCleary utożsamił Brownlowa z wysłannikiem świata podziemi, przewoźnikiem Charonem, który transportuje piórkowy balast ludzkiej świadomości, bardziej chwiejny niż łódź na falach.

McCleary modlił się, by Brownlow także utrzymał się na powierzchni.

Od stołu bilardowego dochodził głuchy stuk zderzających się ze sobą bil z kości słoniowej. Brownlow skrzywił się z satysfakcją po niezdarnym uderzeniu młodego rudego oficera. Ostentacyjnie obszedł stół, kołysząc kijem.

Młody oficer zignorował go i zwrócił się do McCleary'ego.

– Więc objął pan lustra w domu kwarantanną?

– Tak. Lepiej, żeby pacjenci zobaczyli swoje twarze, gdy leczenie będzie zakończone. – Głos McCleary'ego dobiegł z głębin fotela przy kominku.

Młody oficer z roztargnieniem zastanawiał się nad następnym strzałem.

– Raczej spodziewają się szoku. Byli na polu bitwy. Obok nich umierali ludzie. Niech stawią czoło prawdzie.

McCleary poczuł skrępowanie ostentacyjną żołnierską butą oficera. Ten młody mężczyzna jest niedoświadczony i wszystko traktuje zbyt prosto, pomyślał, szukając jakiejkolwiek pociechy, laski, ciepłego pyska psa. Przyjrzał się stołowi bilardowemu, wyspie olśniewającej zieleni.

– Podziwiam pański szybki osąd.

Brownlow klepnął w stół.

– Jakiś biedaczyna zobaczy odbicie swojej beznosej twarzy w kałuży i umrze ze strachu. Albo się zastrzeli. Albo zastrzeli pana. A co z Wardem, który nieustannie mówi o swojej narzeczonej i zastanawia się, kiedy wezmą ślub? Niech zobaczy własną twarz, niech spojrzy ohydnej prawdzie w oczy.

McCleary odzyskał głos.

– Życie pacjentów stanie się trudniejsze, kiedy stąd wyjdą. Po co okradać ich z ostatnich złudzeń? Niech wykorzystają ten krótki czas na rekonwalescencję.

– Tak, niech się tu pławią w iluzjach. Naszym zadaniem jest zapewnić im komfort – odezwał się Brownlow, a wyraz jego twarzy nie ułatwiał odgadnięcia, czy żartuje.

Młody oficer niespiesznie zapalił cygaro; wpływający pod abażur lampy dym stawał się błękitny jak za dotknięciem czarodziejskiej różdżki.

– Przyjmiemy pańską decyzję, doktorze. Ale nie możemy być sentymentalni i cackać się z pacjentami.

– Nie ma obawy – mruknął Brownlow.

– Panowie, jeśli w medycynie istnieje jakiś pewnik, to ten, że nic, co dotyczy ciała, nie trwa wiecznie. – Ostatnie słowo należało do McCleary'ego ze względu na niego i dobro ludzi, których miał uleczyć.

Na zewnątrz rozległy się krzyki; recepcjonista puścił się pędem w stronę hałasu, drzwi otworzyły się z trzaskiem, czterej wrzeszczący sanitariusze wnieśli na noszach dygoczącą postać pod kocem. Gorączkowy gest recepcjonisty skierował ich na korytarz. Na zakrętach nosze przechylały się niebezpiecznie, pielęgniarki ustępowały z drogi, spoglądając w dokumenty, ledwie zauważając, co się dzieje, jakby ten nowy kryzys, nowy przybysz był tu od dawna spodziewany.

Sanitariusz potknął się, wypuścił nosze; na krzyk McCleary'ego jakiś chłopiec rzucił się i przytrzymał ich skraj, gdyż pacjent już bezwładnie przetaczał się na bok.

McCleary i sanitariusz delikatnie przenieśli pacjenta na leżankę, posadzili go. Miał pękniętą żuchwę, a obrzęk podniebienia był tak poważny, że uniemożliwiał zamknięcie ust. Oczy pacjenta – rozognione szparki – ginęły w obrzmiałej, wykrzywionej twarzy. Nie sposób było odgadnąć jego wieku.

– Ostrożnie. – McCleary ujął chude ramię pacjenta i gładził jego dłoń tak długo, aż jego ciało się odprężyło. Kojący wpływ dotyku skóry. Po krótkim badaniu McCleary ze smutkiem odkrył, że pacjent ma jakieś siedemnaście lat. Chyba skłamał w komisji rekrutacyjnej.

– Jesteście bardzo młodzi, żołnierzu. Macie szczęście – zdołał wykrztusić.

Oczy pacjenta błysnęły przelotnie z dumą, a potem dostrzegły Brownlowa, kołyszącego czarną gumową maską.

Przestraszony ranny odepchnął McCleary'ego, usiłował zeskoczyć z leżanki. Brownlow chwycił go za koszulę i zaczął się z nim szarpać.

– Przeklęty głupiec. – McCleary rozdzielił ich szamoczące się ciała. Brownlow niepotrzebnie był agresywny.

Młody pacjent przywarł do McCleary'ego; Brownlow ukradkiem obszedł go i nagle przycisnął mu do twarzy maskę wypełnioną gazą, nasączoną chlorkiem etylu. Przytrzymał ją; młody żołnierz szarpnął się i omdlał. Ktoś załkał głośno. McCleary odwrócił się; to chłopiec, który niedawno pomógł mu przytrzymać nosze, zasłaniał w przerażeniu usta ręką.

– Dobrze się nim zajmiemy – powiedział serdecznie doktor.

Podczas operacji nadal był sztywny z gniewu. Brownlow pochylał się nad chłopcem, dbał o niego z czułością, której nigdy nie okazywał, kiedy pacjent był przytomny. Czuwał nad każdym jego oddechem, jakby byli kochankami, którzy trwają naprzeciwko siebie, z rozchylonymi wargami, w słodko odwlekanym pocałunku.

Nagle, szybciej niż muśnięte pędzlem, wargi młodego człowieka posiniały, jego oddech stał się płytki. Nastąpił wstrząs. Ręce Brownlowa zadrżały; anestezjolog wbił wzrok w bezbarwny eter w pojemniku, ubywający po odrobinie w miarę, jak oddech pacjenta stawał się coraz mniej wyczuwalny, a ciśnienie coraz niższe. Potem poziom płynu znieruchomiał.

Kiedy nadzieja na ratunek zgasła, Brownlow szybko wyszedł z sali.

Na dworze rosa zmieniła trawę w polerowane srebro. Odchodzący Brownlow w białym uniformie zdawał się nie dotykać ziemi. McCleary krzyknął za nim. Brownlow odwrócił się i uniósł ręce w geście kompletnej rezygnacji. Potem jego szczupła postać znikła w dali.

McCleary odszukał chłopca, który pomagał mu przy pacjencie i znalazł go w magazynie, ostrożnie wycierającego strzykawkę. Na jego widok młodzieniec drgnął, ale nie wypuścił przyrządu.

– Nie zbiję jej, panie doktorze. Przełożona pielęgniarek prosiła, żebym ją umył.

McCleary przedstawił mu się i spytał chłopca, skąd pochodzi.

Artis i jego ojciec urodzili się w dworze. Kiedy zarządca poszedł na wojnę, Artis przejął niektóre jego obowiązki. Gdy dom zajęli pracownicy szpitala, chłopiec stracił pewne zakątki, które uważał za swoją wyłączną własność – wykuszowe okno na najwyższym piętrze głównej klatki schodowej, stołek koło kredensu w spiżarni, niską półkę w magazynie, gdzie trzymał swoje nieliczne skarby: książki, mosiężną lunetę, pipetę, drewnianą skrzynkę z zepsutym zamkiem. Miał siedemnaście lat, był wyrośnięty ponad swój wiek, a od najmłodszych sanitariuszy odróżniał się wytartą kurtką i długimi włosami, rzadko przycinanymi przez pomywaczkę. Catherine nadal wypłacała mu pensję, choć cały czas spędzał w szpitalnych pomieszczeniach. Nie miał już wobec niej zobowiązań, mógł chodzić, gdzie chciał, nie czekając na rozkazy. Przez wojnę.

McCleary zauważył, że chłopak jest zręczny i powierzył mu drobne zadania. Artis stał się wytrawnym tropicielem zabłąkanych instrumentów chirurgicznych w pomieszczeniach, w których niegdyś zapalał lampy i nosił talerze. Pielęgniarki traktowały go życzliwie, a lekarze zaakceptowali chętniej niż sanitariusze, krnąbrna grupa, dotkliwie świadoma swojej pośledniej pozycji.

Parę dni później, po szeregu udanych operacji McCleary spotkał Brownlowa, siedzącego samotnie w magazynie. Wyraził współczucie z powodu śmierci młodego żołnierza.

Brownlow nie potrafił spojrzeć mu w oczy.

– Źle oceniłem jego wagę. Narkoza była zbyt silna. Przeżył bitwę, żeby umrzeć na stole operacyjnym we własnym kraju.

– Nie mogę pozwolić, żeby brał pan winę na siebie.

Brownlow mówił powoli, ochryple.

– Kiedy podczas operacji odpowiadam za pacjenta, sycę go moim powietrzem, moją narkozą. To ja usadawiam się w jego ciele, pod jego żebrami, w płucach. Wszystko obliczam, nawet strach, który przyspieszy puls i oddech. Kalkuluję. Ale zawiodłem.

McCleary zauważył, że ramiona anestezjologa są napięte ze zmęczenia, a jego szczerość jest wynikiem zmęczenia i oparów, które wniknęły w niego podczas wielogodzinnych operacji. Zawroty głowy miały tę samą przyczynę. Obaj pracowali bez osłony przed przedostającymi się na zewnątrz wyziewami narkozy.

– Ciało jest wyjątkowo nieprzewidywalne. Nawet ból trudno jest zlokalizować.

ROZDZIAŁ CZWARTY

Trzej przykucnięci robotnicy sprawnie rozwijali szare linoleum na parkiecie w jadalni.

– Co robicie? – W progu stała Catherine.

Robotnik obejrzał się na nią, mrużąc oczy.

– Łaskawa pani spyta jego. On jest lekarzem.

Odwróciła się i stanęła twarzą w twarz z wysokim mężczyzną w mundurze.

– Doktor McCleary.

Poważnie uścisnęli sobie ręce.

– Ponieważ pan tu dowodzi, proszę mi wyjaśnić, dlaczego zakrywacie podłogę.

– Tu urządzimy nową salę operacyjną.

– Proszę skorzystać z innego pokoju.

– Wybraliśmy jadalnię z powodu oświetlenia. Okna wychodzą na północ.

McCleary przyjrzał się uważnie jej twarzy. Błękitne oczy zwęziły się, mięśnie w kącikach ust, *triangularis menti*, opadły w dół, wyrażając niesmak. Nie wrogość. Może zachowywała się uprzejmie ze względu na jego wiek. Wyprostował się.

– Kiedy opuścimy pani dom, ten pokój będzie wyglądać dokładnie tak, jak przed naszym przybyciem. Nawet posadzka odzyska pierwotny wygląd.

– Ale na stole operacyjnym będą umierać ludzie. W mojej jadalni. Jak mogłabym zapraszać... – Urwała.

McCleary poczuł się poruszony jej troską – nie, optymizmem – co do przyszłości tego pokoju. Pewnego dnia, jeśli Bóg pozwoli, zawitają tu goście. Stół zastawiony porcelaną i srebrami. Twarze w migotliwym świetle świec.

– Dom pochodzi chyba z szesnastego wieku. Przez tyle czasu te pokoje z pewnością były świadkami wielu nieprzyjemnych scen.

Jej wyraz twarzy się nie zmienił.

– Jestem doskonałym chirurgiem. Przysięgam, że nie zostawię tu duchów.

Odeszła bez słowa. Zauważył ślady trocin wokół rąbka jej sukni.

Jednym szybkim ruchem robotnik przeciągnął nożem wzdłuż grubej rolki linoleum, rozcinając ją precyzyjnie na pół.

W skrzynce z uratowanymi z biblioteki dokumentami Catherine znalazła mapę dworu z 1721 roku, widok z lotu ptaka, nakreślony liniami cienkimi jak pajęczyna przez jakiegoś kreślarza. Główny budynek był prostokątem, otoczonym ogrodami; drzewa przedstawiono jako kropki, szyfr, punkt – punkt – punkt, jakby ktoś dziobał w papier ostrzem. Ogród z budowlami podzielono zawiłymi ścieżkami, które rozpoczynały się przy domu i prowadziły do najmniejszego stawu. Kreślarz wypełnił wnętrze jezior i większych stawów falistymi liniami, symbolem wody, a jego nieomylne pióro przedstawiło w skali długi podjazd dla powozów, ciągnący się ze wschodu na północ, wśród dębów i wiązów aż do stajni.

Na skraju mapy znajdowała się zapora – konie fryzyjskie – i strumień ze sztucznymi kaskadami, które określały prawdziwe granice posiadłości. Surowo przystrzyżone żywopłoty i niski płotek oraz rów ciągnący się kilometrami przez pastwisko już nie istniały, upamiętnione jedynie na mapie. Ale stare ceglane mury strzegące dwóch warzywników nadal stały, nieco nadkruszone, natomiast powozownie i stróżówka pozostały rozpoznawalne, choć je rozbudowano. Wiele późniejszych budowli, których nie przedstawiono na mapie – cieplarnię, winnicę, oranżerię, szklarnie, w których hodowano kwiaty i grzyby – spotkał gorszy los. Niewiele szyb ocalało, a wewnątrz i na zewnątrz kwitły plamy rdzy.

Dżdżystym rankiem Catherine ominęła strażników i sanitariuszy, odpoczywających na schodkach. Ledwie odsuwali się z drogi, skupieni na paleniu papierosów, jednoczesna choreografia rąk, unoszących się do ust. Była bezimienną istotą, niemającą związku z tym, co się tu działo. Nie była ranna. Kobieta.

Pod osłoną parasolki zaczęła przemierzać teren dawno nieistniejącego ogrodu, który wyznaczyła na podstawie mapy; szukała ogromnej fontanny, stanowiącej jego centrum – koło, z którego rozchodziły się promieniste linie. Czterdzieści kroków. Tutaj. Tu musiała kiedyś tryskać woda. Catherine nacisnęła ziemię palcami, szukając wyczuwalnej zmiany głębokości, szczeliny, twardej linii, gdzie położono rury, którymi woda biegła ku swemu miejscu przemiany w radosny kroplisty pióropusz. Może jeszcze znajdują się tu kawałki kamienia, marmuru, szczątki fontanny. Nie znalazła nic.

Odchyliła parasolkę, by lepiej widzieć przestronny trawnik. Charles potrafiłby rozszyfrować te mapy. Dlaczego nigdy go o to nie poprosiła? Przyjrzała się trawie, kratownicy z kolorowych linii, kryjącej zaginiony ogród i tę fontannę. Po jakimś czasie w trawie – bladozielonej – pojawił się ledwie dostrzegalny wzór kwadratów i okręgów – gdzie niegdyś stały urny, posągi i hermy. Jakby zapadły się pod ziemię, lecz ich kształty rysowały się pod nią niczym zatopiony przedmiot, widoczny w głębinie wody.

Catherine wyobrażała sobie, że odzyskuje dawne życie; dom falował, jego ściany stały się płynne, uwolnione od chwili śmierci Charlesa. Ona znów była ukochaną żoną, a on lada chwila pojawi się, niewyraźna sylwetka w znajomym tweedowym garniturze, pogwizdując w kółko *Barbarę Allen*, i ruszy ku niej ścieżką zarośniętą nie do poznania chwastami.

McCleary uroczyście przechadzał się po domu i z zaskoczeniem przekonał się, że niektóre najwspanialsze wnętrza zostały bez potrzeby przekształcone w magazyny. Zieloną sypialnię na piętrze odarto z zasłon i dywanów; stała pusta, jeśli nie liczyć masywnego stołu. Podłoga zaskrzypiała jakby z pretensją, kiedy obszedł stół i pochylił się, boleśnie odczuwając sztywniejący krzyż, by przyjrzeć się uważniej. Cienki, zabłąkany promień słońca wyłonił czerwonawy odcień ciemnego drewna – potajemny widok, jakby ujrzany przez dziurkę od klucza. Stół musiał mieć ponad dwieście lat, zdradzał to styl, w jakim wytoczono nogi. Ciekawe, jakich uczt był świadkiem, mruknął doktor do siebie.

Sanitariusz przyniósł Catherine wiadomość od McCleary'ego, zapomniawszy umieścić ją na tacy, choć mu to rozkazano. Następnego dnia Catherine zjawiła się w gabinecie doktora. Po rozmowie o pogodzie – żadne z nich nie wspominało o lokatorach tego domu – doktor wstał zza biurka i podszedł do niej.

– Dla personelu były to trudne dwa tygodnie – powiedział. – Może to dziwna prośba, ale czy nie zechciałaby pani wyprawić przyjęcia? Mógłbym panią należycie przedstawić wszystkim obecnym. – A ponieważ zawahała się, dodał szybko. – Posiłek przygotują nasi kucharze. Sanitariusze będą podawać. Takie ćwiczenie manier wyjdzie im na dobre.

– Chętnie odegram rolę gospodyni, ale proszę nie przyprowadzać pacjentów.

– Nie musi się pani obawiać. Regulamin nie zachęca lekarzy do jadania posiłków z pacjentami. Będziemy stanowić małą grupkę. Brownlow, nasz anestezjolog, dr Pickerill, jeden z młodych chirurgów, i Hunt, nasz przełożony sanitariuszy.

Uzgodnili, że przyjęcie powinno się odbyć w zielonej sypialni, gdzie stał stół, ponieważ nie dało się go przenieść.

Dwa dni później Catherine ubrała się w czarną suknię. Wdowi rynsztunek. Jej garderoba zawierała stroje o niezliczonych odcieniach czerni: przejrzyste jedwabie, krepę, grubą wełnę i zwiewną taftę, welony tak surowe i czarne niczym obsypane węglowym miałem, rękawiczki z koźlej skórki, tak dopasowane, że jej dłonie wyglądały jak naoliwione. Nic, nic nie było dość czarne, by ulżyć jej sercu.

Stół, uginający się pod ciężarem kandelabrów, był jak biała tratwa, przy której Catherine i czterej mężczyźni zebrali się, uciekając przed mrokiem w pokoju. Teraz mogę odpocząć, pomyślał McCleary, przesuwając wzrokiem po otaczających go zarumienionych twarzach. Tylko przez godzinkę. Albo przez jeden wieczór. Rozmowy, posiłki, sen, lektura – wszystko to przerywały mu potrzeby pacjentów. Z piwnicy przyniesiono kilka butelek wina; przez jakiś czas smakował kieliszek château latour, rocznik 1871, ciężki i wonny, zanim włączył się do rozmowy.

– Potrafiliśmy zlokalizować wroga na podstawie dźwięku – powtórzył głos z drugiego końca stołu.

– Jak to możliwe? – Zaskoczona Catherine odstawiła kieliszek i spojrzała na Pickerilla.

– Radiografy stały w trzech różnych punktach pola bitwy. – Pickerill zrobił gest łyżką. – Każda salwa wrogiej artylerii tworzyła falę dźwięku, którą aparaty obliczały i zapisywały. Na podstawie tych zapisów inżynierowie byli w stanie określić pozycję broni. Widziałem to wiele razy.

– To cudowne. Zabrać z powietrza coś niewidzialnego i uczynić to widzialnym.

– Nie jest to bardziej cudowne niż unosząca się w powietrzu maszyna.

Nikt nie zwrócił uwagi na sarkazm Brownlowa – nikt z wyjątkiem Hunta, który palił się, by błysnąć w towarzystwie.

– Prawdziwe cuda nigdy nie są dziełem człowieka. Doktorze, czy był pan na polu bitwy, kiedy pojawiły się anioły?

– Anioły z Mons? Nie. Widziano je dość daleko od polowego szpitala, w którym stacjonowałem.

– Ale wierzy pan w ich istnienie?

– Tak pisały wszystkie gazety.

– Mówiły, że anioły mierzyły jakieś dziesięć metrów

i unosiły się nad polem bitwy jak ogniste kolumny. Odepchnęły nieprzyjacielskie wojska płomienistymi mieczami. Anioły dowodzą, że Bóg nam błogosławi, dlatego zwyciężymy. – Hunt powiódł wyzywającym wzrokiem po zebranych.

– Wielu żołnierzy zabiera w bój talizmany – zauważył McCleary. – Włosi noszą krzyże. Dziwne, niektórzy wkładają do kieszeni trzy ziarnka grochu. Nigdy nie odgadłem znaczenia tego symbolu.

– Może chodzi o Trójcę Świętą?

– Poganie – mruknął Brownlow.

– Kto to wie? Biblia w kieszeni może zatrzymać kulę. Podobnie jak medalion, chroniący przed złym okiem.

– Tak, na tym polega problem z religią.

– Dobrze powiedziane, Brownlow.

Głos Hunta przebił się przez śmiech.

– Ale to, co napisano w gazetach o aniołach, musimy uznać za prawdę.

– Gazety? Nawet nie drukują nazwisk poległych – rzucił Brownlow. – Znałem kogoś, kto zginął od bomby zrzuconej przez zeppelina na miasto. Jego nazwisko nie pojawiło się w gazetach. Sprawdzałem codziennie. Oto pańska prawda.

– Może wydawcy otrzymali tajne rozkazy – szepnął Hunt.

Dwaj kościści sanitariusze wnieśli tace z ziemniakami i grubymi plastrami wołowiny. Podawali je hałaśliwie, nie mając doświadczenia w usługiwaniu przy stole. Był też świeży chleb i zeszłoroczne warzywa z beczek w piwnicy. Catherine piła, ale nie jadła, by szybko poczuć działanie wina, beztroską wesołość. Jej palce lekko obejmowały kieliszek, zdawały się płynąć ku ustom. Odchyliła głowę, przygotowana na katastrofę, którą sobie wyobrażała, prowokując kunsztowny plafon na suficie, by spadł na jej twarz, biały pył, czerwona krew.

Przypomniała sobie przyjęcie w Rufford Abbey, kiedy naprzeciwko niej siedział Charles. Zerknął na nią; zarumieniła się i odwróciła wzrok, wstrząśnięta tym, co zobaczyła w jego oczach, jakby cisnął w nią ich najbardziej intymnymi sekretami i przeszył jej serce. Wszystko inne – brylantowe iskrzenie klejnotów, blask srebra i kryształu, przyciszona konwersacja, postaci przy stole – było mniej realne niż to, co Charles o niej wiedział. Jego prywatna broń.

Brownlow chwiejnie dał znak, by dolano mu wina i wbił wzrok w Catherine.

– Czasami pacjenci słyszą pani muzykę. Kiedy włącza pani gramofon. Myślałem, że pani wie.

– Nie wiedziałam. Przepraszam.

Roześmiał się.

– Nie, nie. Oni to lubią. W sali zawsze jest ktoś, kto nie śpi. Bez względu na porę.

– Brownlow jest naszym bogiem snu – odezwał się McCleary.

Brownlow wstał z wysiłkiem, kołysząc nad ich głowami kieliszkiem.

– Pani, panowie, za morfinę, moją muzę.

Wypili, by sprawić mu przyjemność. Zmęczone twarze mężczyzn złagodniały w płomieniach świec.

– Dzięki morfinie sprawiam, że mężczyźni paplą bez ładu i składu i opłakują utraconych towarzyszy – ciągnął Brownlow. – Zdradzają najtajniejsze sekrety. Uwalniają swoje ciało. Wystarczy podać pacjentowi morfinę i można odjąć mu rękę – sprawnie jak chirurg – a on niczego nie poczuje.

– Dopóki nie odzyska przytomności i nie ujrzy pustego rękawa.

– Pacjenci nienawidzą Brownlowa bardziej niż wroga. – Hunt założył buńczucznie ramiona, jakby w geście obrony. – Wystarczy przyjrzeć się im przed operacją. Kiedy Brownlow wchodzi do sali, można by pomyśleć, że to diabeł przyszedł po potępione dusze. Choć sądząc po ich twarzach, diabeł już ich odwiedził.

– Co się stało z ich twarzami? – przerwała Catherine.

Mężczyźni poruszyli się niespokojnie i spojrzeli wyczekująco na McCleary'ego, czekając na jego odpowiedź. Pickerill zrobił gest, jakby chciał coś powiedzieć, ale się rozmyślił.

McCleary, obezwładniony zmęczeniem, z trudem szukał właściwych słów. Łzy zapiekły go w oczy, wezbrały jak przypływ.

– Może nasza gospodyni powinna poznać pacjentów. Pielęgniarki mogłyby ją oprowadzić w spokojniejszej porze – odezwał się Brownlow.

– Nie odpowiedział pan na moje pytanie.

Nagle wszystko nabrało wyrazistości, jakby ktoś wyostrzył obraz. McCleary przerwał milczenie. Dobierał słowa starannie jak perły.

– Wszyscy obecni tu mężczyźni odnieśli rany twarzy – powiedział powoli. – Są one nadzwyczaj trudne do leczenia. Trudno też przywyknąć do wyglądu tych twarzy. Ale mogę panią zapewnić, że po jakimś czasie przestają szokować.

– Nie chcę widzieć tych ludzi. Mogą swobodnie chodzić po domu?

McCleary pokręcił głową.

– Wiem, że nie chciałaby pani ich izolować. Nie roznoszą zarazy. Ich twarze zostały zmasakrowane, ale wielu z nich nadal ma zdrowe, silne ciała.

– Nikomu nie wyjdzie na dobre, jeśli będzie się ich traktować jak potwory – dodał głośno Brownlow. Szukał kontaktu z jakąś stałą powierzchnią; teraz oparł się o kominek, położywszy ramię na jego gzymsie.

– Proszę pamiętać, że jesteśmy tutaj dzięki wspaniałomyślności naszej gospodyni – odparł McCleary. – Panowie, jeszcze wina? – Ostrożnie napełnił kieliszki, ponieważ usługujący sanitariusze już dawno opuścili pokój.

Gwałtownie zmieniono temat, jakby ktoś szarpnął zasłonę, by ukryć niemiły widok. Pickerill przytoczył anegdotę o zamku Pronleroy, w którym niegdyś stacjonował. Jego właścicielka, wdowa, uparcie pozostawała w domu, choć front nadciągał coraz bliżej. Nigdy nie mówiła o wojnie, a każdy, kto wspomniał o niej podczas posiłku, był zobowiązany wrzucić monetę do małej skrzyneczki na stole.

McCleary w zamyśleniu wyjął monetę z kieszeni; brzęknęła cicho, melodyjnie, padając na porcelanowy talerz.

– Proponuję, byśmy naśladowali obyczaje tej wdowy. Oto mój wkład. A teraz pozwolą państwo, że ich przeproszę. Czeka mnie wieczorny obchód.

Catherine odprowadziła go z kamienną twarzą do drzwi. Pochylił głowę, gdy minęła go bez słowa.

Dlaczego doktor jej nie uprzedził? Sprowadził tu tych rannych, by nawiedzali jej dom. Powiedział, że to nie zaraza. A czy pech nie jest równie zaraźliwy? Wyobraziła sobie mężczyzn o twarzach owiniętych bandażami, idących przez wyschnięte lasy. Gdy przechodzili, drzewa samoistnie stawały w płomieniach, znaczyły ich przejście ognistym śladem.

Zakręciło się jej w głowie; krawędzie ścian nabrały większej wyrazistości, okna – niemiłosiernej przejrzystości. Przygotowywały ją na chwilę, kiedy niespodziewanie natknie się w korytarzu, na schodach, za zakrętem, za drzwiami na mężczyznę o zniszczonej twarzy. To było nieuniknione jak ruch czarnych wskazówek na tarczy zegara.

Kolejna bezsenna noc. Catherine w milczeniu spoglądała przez otwarte drzwi na korytarz. Przekonała się, że lampy, niedawno zainstalowane przez robotników, zmieniły nieruchome wnętrza w nieznajome tereny, pełne nowych cieni i głębi. Różowy salon całkowicie przemeblowano; jego nowe wyposażenie – stoły, szafki, lampy o szklanych abażurach – emanowało czystym, jawnym brakiem miłosierdzia, którą teraz zaczęła uważać za cechę przedmiotów użytkowych. Na stole na kółkach leżały białe emaliowane pojemniki z włożonymi pionowo instrumentami medycznymi; wyglądały jak szpiczaste, ostre i bezlistne metalowe bukiety. Przy każdym kroku instrumenty zdradzały ją szczękaniem zimnym jak brzęk dzwoneczków. Zatrzymała się. Cisza. Szczękanie zaczekało do jej następnego kroku, a wówczas rozniosło się po całym domu – sygnał dla uzbrojonego strażnika.

Uciekła z tej pułapki na korytarz i, oszołomiona nagłym blaskiem, nie dostrzegła cicho nadchodzącego mężczyzny, dopóki nie znalazł się jakieś piętnaście kroków od niej. Brownlow zwolnił gwałtownie, ogarnął spojrzeniem korytarz. Światło kinkietu za jego plecami otaczało jego głowę płomienistym wybuchem, aureolą.

– Pracował pan?

Skinął głową z roztargnieniem, jedną rękę dla równowagi opierając na ścianie. Przesunął spojrzeniem po Catherine, jakby była malowidłem na ścianie. Był pijany? Lunatykował? Cierpiał na napięcie nerwowe? Niektórzy żołnierze powracali z pola bitwy niemi, nie potrafiąc przemówić. Potem Catherine poczuła bijący od niego odór narkozy i uświadomiła sobie, że ich rozmowa zniknie z pamięci Brownlowa. Była zjawą, niewidzialną kobietą, mogła zadać dowolne pytanie.

– Proszę mi opowiedzieć o pacjentach z ranami twarzy.

– A. O tych pacjentach – przeciągnął kpiąco. – Czy miewa pani sny? Bo będzie ich pani widywać w koszmarach.

– Pan się ich nie boi?

– Nie.

– Dlaczego?

– Boję się jedynie o nich. Niektórzy nie mogą oddychać przez nos. Ani formować słów wargami. Bywają także ślepi.

Jej dłonie poruszyły się w geście przerażenia.

– Jak może pan znieść ich widok?

– Kiedy podaję narkozę – powiedział nieco łagodniej – nieważne, ile razy mnie to spotykało, ostatnie spojrzenie pacjenta jest jak zrzucony na mnie ciężar. Dźwigam brzemię ich zaufania. Są bezbronni.

– Czy ci ranni przypominają ludzi?

Brownlow parsknął śmiechem.

– Wyglądają jak potępieńcy.

Zmrużył oczy, jakby przyglądał się jej z oddali, odwrócił się i odszedł. Catherine się rozzłościła – nie z powodu tej nieuprzejmości, ale ponieważ nie skończyła go wypytywać.

Za wschodnim skrzydłem domu wśliznęła się za krzew kamelii o nagich gałęziach, zdobnych w pękate pąki i zajrzała przez okno do sali pacjentów. Stojące przy łóżkach lampki z czerwonymi abażurami rzucały rozpalony szkarłatny blask na meble i nieruchome postaci na łóżkach, spowite w koce i bandaże. Nad głowami kryształki żyrandola celowały w nich jak szklane sztylety, zbroczone czerwienią światła. Niewidoczne prądy powietrza poruszały nimi, odbierały im wyrazistość. Jakaś pielęgniarka nagle drgnęła na krześle, wyrwana z drzemki i spojrzała prosto na Catherine.

Catherine przedarła się przez gałęzie i wypadła na trawnik. Czerwone światło nadal trwało, odciśnięte w siatkówce jej oka, i gdziekolwiek spoglądała, widok pokrywał się czerwoną poświatą.

Gniew na uwierającą obecność tych ludzi w jej domu, na ich straszliwe okaleczenie, miotał nią, jakby była bezwolnym piórkiem. Okna za jej plecami stały w szkarłacie, dom był płonącym statkiem, który powoli tonie w czarnej otchłani krajobrazu. Ogień odnajdzie tych rannych mężczyzn, którzy nie znają ani chwili spokoju – odnajdzie jamy ich oczodołów, pustych ust, łatwopalne bandaże – a oni przecież tylko czekają na liźnięcie płomieni.

ROZDZIAŁ PIĄTY

Catherine stała w oknie sypialni, przyglądając się pacjentom, sylwetkom w szpitalnym błękicie, siedzącym na leżakach lub z wolna przechadzającym się bez celu po trawniku. Był to osobliwy balet, w którym tylko pielęgniarki w identycznych strojach poruszały się szybko – spiesząc do pacjenta, niosąc koc, podnosząc upuszczoną gazetę, termofor, kulę; ruchy tych tancerzy i tancerek wyrażały odpowiednio udrękę i łagodne pocieszenie.

Dwaj pacjenci wiedli ożywioną rozmowę; kiedy wyższy zrobił gest, Catherine straciła dech, ponieważ poznała Charlesa. Nie, nie samego Charlesa, ale jego ducha, jakby wstąpił w tego obcego, by dać jej znak. Wypełnił tego człowieka jak rękawiczkę, zbroję, puste naczynie, które tylko na niego czekało. Rozpoznawała swojego męża wśród tych mężczyzn, których wygląd nieustannie się zmieniał, osobowość była płynna, niestała, niestabilna.

Ktoś stanął przed wysokim mężczyzną i zasłonił go.

Zbiegła po schodach, stanęła w drzwiach na zapleczu. Wyobraziła sobie, że podchodzi do pacjentów, a oni w milczeniu czekają na jej pełną zgrozy reakcję na widok zmasakrowanych twarzy. Wróciła do pokoju.

Tej nocy nurt jej snu zakłóciło ciche pacnięcie kapelusza i rękawiczek, które Charles rzucił na krzesło w swojej ubieralni.

– Catherine? – Jego głos.

W półśnie, na oślep poszła do sypialni Charlesa. Potknęła się o otwarty kufer; kompas wypadł z niego i potoczył się po podłodze, lśniąca zamglona smuga, zatrzymana przez nogę krzesła. Jego lśniące, okrągłe zielone wnętrze czekało, czarne numery pulsowały niczym list rzucony do ognia, igła ustawiła się na godzinie jedenastej. To znak. Jedenastego dnia tego miesiąca wypadały urodziny Charlesa. On tu był.

Oto dowód, że żarliwe pragnienie żywych może wezwać zmarłych. Potęga jej wspomnień przywołała jej męża, miała go zatrzymać przy niej.

Następnego dnia, przed wschodem, Catherine stanęła w oknie, spragniona widoku pacjentów, którzy zaczęli zbierać się na trawniku. Była pewna, że Charles da jej następny znak. Człowieka można poznać po mowie ciała równie łatwo, jak po doczesnej powłoce. Czasem jej wzrok przyciągał gest jakiegoś pacjenta, który zaraz potem znikał w tłumie.

Nagle, tak płynnie, jak wiatr porusza liśćmi, wysoki pacjent przybrał tożsamość jej męża. Widzicie, jak odgarnia włosy z czoła? To zwyczaj Charlesa. Widzicie, jak chodzi? Jakaś cząstka duszy Charlesa zderzyła się z tym nieznajomym, jak iskra pryskająca z ogniska. Catherine nie musiała widzieć ciała ani słyszeć głosu męża, by poczuć jego obecność. Wszyscy ci mężczyźni byli dowodem na jego istnienie. Wizja znikła nagle, a ona patrzyła na zwykłych pacjentów, ukrytych w kokonach bandaży.

Będzie czekać na męża. Znała się na czekaniu; to coś zbudowanego wokół pustego rdzenia, niezłomnego jak kamienie, otaczające pustą jamę studni.

Pewnego razu jubiler w sklepie Cartiera powiedział jej, że niektórzy szlifierze diamentów potrafią rozpoznać nawzajem swoje prace po szlifie. Spytała, jak zimny kamień może zachować ślad pracy ręki konkretnego człowieka. Tożsamość nie jest niezmienna jak suma liczb, odpowiedział jubiler.

Mogła zajrzeć w oślepiający rdzeń światła i odczytać to, czego inne oczy by nie zauważyły.

Charles zaczął się pojawiać w jej snach i robił wrażenie, jakby chciał przemówić, ale jego wargi były nieruchome, w oczach malował się ból. Zawsze przychodził z pustymi rękami. Przez trzy dni czekała na niego w miejscach, które były dla niego ważne. W różowym salonie. W pokoju porannym.

W korytarzu z gobelinami. Słyszała zbliżające się kroki, które mijały pokój, nie zatrzymując się. To było nieznośne. Ale w korytarzu poczuła charakterystyczny zapach jego papierosów, mieszanki tytoniu hawańskiego i tureckiego.

Może Charles nie poznawał już swego domu, pokojów zajętych przez obcych i szpitalny sprzęt. Chyba stał się nieświadomy, oszołomiony. A jeśli jest ranny, nie może mówić, jego usta są zalepione, zabandażowane. Musi go odnaleźć, pomóc mu. Będzie go szukać na zewnątrz, utoruje sobie drogę między tymi przerażającymi mężczyznami, idąc za wspomnieniem męża jak za nitką. Może śmiały dotyk jej ręki na ramieniu obcego, pocałunek albo łza wystarczą, żeby przerwać ten impas, to zaklęcie.

Ukryta w lipowej alei Catherine nerwowo skręcała w dłoniach cieńszy od szkiełka listek. Pękł, nasycając jej palce słabym, gorzkim zapachem. Przyglądała się pacjentom na trawniku. Poruszali się jak w zwolnionym tempie, jakby czekali, aż spłynie na nich zrozumienie losu, który ich spotkał.

Pewnego razu na balu kostiumowym zdumiała się widokiem gościa, który przebrał się za pół człowieka, pół bestię. Minotaur. Czy ci pacjenci o potwornych twarzach i ciałach normalnych mężczyzn nie przypominają Minotaura?

Przerażona zrozumiała, że postaci w błękitnych uniformach wykonują swoisty balet gestów, potajemnych wymian zdań, manewrów, wysyłają wiadomości, których ona nie potrafi zrozumieć, a które są przeznaczone tylko dla nich i ich opiekunów.

Charles powrócił, ale musiała zasłużyć na jego ukazanie się wiarą i cierpliwością. Sprosta temu zadaniu.

Zaczęła się uważniej wsłuchiwać w krzyki przechodzących pod oknem robotników, szepty pielęgniarek i kobiet ze służb pomocniczych. „Zaczekasz na mnie? Co ty na to?”.

Z kwatery personelu wypłynął tenor śpiewaka. Inne głosy, należące do sanitariuszy na dworze, były zbyt niewyraźne, by miały dla niej znaczenie. Ale kiedy pracowali w domu, stawała przy drzwiach i słyszała słowa i zwroty, których bardzo często używał jej mąż. Podsłuchała rozmowę o „ogrodzie pod Neapolem", który Charles uparł się obejrzeć podczas miesiąca miodowego. Usłyszała: „Cobham" – imię najlepszego konia Charlesa.

Zazdrośnie strzegła każdej cennej chwili, ponieważ to dzięki jej czujności Charles mógł powrócić. Bezsenność sprawiła, że nocne godziny ciągnęły się w nieskończoność, aż w końcu straciła poczucie upływu dni, które odmierzało jedynie zmieniające się światło na ścianach: od najbledszej żółtawej bieli po oślepiający blask, światło lamp i ciemność.

Pacjenci w salach na dole także nie spali w nocy. Brakowało im błogosławieństwa snu, zapomnienia. Światło z okien kładło się pasami na czarnym trawniku, a głosy i kroki sanitariuszy i pielęgniarek rozbrzmiewały cicho o każdej porze.

Przez następne tygodnie znaki, które wysyłał jej Charles, mnożyły się. Jego wizytówka wyśliznęła się spomiędzy dwóch książek, które przesunęła na półce. Była środa, a on wyjechał do regimentu właśnie w ten dzień. Tylko Charles znał jego znaczenie.

Przemawiał do niej poprzez muzykę. Jego dwie ulubione piosenki rozległy się od strony gramofonu przy fontannie; to jego duch pokierował czyjąś ręką, trzymającą igłę. Muzykę słyszała wyraźnie, ale nie potrafiła zrozumieć tego znaku.

Raz, po polowaniu, Charles wszedł do domu tylnym wejściem, rzucił kapelusz na krzesło i odwrócił się uśmiechnięty, ukazując różowy jeździecki surdut, zbryzgany czarnym błotem spod końskich kopyt. Należał do tych ludzi, którzy wypełniają swoją osobowością cały pokój; tego popołudnia wniósł też mroźne powietrze i świeży zapach.

Catherine wyszeptała imię męża i w tej samej chwili na dworze odezwał się słowik, a daleko na polu błysnęło coś różowego, dokładnie w kolorze surduta Charlesa.

Innego dnia zobaczyła Charlesa na dworze. Przeszedł koło okien salonu. Zatrzymał się, spojrzał na swoje odbicie i zmienił się w Artisa w starej kurtce, która kiedyś należała do jej męża. Wybiegła na zewnątrz, chwyciła zaskoczonego chłopca za ramiona i potrząsnęła nim.

Jakiś człowiek opierał się o balustradę czerwonego mostu na jeziorze. Spoglądał w wodę. Czy to Charles? Zaklinała go w duchu, żeby trwał nieruchomo, nie zmieniał się w nieznajomego. Ale poruszył ramieniem i – niedbale pochylony, jakby upuścił gazetę – objawił się jej jako sanitariusz.

Następnego dnia przypadała rocznica oświadczyn Charlesa. W tym dniu do niej powróci. Musi być gotowa. Szybko spakowała do woreczka cenne racjonowane dobra: cukier, masło, jedwabne pończochy, zapałki i tuzin świeczek, których pilnie strzegła. Nigdy nie mogła się obyć bez światła.

Ułożyła na łóżku w pokoju Charlesa jego ubranie. Garnitur z doskonałej welny i wykrochmalona koszula od Budda. Złote spinki do mankietów, niegdyś rozgrzewane przez jego ciało. Kieszonkowy zegarek. Zabytkowa papierośnica ze złoconego srebra.

Był wieczór. Ledwie zdołała się ubrać; zdrętwiałe palce niezdarnie zmagały się ze strojami. Położyła się na łóżku w strojnej sukni, oplątana spowijającymi ją jedwabiami. Kiedy dzieliła z Charlesem chwile intymności, czuła tylko jego oddech; jego krew, jego ciało opanowywały jej zmysły.

Drzwi sypialni były otwarte, żeby Charles mógł wejść, tak jak to robił wieczorami. Tak przychodzili do niej inni kochankowie, materializując się z ciemności w dwie ręce, usta, oddech. Zaskoczenie rozkoszy.

Napięcie oczekiwania sprawiało jej ból, jakby jakaś wibracja lub igła – cienka i ostra – wbiła się w obrączkę na palcu, spowodowała w brylantach pęknięcie tak subtelne, że niedostrzegalne gołym okiem, a potem przesunęła się wyżej, by przekłuć serce.

Obudziła się rano, z gwałtownym drgnięciem. Przespała całą noc, nie naruszywszy fałd sukni. Sny – czy coś się jej śniło? Czy przegapiła przyjście Charlesa? W panice pobiegła do jego pokoju. Wszystko leżało dokładnie tam, gdzie położyła.

Ktoś bronił Charlesowi dostępu do niej. Lekarze i pielęgniarki zawiązali przeciw nim spisek.

Drzwi pokoju porannego zatrzasnęły się za nią. Catherine odczekała chwilę, by się upewnić, że jest sama. Promienie księżyca godziły w meble – obłe siedzenia krzeseł, gładki metalowy stół, taca – nieregularne kształty falowały w ciemnościach, jakby pokój był pełen czarnej wody. Zrobiła krok, powoli, niepewnie, omijając meble, które już dawno wyniesiono z pokoju.

Gęsta trawa na dworze tworzyła łany srebra, czarne w miejscach niedostępnych dla księżycowego światła. W pobliżu szpaleru drzew widniała nieruchoma postać – mężczyzna w jasnym stroju wpatrzony w okno, w którym stała Catherine. Postać uniosła stulone dłonie, by zapalić papierosa, i w tej chwili rozpoznała Charlesa.

Nie zdawała sobie sprawy, że krzyknęła, ale on poderwał gwałtownie głowę i dwoma krokami dopadł drzew, wśród których zniknął. Uderzyła pięścią w okno. Musi ją usłyszeć!

Pobiegła tam, gdzie zobaczyła zapalającego papierosa Charlesa. Drzewa stanowiły nieprzeniknioną zasłonę, w okolicy nie było żadnych śladów jego obecności. Czy nic nie zostawił? Nawet odcisku stopy na trawie? Rozejrzała się.

Jest. Przy drzewach w oddali. Jasna postać. Czeka na nią.

Ruszyła na oślep, źdźbła trawy ocierały się o siebie na wietrze, ostrzyły się, by ją zranić. Serce łomotało jej coraz mocniej, aż miała wrażenie, że jego stukot rozchodzi się po polu niczym echo. Ktoś ją usłyszy, wyczuje jej strach. Widok przed oczami zaczął się rozmazywać; cień podniósł się z ziemi. Czy nie tak żołnierze odnajdują wroga? Była celem. Potknęła się, upadła na kolana, świat zawirował wokół niej. Kiedy wszystko się uciszyło, wstała chwiejnie. Była odizolowana, jakby całe otoczenie nagle straciło kolor, a ona odróżniała się na jego tle, jedyna żywa postać, o ciele tętniącym, żyjącym, różowym od pulsującej krwi.

Wygięte gałęzie, nabijane cierniami, strzegły wejścia między drzewa. On nie mógł tędy przejść.

Jakieś ręce chwyciły ją za ramię i odwróciły.

Kim jesteś? W niewyraźnej twarzy mężczyzny poruszyły się usta.

– Charles? To ty? – Upadła w bujny zapach suchej trawy, poczuła pod dłońmi jej źdźbła, a potem wszystko się rozpłynęło.

ROZDZIAŁ SZÓSTY

Anna Coleman wypłynęła z Bostonu wraz z mężem, lekarzem. Przybili do portu pełnego statków medycznych. Mąż udał się dalej, by dołączyć do innych ochotników w szpitalach dla ofiar wojny, szpitalach ufundowanych przez rodziny Vanderbiltów i Morganów. Uzgodnili, że ona dołączy do niego za jakiś czas, zależnie od sytuacji na polu bitwy. Swoją korespondencję powierzyli wojskowej poczcie.

Dwie godziny po przybyciu do Szpitala Bazy nr 22 Anna zasnęła w zaparkowanej na polu odkrytej ciężarówce. Szpital stał kilkaset metrów od dworca kolejowego na trasie Dannes –

Camiers, głównego szlaku, będącego celem dla samolotów wroga. Lokomotywy pomalowano na szaro, żeby były mniej widoczne, ale namioty jaśniały w świetle słońca.

– Nie, z całą pewnością nic nam nie grozi – powiedział oficer, wskazując czerwony krzyż, namalowany na dachu namiotu. – Krzyż jest wyraźnie widoczny nawet z wielkiej wysokości. Nie można się pomylić.

– A jeśli pilot będzie miał ograniczoną widoczność?

Oficer wzruszeniem ramion zdeprecjonował pytanie Anny. Nikt nigdy nie zbombarduje szpitala. To święta ziemia.

W pierwszych tygodniach było niewielu pacjentów i niewiele zajęć dla Anny, dlatego pisywała długie listy do męża i paru przyjaciół. Potem szpital rozbudowano – oddział inżynieryjny dodał nowe namioty, stanowiące salę operacyjną, magazyn, dezynfekcję, świetlicę, kaplicę, kuchnię i kwatery dla oficerów, lekarzy i pielęgniarek. Anna nie mogła zrozumieć znaczenia napisu „Chwała" na największym namiocie koło kostnicy. Dopiero pielęgniarka wyjaśniła jej, że tam kierowano rannych, których stan wykluczał wyzdrowienie. Był kwiecień i już robiło się upalnie.

Annę, przyzwyczajoną do ciszy i samotności malarskiej pracowni, drażnił nieustanny hałas i rozgardiasz. Aby się bronić przed tym chaosem, rozpakowała bagaże i zaczęła szkicować krajobraz, ale wydał się jej równie nieciekawy, jak te namioty.

Parę tygodni później do szpitala przybyła niewielka grupka lekarzy ogólnych, chirurgów, dentystów i kilka pielęgniarek z Uniwersytetu Harvarda. Lekarze wyróżniali się luźnymi białymi fartuchami z haftowanymi złotą nicią emblematami uczelni na rękawach.

Anna zwróciła uwagę na jednego z lekarzy – krępego, ciemnowłosego mężczyznę w grubych okularach, ponieważ miał zwyczaj szkicowania w niewielkim notesie podczas posiłków. Ona też tak robiła. Inni na ogół wychodzili na dwór z herbatą w emaliowanych kubkach, zostawiając go samego w namiocie. Kiedy usłyszała jego głos, nie zdziwił jej mocny akcent. Doktor Kazanjian był cudzoziemcem.

Zrozumiała, że to szkicowanie było sposobem na nieustanną aktywność. Wypełnić każdą godzinę. Czy on w ogóle sypiał? Wbiegał do namiotu operacyjnego przed dwunastą w południe, a wyłaniał się z niego późną nocą. Ta nieustanna aktywność upewniała go, że nic – odosobnienie, brak zapasów, nadciągający front – nie zdoła go dogonić.

Spytała przełożoną pielęgniarek, bezpośrednią i szczerą, czy doktor Kazanjian jest chirurgiem.

– Raczej nie – odpowiedziała kobieta, dając Annie znak, by pomogła jej rozłożyć zarzucony na ramię koc. – Pan Kazanjian jest dentystą. Nawet nie wiem, czy można go nazywać doktorem. Pani nie jest dyplomowaną pielęgniarką?

– Nie mam wykształcenia. – Nie wspomniała, że jej mąż jest lekarzem, co może by zmieniło kwaśną minę przełożonej, jej dezaprobatę. Anna była artystką i nie musiała chodzić w szpitalnym kieracie.

Oddział inżynieryjny położył wiele kilometrów nowych szyn i od tej pory znacznie szybciej dostarczano zapasy i amunicję na front i do szpitala polowego, czasami nawet w parę dni po wysłaniu z Southampton.

Tego ranka w mesie można było dostać świeże masło i chleb, a na długich stołach ustawiono kwiaty w blaszanych kubkach. Anna usiadła koło Kazanjiana; zauważyła twarz, wyłaniającą się z plątaniny linii – twarz o obnażonych mięśniach. Potem doktor zasłonił szkicownik dłonią.

– W końcu możemy się sobie przedstawić jak należy.

Anna podała mu rękę.

– Anna Coleman.

– Varaztad Kazanjian. Widzę, że pani także rysuje.

Popatrzył na jej zabrudzony na niebiesko kciuk i palec

wskazujący, co zdradzało, że trzymała w nich kolorową kredę. Roześmiała się.

Odkryli, że nie mają żadnych wspólnych znajomych, choć oboje mieszkali w tym samym mieście. Anna nie wspomniała, że mąż jest cenionym lekarzem, a jej rodzina mieszka w Bostonie od wielu pokoleń.

Jako nastolatek Kazanjian został ukradkiem wywieziony z Turcji, gdy jego protesty przeciwko masakrze Ormian naraziły go na niebezpieczeństwo. Pracował w fabryce pod Bostonem i uczył się angielskiego od kolegów, a potem nauczycieli. Egzaminy wstępne na Uniwersytet Harvarda zdał jako trzydziestolatek i został przyjęty jako najstarszy student na wydział stomatologiczny. Teraz był najstarszym członkiem Harwardzkiej Jednostki Chirurgicznej, złożonej z ochotników spośród personelu medycznego.

Lekarze przybyli na wojnę dobrze zaopatrzeni, ale choć przywieźli do szpitala ogromne skrzynie ze sprzętem i lekarstwami, zdecydowanie nie wystarczało to dla spodziewanej liczby rannych. Kazanjian wpadł w rozpacz, kiedy usłyszał, że w całej armii służy zaledwie piętnastu dentystów.

– Będziemy musieli polegać na rozumie – powiedział.

Wczesnym rankiem, zanim upał stawał się zbyt dotkliwy, malarka i dentysta chodzili wspólnie po obozie, szukając łupów.

– Mogę zrobić łubki z niepotrzebnego kabla telefonicznego, płaskich monet, spinaczy, kawałków skóry i sznurka – wyjaśniał doktor. Resztki porzuconego sprzętu, opakowań, nawet puste puszki po mleku skondensowanym i mięsie można było pociąć na kawałki, z których robiło się łubki unieruchamiające szczęki. Kiedy Kazanjian pożałował, że drewna nie da się zmienić w metal, Anna nazwała go zaklinaczem metali, współczesnym Midasem.

– Kula snajpera na ogół robi w ciele otwór o średnicy około dziesięciu centymetrów – wyjaśniał Kazanjian. – Żuchwa jest twarda jak kość słoniowa i łatwo pęka. Człowiek może żyć bez rąk i nóg, z poważną raną twarzy, ale nie bez szczęk.

Czasem amputacja szczęki ratuje życie. Nietknięte ciało wydawało się już Kazanjianowi anomalią.

Anna i Kazanjian nie rozstawali się. Na jednej z wypraw po metal Anna nazbierała naręcze polnych kwiatów, a jemu dała jeden, który włożył do puszki po mielonce i postawił przy łóżku.

Anna nie zwracała uwagi na śledzące ją potępiające spojrzenia – mężatka bez męża! Znalazła w środku wojny bezpieczne miejsce, więc odłożyła własną pracę na bok.

Przez tydzień obserwowała Kazanjiana, gdy przeprowadzał operacje stomatologiczne. Była pojętna, szybko nauczyła się słownika jego skrótowych gestów – czasami było to tylko spojrzenie – wyrażających prośby lub wskazujących instrumenty. Ponieważ jego oczy kryły się za grubymi szkłami okularów, wolała odczytywać wyraz jego twarzy z bliska, bo czoło i usta były bardziej wyraziste. Zawsze starannie szukał słów i był całkowicie skupiony na osobie, która z nim rozmawiała. To skupienie brało się z naturalnej rezerwy doktora i nieustannego wysiłku tłumaczenia w myślach obcego języka.

Kiedy oficjalnie została jego asystentką, nauczyła się na pamięć wszystkich jego zapasów: sól fizjologiczna. Gruszka do lewatywy – do oczyszczania ran. Prokaina i nowokaina. Masa plastyczna. Ebonit i gutaperka do usztywniania złamanych żuchw. Benzynowy palnik do lutowania. Drut ortodontyczny, kleszcze, szczypczyki, kleszcze dentystyczne, instrumenty do leczenia rozszczepu podniebienia, kneble. Dotrwała do końca pierwszej trudnej ekstrakcji sczerniałego zęba i nie zwymiotowała.

– Dobrze, że uczy się pani teraz – powiedział Kazanjian. – Wszystko się zmieni, gdy front zbliży się do nas. Kiedy przybędą ranni, czas stanie się naszym najgorszym wrogiem.

Długa bruzda w ziemi, w której kryli się żołnierze, znajdowała się zaledwie dwadzieścia kilometrów od nich. Powtarzano sobie niestworzone plotki o bitwie, o wrogach i ich okrucieństwach. Strach, docierający wszędzie, jak słońce lub ciepło, przerywał rozmowy, odbierał apetyt i sen. Z wolna osaczała ich klaustrofobia. Wszystko było dotknięte zastojem.

Mijały tygodnie, a Anna dostała od męża tylko jeden list. Wydawał się daleki, znękany, skąpił jej słów czułości lub żalu. Zdziwiło ją tylko jedno: jej gniew. Przykleiła list do okładki notatnika, skrzydełkiem do spodu, tak że był bezpieczny, ale nie można go było otworzyć.

Pewnego popołudnia Anna i Iris, dziewczyna ze służb pomocniczych z Mayfair, po cichu wśliznęły się do namiotu, w którym wyświetlano film na kinematografie. Nie było akompaniamentu pianina, a Anna nie potrafiła się skupić na tych milczących, rozedrganych postaciach. Bohaterzy i ich historia nie interesowali jej. Melodramat nakręcony przed wojną.

Potem Kazanjian towarzyszył obu kobietom podczas spaceru do pobliskiego lasu. Anna zauważyła kępę leśnych kwiatów. Za gęstą zasłoną drzew stłumiony pomruk ciężarówek aprowizacyjnych zmienił się w łagodny szum fal, więc okolica zdała się im zaczarowana, sztuczna, odosobniona jak wyspa. Znaleźli lilie, bladozłote kwiatki, gwiazdki inkrustujące bujną zieleń.

Kazanjian oddalił się, a kobiety zrywały kwiaty; ich dłonie lepiły się od soku, jaskrawopomarańczowy pyłek osypywał się na ich biało-szare uniformy.

Nagle z zarośli wyłoniło się trzech smagłych, brodatych mężczyzn. Anna zesztywniała, ale Iris pomachała im ręką.

– *Bonjour, bonjour. Ça va?* – Odwróciła się do Anny. – To cudzoziemscy żołnierze. Turcy. Z Algierii.

Iris zaczęła opatrywać żołnierza z obandażowaną ręką.

Uśmiechnął się, ukłonił i dał jej niezdarnie związaną chusteczkę. Podziękowała mu wylewnie.

Kazanjian wrócił i poczęstował mężczyzn papierosami, które uroczyście schowali do kieszeni na piersiach. Powiedział parę słów po arabsku, co zachwyciło Turków, z szacunkiem uścisnął im ręce i życzył szczęścia.

Kiedy odeszli, Iris rozwiązała chusteczkę i znalazła w niej garść zwiędłych pączków róż.

– Nie mogę tego zatrzymać, prawda? Nie z tych brudnych łapsk.

Rzuciła ją; chusteczka rozwinęła się w powietrzu, sypnęła pączkami w paprocie. Iris była gotowa opiekować się Turkami, ale szydziła z nich za plecami. No cóż, tak się zachowywali ludzie z jej klasy.

Kazanjian się nie odezwał, ale Anna znała go już na tyle, by pochwycić pogardliwe spojrzenie, jakie rzucił Iris. Potem odwrócił się i okulary odbiły zieleń lasu, zasłaniając jego oczy.

Ponieważ w szpitalu polowym leczono tylko paru żołnierzy, personel szukał jakiegoś zajęcia, by odwrócić uwagę od ułożonego na ręcznikach w rzędach medycznego sprzętu, naostrzonych narzędzi chirurgicznych, rolek bawełnianych bandaży. Wszędzie panowała osobliwa cisza.

Przypomniano sobie, że jest noc świętojańska, co stało się pretekstem do zabawy. Stoły w mesie przykryto świeżo upranymi prześcieradłami, podano wina, szampan, marynowane przepiórcze jajka, gęsie wątróbki, szynkę i sery – prezenty z domu lub dary nowych rekrutów i pracowników powracających z przepustki. Pewien doktor przeszmuglował udziec dzika, którego plastry – ciemnoczerwone jak kamienie granatu – ułożono na ogromnych półmisach. W głębi namiotu rozległ się owadzi brzęk, gdy kobiety zaczęły obchodzić stoły, nalewając szampana do kubków.

Z odległego pola bitwy dobiegł majestatyczny huk wystrzału. Przeszył namiot bez trudu. Po chwili powtórzyło go echo. Zaczęła się bitwa. Jakaś pielęgniarka załkała i zasłoniła usta ręką.

Pijany porucznik rzucił się na ziemię i dał znak wszystkim, żeby ucichli. Przyłożył ucho do ziemi, porośniętej rzadką trawą. Ci, którzy byli na froncie, spokojnie jedli i pili, przyzwyczajeni do takiej sytuacji. Inni, oszołomieni winem, czekali nerwowo.

– Słyszę ciężkie pojazdy – szepnął porucznik. – Już niedługo. Niedługo.

Siedem kilometrów dalej szalała bitwa, ziemia drżała, wstrząsy i hałasy nie dawały się odróżnić. Anna czuła je w nogach, jej kości zmieniły się w czuły odbiornik, niedający się odłączyć, łączący ją z bitwą. Dygot opłynął ją jak woda. Strach spiął mięśnie jej ramion, wysuszył gardło; zatęskniła za uspokajającą obecnością Kazanjiana. W tej samej chwili zrozumiała, że po raz pierwszy zdradziła męża.

Wiadomości biegły kilometrami telegraficznych drutów z frontu do szpitala. Wszyscy pracowali gorączkowo, przygotowując się do rychłego przybycia rannych żołnierzy. Fala dobiegającego z oddali hałasu spotężniała; późnym popołudniem przybył konwój ambulansów, ciężarówek i furmanek z rannymi. Kiedy zajęli wszystkie prycze, kładziono ich na sianie w kaplicy i pod drzewami w świetle latarni. Brakowało miejsca, by omijać leżące ciała. Niektórych żołnierzy należało odciąć od noszy i rozpruć ich ubrania, ponieważ podczas drogi krew za bardzo zaschła. Niektórzy czekali parę dni. Gangrena stanowiła powszechny widok, a smród rannych ciał był tak potworny, że namiot najciężej rannych można było odnaleźć po zapachu. Skóra i ubranie Anny cuchnęły ropą; odór utrzymywał się nawet po umyciu.

Anna nie spodziewała się, że ciało można uszkodzić na

tyle sposobów. Gapiła się w osłupieniu, jak pielęgniarka rysuje kopiowym ołówkiem na nagiej piersi żołnierza jeden okrąg za drugim.

– W ten sposób chirurg znajdzie szrapnel najszybciej – wymamrotała, już przyglądając się następnemu milczącemu żołnierzowi na noszach.

W namiocie operacyjnym stało pięć stołów, każdy z anestezjologiem, chirurgiem, pielęgniarką i sanitariuszem. Nikt nie odpoczywał i całe dni spędzano bez jedzenia, nie siadając. Nieustanne działanie było jak hipnoza, inkantacja, sposób, żeby zająć myśli. Anna znała to z doświadczenia. Jej oczy szukały obojętnych widoków, wpatrywały się w wojskowe koce, dziwnie jaskrawy szkarłat, rzucony na każde łóżko.

Wokół placu rosły nieliczne drzewa. Upał stawał się duszący, klapy namiotów uniesiono, żeby mógł wpadać wietrzyk. Nie zdało się to na wiele, ponieważ brezent pozostawał ciepły nawet o jedenastej w nocy. Kobiety cierpiały w długich, grubych spódnicach i czepkach.

Anna dzieliła pojedynczy namiot z inną kobietą; kiedy nadarzała się im okazja do kilkugodzinnego snu, padały – nawet nie życząc sobie dobrej nocy – na łóżka w ubraniu, niezdolne znaleźć słowa pocieszenia. Od czasu do czasu jakaś zaspana pielęgniarka unosiła latarkę, żeby inna kobieta mogła się rozebrać w jej słabym świetle. Kiedy było mniej rannych, zmiany skracano do dwunastu godzin.

Początkowo stres i nieustanny hałas nie pozwalały spać. Potem jeden rodzaj bezsenności został zastąpiony drugim – stanem otępiałego czuwania, sennego rozdrażnienia. Anna nie była pewna, czy jest przytomna, śpi czy też zapadła w trzeci, nieznany stan.

Siedząc u łóżka rozgorączkowanego pacjenta, który niedawno stracił wzrok, Anna odczytała mu list od żony. By choć trochę uszanować jego prywatność, nie spoglądała na niego, czytając wiadomości o ogrodzie, pogodzie, najmłodszym synu.

– Proszę mi pokazać, gdzie jest podpis – wymamrotał chory, wyciągając rękę. – Gdzie moja Susan się podpisała...

Włożyła mu list w dłoń, przysunęła do ust, by mógł pocałować śmiałe słowa miłości, zbyt intymne, by odczytała je inna kobieta.

O czwartej nad ranem Anna w pojedynkę usiłowała pomóc dławiącemu się żołnierzowi. Nagle odepchnęło ją twarde ramię Kazanjiana, który podniósł mężczyznę do pozycji siedzącej. Szybko włożył mu palce do gardła.

– Proszę przytrzymać jego język – rzucił do nadbiegającej pielęgniarki, nie odwracając oczu od twarzy pacjenta. Albo tego, co z niej zostało.

Anna wypadła na zewnątrz i przyklękła na skrzynce. Przez pokryty kraterami piach biegły postaci niezwracające uwagi na jej stan. Zatrzymały się gwałtownie przed namiotem, odrzuciły klapę, ukazując trójkąt światła wewnątrz.

Anna poczuła, że przemokły jej buty. Kiedy je zdjęła, zrozumiała, że są pełne czarnej krwi rannych.

Lekarze ze szpitala polowego nie czuli się swobodnie w towarzystwie Kazanjiana. Był cudzoziemcem, dentystą. Ale udowodnił, że posiada niezwykły talent improwizatorski – niezbędny wobec braku sprzętu – którego oni nie mieli.

Żołnierzy z ranami szczęk na ogół wysyłano w morską podróż przez Kanał ze szczękami w łubkach. Wielu umierało na ściskoszczęk. Kazanjian rozwiązał ten problem za pomocą dwóch patyków, małego drewnianego klocka i kawałka gumy, utrzymującego usta pacjenta w pozycji otwartej do chwili przybycia do stacjonarnego szpitala.

Kazanjian był nieustraszony i nieprzewidywalny. Lekarze uznali jego doświadczenie i zwracali się do niego z szacunkiem. W porze posiłków zaczęli szukać jego towarzystwa i zapraszali go do mesy oficerskiej na karty, co było wyrazem uznania. Raz podzielili się z nim butelką dobrego wina, znalezioną w porzuconym plecaku, gdyż Kazanjian słynął z wyrafinowanego smaku. Ale on nadal chodził w aurze samotności.

Kazanjian zatrzymał Annę przed mesą. Oboje spóźnili się na posiłek.

– Zgłosiłem się do służby w innym szpitalu. Opuszczę kraj.

Wiatr podniósł cienki fartuch Anny; przytrzymała go na spódnicy.

Kazanjian pokazał jej pas gumy.

– To z termoforu. Wykorzystam to na łubki. – Wzruszył ramionami z desperacją. – Jestem śmieciarzem. Trudno. Moim zadaniem jest służba. Ale lepiej wykorzystam swoje umiejętności w prawdziwym szpitalu.

– Kiedy pan odjeżdża? – spytała machinalnie, martwo.

– Po następnej ofensywie. Każda para rąk się przyda.

Słońce prażyło jej odsłonięty kark. Zmrużyła oczy przed światłem, odbijającym się od płóciennego namiotu. Usiłowała odczytać wyraz oczu Kazanjiana za grubymi szkłami.

– Czy potrafi pani zachować swobodę w kontakcie z rannymi?

– Tak.

– Czy potrafi pani naszkicować groteskową twarz, nie oceniając jej?

– Potrafię narysować wszystko, co zobaczę. – Wyczuła, że to egzamin, więc starała się odpowiedzieć zgodnie z jego oczekiwaniami. – Oczywiście nie mnie oceniać, czy posiadam zdolności. – Rzadko usprawiedliwiała swoje prace i zirytował ją własny krytycyzm. Irytacja miała zatuszować jej przerażenie na myśl o wyjeździe Kazanjiana.

– Nie dyskutujemy tu o pani zdolnościach. Jednak te portrety będą musiały szczegółowo oddawać wygląd, nie psychikę czy charakter. Będą stanowić dokumentację przebiegu leczenia.

– Sądzę, że posiadam tę umiejętność.

– Dobrze. Rysunek bywa okrutniejszy od fotografii. – Dał jej znak, by poszła za nim do namiotu. Przesłuchanie dobiegło końca. Kazanjian ją zatrudnił.

Nie mając oficjalnego dyplomu, Anna mogła przyjąć kolejną rolę, zmienić szpital i kraj. Napisała do męża, wyjaśniając, że opuści szpital polowy. Nie otrzymała odpowiedzi; drugi list został przekazany do szpitala, gdzie pracował jej mąż, parę kilometrów od frontu. Poczta była zawodna. „Times" docierał do nich przez Kanał na drugi dzień po wydaniu, ale listy przemierzające trzydzieści kilometrów dochodziły z wielotygodniowym opóźnieniem. Paradoks. Decyzje podejmowane w czasie wojny bywają czasami równie paradoksalne.

Włożyła kredę, ołówki, farby i gumki do drewnianych pudełek, w których tu przyjechały, a pędzle do skórzanych etui. Trójnóg, na którym opierał się stołek do szkicowania, został złożony pod siedzeniem ze świńskiej skóry. Ogromnych rolek Arche, Whatmana i papieru do akwareli od Messrs Dixon z Liverpoolu w ogóle tu nie rozpakowała. Zanim zamknęła ostatnią skrzynię z osobistym dobytkiem, zdjęła obrączkę, zawinęła ją w węzełek i ukryła w pudełku z farbami.

Wojskowy automobil zawiózł Kazanjiana i Annę na wybrzeże, gdzie wsiedli na statek medyczny „Guildford Castle". Wysiedli o trzeciej rano i wydawało im się, że to trzecia po południu, tak wiele osób ze służb wojskowych i medycznych kręciło się w porcie. W ogromnej ogrzewanej parowozowni stały rzędy pociągów medycznych ministerstwa wojny. Wagony miały długość dziesięciu metrów, na ich ścianach widniały symbole armii królewskiej i Krzyż Genewski, szkarłat na zielonawej szarości. W środku ściany były pokryte białą emalią, miały mahoniowe wykończenia, brązowe skórzane siedzenia, nieskazitelnie czyste emaliowane umywalki i mogły pomieścić do pięciuset osób ułożonych w kołyszących się w rytmie pociągu hamakach od podłogi po sufit. Osobne wagony przewoziły lekarstwa, w innych urządzono kuchnię i mesę, a jeszcze inne stanowiły salon dla personelu.

Podczas podróży do nowego szpitala Anna studiowała pod kierunkiem Kazanjiana budowę twarzy, ucząc się innych szczegółów fizjonomii niż te przedstawione przez rzymskich mistrzów. Podobała się jej rola uczennicy; wykazywała się posłuszeństwem, o jakie się nie podejrzewała.

– Mimiką twarzy rządzi tylko jeden nerw. Ten. – Delikatnie dotknął jej policzka koło ucha. – To jest ośrodek czucia. Nerw rozgałęzia się w górę i w dół jak gałęzie drzewa, rozprowadzając bodźce po całej twarzy. – Raz włożyła kciuki do pustych oczodołów czaszki i zdziwiła się, jak niedaleko jest od gałki ocznej do mózgu.

Dwadzieścia dwa mięśnie po każdej stronie twarzy, na ogół podłużne, tworzące nieskończony zbiór min, posłuszne emocjom, tak jak planety są posłuszne Słońcu. Łacińskie nazwy mięśni brzmiały egzotycznie, niczym obce kraje: *mylopharyngeus, levator palpebrae* i *buccinator*. By wyrazić szczęście, kąciki ust wznoszą się za pomocą *zygomaticus major*; policzki się unoszą, a mięśnie wokół oczu, *pars orbitalis*, ściągają się delikatnie. Wyraz strachu jest bardziej skomplikowany, angażuje mięśnie wewnętrznej i zewnętrznej strony czoła i ust. Oczy się rozszerzają, *risorius* i *masseter* ściągają wargi, szczęka może opaść. Kazanjian z całą powagą zademonstrował tę minę.

Wyjaśnił także, że szrapnel powoduje poważniejsze rany twarzy niż kula, ponieważ jego ostre odłamki rozszarpują skórę. Te rany zwykle ulegają zakażeniu, ponieważ wraz z odłamkami do organizmu wnika brud. Gaz jest jeszcze gorszy. Wyżera skórę i oczy.

Kiedy Kazanjian odkładał wykresy i spoglądał w okno pociągu, Anna patrzyła na niego uważnie – przyglądała się twarzy obmytej światłem, zieleni odbitej w jego szkłach. Żałowała, że nie ma przy sobie papieru i kredy, by utrwalić ten widok.

– Kiedy przybędziemy? – spytała tylko po to, żeby przestać o nim myśleć.

– Wczesnym popołudniem.

Krajobraz za oknem odwracał uwagę na tyle, że Kazanjian przemówił z większą swobodą.

– Mam nadzieję, że nie popełniłem błędu, namawiając panią do pracy w innym szpitalu, w innym kraju.

Ten przepraszający ton ją zaskoczył.

– To była moja decyzja.

– Jestem bardzo wdzięczny za pani towarzystwo. – Nadal na nią nie patrzył.

Potrafił się skupić wszędzie, bez skargi znosił straszne warunki szpitala polowego. Kiedy pracowali razem, tylko raz widziała go na progu załamania.

Kazanjian stracił pacjenta, bardzo młodego. Uroczystość pogrzebowa odbyła się w brzydki dzień; wicher szarpał namiotem – kaplicą, trząsł linami i płótnem. Nawet prymitywny, biały drewniany krzyż nad prowizorycznym ołtarzem dygotał. Po nabożeństwie Anna znalazła Kazanjiana za namiotem; odwrócił do niej twarz, na której malował się nagi ból. Szybko włożył okulary, a ona odeszła, zostawiając go samego.

– Tylko ranni cierpią naprawdę – powiedział kiedyś do Anny. Przechowywała te proste słowa jak talizman, niepewna, czy zrozumiała je tak, jak tego pragnął.

Kiedy dotarli do dworu, zapadł już zmrok. Automobil sunął gładko długim podjazdem i po chwili ukazała się potężna sylweta dworu o rzęsiście oświetlonych wszystkich oknach, jakby w środku odbywał się bal.

ROZDZIAŁ SIÓDMY

Pod podwójnymi rzędami malowideł w galerii obrazów stały niegdyś dwa tuziny krzeseł o masywnych nogach i oparciach kończących się dokładnie na wysokości ozdobnego zwieńczenia boazerii. Środek przestronnego pomieszczenia był pusty. Teraz pozostawione na miejscu żyrandole rzucały na niedawno ustawione łóżka szpitalne nieregularne plamy światła, jakby nadal pamiętały duchy dawnych mebli.

Młody golarz przechodził od łóżka do łóżka, siadał przy każdym pacjencie z miednicą ciepłej wody, pędzlem z borsuczego włosia i drewnianą miseczką z mydłem i brzytwą. Twarze niektórych pacjentów były tak wrażliwe i zdeformowane, że golenie zajmowało nawet godzinę. Artis celował w tym zadaniu; dostrzegał najdrobniejsze drgnienie powiek pacjentów, sygnalizujące ból lub niepokój.

Żołnierze z poważnymi ranami warg wymagali nieustannej opieki, gdyż dręczył ich ciągły upływ śliny, przemaczającej śliniak wokół szyi. Pielęgniarki co godzinę płukały im usta ciepłym roztworem soli fizjologicznej, pięcioprocentowego eusolu lub dichloraminy T, środka dezynfekującego, cenionego ze względu na lekkie natłuszczanie zranionych tkanek. Nocami budzono pacjentów co dwie godziny, by poddać ich takiemu samemu zabiegowi.

Podawanie substancji odżywczych rurką lub strzykawką stanowiło kolejny proces, który wymagał nieustannego czuwania pielęgniarek. Mężczyźni byli na ścisłej diecie płynnej, której podstawę stanowiły surowe jajka i śmietana z dodatkiem papek jarzynowych. Kiedy dodawano mielone mięso, humor wyraźnie się im poprawiał.

Wielu chorych nadal paliło, zwilżając wargi wodą lub kawą, żeby papieros się przylepił. Poważniej ranni wtykali papierosa w zmoczoną dziurkę nosa. Nocami rubinowe ogniki zdradzały, ile osób cierpi na bezsenność. McCleary'emu nigdy nie przyszło do głowy, żeby zakazać im tej przyjemności; ich świat skurczył się do tych niewielu czynności.

Wczesnym rankiem i pod koniec dnia wysoka sylwetka McCleary'ego przesuwała się między łóżkami pacjentów, powolna i niewzruszona jak statek; doktor delikatnie poprawiał poduszki lub przymocowane nad łóżkami rurki do podawania pokarmu. Niektórzy pacjenci, zawieszeni w stanie pomiędzy snem a jawą, poznawali doktora, inni, opatuleni kokonem bandaży, nie mogli się poruszyć ani nawet przemówić. McCleary uspokajał ich kojącym dotykiem, uprzednio odczytując wyraz twarzy pacjenta i mowę jego ciała, by mieć pewność, że taki gest jest pożądany.

Ten przemarsz przez sale szpitalne był podszyty napięciem; czasami McCleary uświadamiał sobie, że otaczają go mężczyźni, którym nie wolno dotykać twarzy, jakby ich głowy oplątywały kłęby drutu kolczastego. W dobre dni na sali panowało pogodne milczenie, które doktor uznawał za wyraz wiary w wyzdrowienie – srebrzysta, prawie namacalna cisza oznaczająca powrót do zdrowia.

Czytając Mondeville'a, dostrzegł przeświadczenie autora, że świat jest pełen potężnych czynników transformujących, które mogą wspomagać lub utrudniać rekonwalescencję. Nawet kolory mają moc. Jeśli pacjent cierpi na niekontrolowane krwotoki, Mondeville zalecał: „Musimy izolować go od wszelkich czerwonych przedmiotów, czy to obrazów, czy kołder i temu podobnych, ponieważ podobieństwa się przyciągają".

Aczkolwiek McCleary nie podzielał przekonania Mondeville'a, że czerwień wywabia krew z ciała, zgadzał się, że podobieństwa się przyciągają. Wiedział, że jego siłą jest twarz, głos, gesty, które dają nadzieję, uzdrawiają. Oto jego kolory.

Pacjenci odnosili się do niego z bałwochwalczą czcią, a to tworzyło dystans między nim i resztą personelu. Młodsi chirurdzy przyznawali, że góruje nad nimi sprawnością, jego palce są tak pewne i nieruchome, że potrafiłby utrzymać ziarenko na paznokciu kciuka, był zdolny szyć najcieńszym katgutem lub końskim włosiem, badał rany dotykiem precyzyjnym, a lekkim jak muśnięcie piórka. Wśród personelu mówiło się – półżartem – że na jego palcach, kształtnych, o delikatnej skórze, nie ma linii papilarnych, które dodają szorstkości rękom innych.

Choć McCleary spotykał się z traktowaniem pełnym szacunku, czasami podczas operacji, usiłując zszyć skórę, dawał się ponieść emocjom. Była to praca misterna i pracochłonna, jakby próbowało się połączyć dwie mokre powierzchnie. Albo spleść ze sobą płatki śniegu. Doktor operował tak, by powstały najlepsze blizny, ponieważ było oczywiste, że w przypadku niektórych twarzy ich rekonstrukcja będzie wymagała licznych operacji i potrwa latami.

Choć ta praca to ledwo pierwsze kroki na nowym terytorium, obowiązkiem doktora było opisywać zastosowane techniki i spostrzeżenia z myślą o innych lekarzach. Jego notatki były wierne i precyzyjne, ale te suche opisy przestały go napawać dumą. Ze skrępowaniem dokumentował te procedury bez precedensu, punktu odniesienia i przewidywalnego efektu.

Nie sposób było – nawet w rozmowie z innym lekarzem – opisać dokładnie subtelne zmiany w fizjonomii dochodzących do zdrowia pacjentów. McCleary usiłował przechowywać ich obrazy w pamięci – kolor i teksturę każdej rany z osobna – ale przy tym tempie zmasakrowane twarze z jego wspomnień szybko zlewały się ze sobą.

Jedno było pewne: po udanym przeszczepie ciało natychmiast różowiło się w charakterystyczny sposób. Nawet najsubtelniejszy odcień miał znaczenie. Gojące się rany stawały się jaśniejsze, z czerwonych do bladoczerwonych. Postęp gojenia odbywał się w ślimaczym tempie, różnice były ułamkowe.

*

Po gwałtownej bitwie za morzem sale szpitalne wypełniły się nowymi pacjentami. Przełożona wybierała rannych potrzebujących najpilniejszego leczenia. Wszystkich lekarzy wezwano do sali operacyjnej.

McCleary natychmiast rozkazał, żeby pacjentów niebędących w stanie krytycznym umieszczono w przedpokojach, sali bilardowej, bibliotece i nawet korytarzach, ponieważ sale szpitalne były przepełnione.

Przydzielił Artisowi nocny dyżur; chłopiec przy świetle latarki spokojnie kierował pacjentów na łóżka. Następnie przysiadł na stołeczku w bibliotece, gdzie przesiedział do świtu, nasłuchując niespokojnych oddechów rannych, gotów w razie potrzeby wezwać dzwonkiem pielęgniarki z dalekiej infirmerii.

O świcie pacjenci otworzyli oczy i spojrzeli ze zdziwieniem na precyzyjnie namalowane chmury na suficie, spokojne biele i błękity. Jeden godzinami wpatrywał się w to sztuczne niebo, twierdząc, że zauważył zarys znajomego kontynentu.

– Ale nie pamiętam którego – mamrotał raz po raz i wypytywał o jego nazwę pielęgniarki oraz każdego, kto zatrzymał się przy jego posłaniu.

Kiedy w bibliotece stanął McCleary, poszedł za spojrzeniem pacjenta.

– Wszystkie szpitale powinny mieć szklane dachy – oznajmił zaskoczonemu sanitariuszowi. – Pacjenci, którzy nie mogą spać, mogliby obserwować w nocy gwiazdy.

Widok tak zdyscyplinowanego porządku musi sprawiać radość, dodał w myślach.

Nagle uświadomił sobie, że stał się ośrodkiem uwagi. Wszystkie rozmowy ucichły, młodsi lekarze zerknęli na niego znad dokumentów, pielęgniarki odruchowo zaczęły poprawiać spódnice, jak na inspekcji. Podczas obchodu czuł, że pacjenci wpatrują się w niego z napięciem, usiłując wywnioskować z jego najdrobniejszych gestów i spojrzeń, czy jest dla nich nadzieja.

McCleary czuł się ogromny, ważny, jakby jego wzrok i siła miały boską moc, nie znały ograniczeń, jakby jego cień rozrósł się dziwacznie, wyróżniając go spomiędzy innych. Niebezpieczny stan.

Wstrząśnięty, opuścił salę.

Ten incydent spotęgował jego samotność. Zapragnął podzielić się z kimś ciężarem tej izolacji. Nie zdając sobie sprawy z własnej obcesowości, chwycił za guzik doktora Kazanjiana, który przed chwilą przyjechał, i zatrzymał go na korytarzu.

– Czy ci pacjenci mogą oglądać swoje twarze? Czy pańskim zdaniem moja decyzja, by wynieść wszystkie lustra, była słuszna? – Wpatrzył się ze skupieniem w twarz Kazanjiana. Zanim ten zdążył odpowiedzieć, dodał: – Czy też może pierwsze spojrzenie na własną twarz okaże się zbyt szokujące po tylu miesiącach oczekiwania?

– Nie jestem pewien, czy szok da się złagodzić, niezależnie od tego, kiedy otrzymają lustro.

– Czy to możliwe, że wyobrażają sobie swoje twarze gorszymi niż są w istocie?

– Przecież pacjenci widzą się nawzajem. Każdy wierzy, że nie wygląda tak strasznie, jak pozostali. Słyszał pan, jak żartują.

– Więc łudzą się nadzieją.

– To nasza jedyna broń. Nadzieja i czas.

Kiedy nadzieja dopadała McCleary'ego, mimo woli przypominał mu się ustęp z *Boskiej komedii*. Dante umieścił bluźnierców w siódmym kręgu piekła, skazując ich na leżenie na wznak, z twarzą ku niebu, z którego raził ich ogień boży, a oni przez całą wieczność nie mogli się od niego odwrócić.

*

Od czasu, kiedy McCleary wszedł do sali operacyjnej, korytarz jakby zupełnie się zmienił. Nie sposób było oszacować, ile czasu minęło od tej pory. Godziny. Dni. Życie.

Przechodząc koło pokoju, usłyszał stłumiony odgłos i odgadł, że coś chyba upadło. Może zamknięto w środku psa? Pacjenci nieustannie przygarniali bezpańskie zwierzęta. Pacjenci w Nutley przez wiele tygodni ukrywali na terenie szpitala małego osiołka, a lekarze nie mieli o tym pojęcia.

Choć nie miał ochoty rozmawiać ani widzieć się z nikim, odruchowo otworzył drzwi. Mały pokój był ciemny, ale doktor po chwili rozpoznał w szarym kształcie na ziemi pielęgniarkę. Miał się odwrócić, lecz dostrzegł, że kobieta przyciska ręcznik do twarzy, a jej tłumione szlochy są tak gwałtowne, że aż cała się trzęsie. Ta pielęgniarka niedawno przybyła.

Czy powinien jej się narzucać? Czasami propozycja pomocy jest zbyt nachalna, zbyt krępująca. Kobieta podniosła głowę, ukazując brzydką, opuchniętą twarz. Wydało mu się, że coś powiedziała.

– Doktorze, przepraszam. Nie sądziłam, że ktoś mnie tu znajdzie. Zaraz wyjdę. – Wstała chwiejnie. Zrobił krok w jej stronę, chcąc pomóc. Jej dłoń była bardzo zimna.

– Co się pani stało?

– Nic. Nic mi nie dolega. Ale ci chłopcy... Nie żartują ze mną, jak z innymi pielęgniarkami. Wiedzą, że jestem w ich towarzystwie skrępowana. To moja wina.

– Ta praca jest trudna. Przyzwyczai się pani.

– Naprawdę? Nie... nie lubię patrzeć na tych pacjentów. Nic na to nie poradzę, że nie jestem odważna.

Za dużo wiedziała. Musi odejść. McCleary obiecał jej nie bez życzliwości, że jutro rano o wszystkim porozmawiają.

– Proszę powiedzieć przełożonej, żeby dała pani środek nasenny.

Młoda kobieta omal nie dygnęła z wdzięczności.

*

Przed gabinetem kwatermistrza dwaj sanitariusze natrząsali się z Artisa, że nie zaciągnął się do wojska.

– Cykor – kpili. – Gdybyś mieszkał w mieście, kobiety dałyby ci białe piórko. Tak się traktuje tchórzy, co nie noszą munduru. Mój kuzyn powiedział komisji, że jest starszy i walczył pod Ribecourt. Nie miał nawet siedemnastu lat. A ty co, staruszku?

Artis już miał coś odparować, kiedy do rozmowy wmieszał się McCleary, gniewnym tonem wysyłając go po butelkę kolodium. Wdzięczny za ratunek, znalazł butelkę, przyniósł doktorowi i zaczekał w milczeniu, aż ten podniesie głowę.

– Chciałbym pracować w szpitalu, panie doktorze. Być lekarzem. Umiem czytać i pisać.

McCleary odłożył pióro i przyjrzał się niespokojnemu chłopcu.

– Chodź ze mną.

Gdy znaleźli się w gabinecie, doktor przesunął dłonią po wytartych grzbietach książek na półce. Zatrzymał ją na *Anatomii* Graya.

– To był mój podręcznik na studiach. Są tu wymienione wszystkie mięśnie i kości. Naucz się ich na pamięć. Ważne jest także, żebyś miał oczy otwarte. Obserwuj. Możesz pomagać na sali operacyjnej. Pomówię z przełożoną pielęgniarek. Zobaczymy, czy pozwoli, żebyś mi towarzyszył podczas obchodów.

Artis nie ośmielił się dotknąć książki, ale jego spojrzenie wyrażało wdzięczność.

Po jego odejściu McCleary uświadomił sobie, że chłopiec od tygodni usiłował z nim porozmawiać sam na sam. A on tego nie zauważył.

McCleary obserwował zza zasłony drzew, jak dwaj pacjenci stoją na malowniczym mostku. O tej porze dnia, przy słońcu za plecami, mogli widzieć w wodzie jedynie niewyraźny kształt swoich głów, mącony smugami żółtego pyłku, który dryfował po powierzchni.

Jakie odbicie zobaczyłby Julian w czystej wodzie? Zarys głowy i ramion się nie zmienił, ale twarz stanowiła straszliwy widok.

McCleary znalazł Juliana w warzywniku. Razem obeszli świeżo zaoraną ziemię, kopuły z grubego szkła chroniące młodą wrażliwą sałatę o przezroczystych listkach, zbryzgane po deszczu czarnymi kropkami ziemi. Uspokajała go symetria tego miejsca, ceglane zwietrzałe mury.

– Czy ta ogrodowa dyscyplina nie sprawia ulgi?

– To sanktuarium. Zielono-brązowe. – Julian zawahał się, odsunął gałąź i wpadł na ramię doktora. – Przepraszam.

Z powodu zabandażowanego oka czasami źle oceniał odległość, miał kłopoty z utrzymaniem równowagi. Pewnego razu McCleary zauważył, jak Julian podnosi szklankę. Miał wrażenie, że przedmioty wydają mu się niegodne zaufania, zdradzieckie. Gdy Julian wchodził do nieznanego pokoju, poruszał się ostrożnie, jakby substancja podłogi mogła się niespodziewanie zmienić. McCleary był starszy i wyraźnie widział, że młodzieniec traci fizyczną beztroskę. Wojna go przygasiła.

– Jestem na dobrej drodze do wyzdrowienia. Teraz zawodzą mnie tylko stopy.

Może jednak dobrze, że zakazano tu wstępu gościom, a ranni mogli wyładować swój gniew na personelu szpitala. Doktor rozumiał, że rodzina Juliana mieszka bardzo daleko, a chłopak nigdy nie wspominał, że ma ukochaną. Lepiej nie domagać się odpowiedzi od kogoś, kto chciałby o niej zapomnieć.

– Przynajmniej mam twarz, którą mogę golić. A raczej skrawek twarzy, którą goli mi chłopiec – odezwał się nagle Julian. – W okopach goliłem się nawet w najgorszych warunkach, przy kawałku lusterka. Czasami przeglądając się w kałuży. To była jedyna lustrzana powierzchnia w promieniu wielu kilometrów. Spoglądałem na odbicie twarzy i nawet nie wyjmowałem papierosa z ust. Tęskniłem za jeziorem. Przejrzystym. Niezmąconym. Niebieskim.

McCleary czekał spokojnie na to pytanie. Wiedział, kiedy padnie i po jakich przygotowaniach. Julian chciał się dowiedzieć o swoją przyszłość. Wcześniej czy później niektórzy pacjenci znajdowali okazję, by o to spytać.

– Czy może pan uleczyć moją twarz?

McCleary musiał odpowiedzieć uczciwie.

– Pańskie kości są zdrowe, chwała Bogu. Wszystko zależy od tego fundamentu. Na razie chciałbym zdjąć już bandaże, ale skóra wolno się goi.

– Jak długo?

– Skóra i kości zrastają się czterdzieści dni. Jednak nie sposób wyznaczać terminu, gdyż każdy organizm ma własne tempo.

– Doskonale. Więc moją twarz da się doprowadzić do porządku?

Julian mówił głosem załamującym się z napięcia. McCleary miał wrażenie, że to napięcie wnika w niego, a gorycz ściska gardło. Odezwał się cicho, odmierzonym głosem, żeby uspokoić Juliana, ale także nie stracić panowania nad sobą.

– Leczenie nigdy nie jest proste.

– W przeciwieństwie do śmierci.

– Właśnie. – Powiedział to machinalnie, wbrew swojemu postanowieniu, by dawać nadzieję. Pacjenci na ogół nie domagają się bardzo konkretnej odpowiedzi.

– Musi pan czuć ulgę, odwracając oczy od chorych. Patrząc na ogród.

McCleary z wdzięcznością przyjął zmianę tematu; z wysiłkiem rozluźnił zaciśnięte dłonie. W oddali krakały gawrony, kwitła kalina o ciężkich, kremowych, mocno pachnących kulach kwiecia. W drodze powrotnej Julian zaczął mówić jednocześnie z dumą i skruchą o swoich wojennych doświadczeniach – jakby prowadził wewnętrzny monolog.

– Powiem panu, co się wydarzyło podczas mojej ostatniej bitwy. Ostrzał zmienił zamek w ruinę. Meble leżały na trawniku, upudrowane białym tynkiem.

McCleary słuchał, nie przerywając. Rozumiał, że jest to proces równie konieczny, jak operacja.

– Jakiś piechur znalazł wejście do piwnicy i zeszliśmy do najgłębszych pomieszczeń o glinianych ścianach i podłogach. Znaleźliśmy butelki wina, zapasy, jedzenie. Zajrzeliśmy z latarkami do sąsiedniego pomieszczenia, a światło się odbiło, oślepiło nas. Zatrzymaliśmy się z obawy, że to nieprzyjacielska pułapka, ale wszędzie panowała cisza. Z wolna ruszyliśmy przed siebie. Okazało się, że to składzik pełen luster i pięknych mebli. Nad nami uderzył moździerz i wszystko, co lśniło, zgasło. Pomyślałem, że już nie żyję.

McCleary wyobraził sobie, jak gwiazdka latarki Juliana wyłania jego odbicie z ciemnej tafli luster, a potem światło nagle znika, zduszone przez potężniejszy wybuch na górze.

McCleary często żałował, że kiedy jego wzrok skupia się na pacjencie, nie potrafi skoncentrować się tak, by przyspieszyć proces leczenia. Czy kochankowie nie przekazują sobie uczuć spojrzeniem? Nie rozbierają się wzrokiem?

Mając trzydzieści parę lat, McCleary zakochał się w śpiewaczce, oszałamiającej sopranistce. Chodził na jej koncerty w Aeolian Hall i Salle Erard na Great Marlborough Street, ale wolał przysłuchiwać się jej lekcjom śpiewu.

Bawiło ją to.

– Co za poświęcenie – mawiała ze śmiechem. – Lekcja to nie koncert. Muszę mieć kostium i publiczność, żeby wejść w rolę.

Nie wiedział, co odpowiedzieć, choć czuł, że jest zadowolona.

W sali ćwiczeń siedział i słuchał, kiedy stała przed nauczycielem, oddalona od niego o krok. Nauczyciel – starszy pan, surowy i godny – dotykał jej potylicy, potem przyciskał kciuk przy jej uchu, koło trójkąta Macewena. „Proszę nie otwierać ust tak szeroko. Proszę sobie wyobrazić, że wystawia pani język. Proszę mnie naśladować".

Nauczyciel kazał jej sobie wyobrażać język, żebra, napięcie przepony. Wibrujące gardło. Jego dłonie kreśliły pętle, trzepotały. Lekcja była intensywna i intymna. Nieustannie spoglądali sobie w oczy.

Jej głos wypływał jakby z jej osobowości, z każdego mięśnia i kości. Jej ciało stało się rezonatorem. McCleary zdumiewał się emocjami, jakie przez nią przepływały. Potem, kiedy ujmował jej twarz w dłonie, wydawało mu się świętokradztwem całować usta, które tak śpiewały.

Wiele lat później przypomniał sobie tę lekcję śpiewu.

– Najpierw trzeba w sobie rozwinąć świadomość ciała – mówił pacjentom, nie odrywając wzroku od ich twarzy. – Proszę sobie wyobrazić, że pańskie ciało jest jak latarnia, a potem zapalić w sobie światło. Przyjrzeć się sobie. Znaleźć zranione miejsce. Nawet, jeśli to boli.

ROZDZIAŁ ÓSMY

Catherine odwróciła głowę i skupiła wzrok na dziwnym detalu złotego guzika na rękawie; potem guzik zniknął, a jego miejsce zajęły kolory, błękit i srebro zygzakowatego wzoru mory. Rozpoznała tapetę na korytarzu, uświadomiła sobie, że jej ramię uciska brzeg składanego łóżka.

– Gdzie jest Charles?

– Ocknęła się – odezwał się jakiś mężczyzna. – Wezwijcie pielęgniarkę, niech ją zaprowadzi na górę. Wiecie, kto to?

– Skąd się tu wzięłam? Charles! Charles! – zawołała go raz i drugi, usiłując ściągnąć koc z ramion.

Pielęgniarka przykucnęła przy jej łóżku.

– Proszę nie ruszać się zbyt gwałtownie.

– W ogóle nie będę się ruszać, dopóki nie przyjdzie lekarz.

Krępa pielęgniarka unikała gniewnego wzroku Catherine.

– Proszę bardzo – powiedziała kwaśno i mocno otuliła ją kocem.

Po paru minutach McCleary pochylił się nad nią ostrożnie i natychmiast poznał panią tego domu. Catherine. Rozpaczająca wdowa. W jego oczach widać było zmęczenie. Wsunął stetoskop do kieszeni i pomógł jej wstać.

– W pokoju obok jest spokojnie. Tam możemy porozmawiać.

– Nie. Proszę mi powiedzieć teraz. – Te słowa od dawna czekały na wypowiedzenie, głośne, oskarżycielskie. – Gdzie jest mój mąż?

McCleary poprowadził ją korytarzem – jej ręka drżała, wąska spódnica ograniczała kroki – do bocznego pokoju. Kiedy zamknął za nimi drzwi, zwyczajność słonecznego światła przywróciła mu równowagę. Wskazał Catherine krzesło.

Nie usiadła. Stała, wpatrzona w jego twarz, nerwowo przesuwając palcami po rzeźbionym gzymsie kominka.

– Zobaczyłam Charlesa na dworze, ale nie chciał wejść do domu. Nie chciał ze mną rozmawiać.

– Proszę usiąść. – Doktor czekał tak długo, aż podeszła do sofy. Dopiero wtedy zaczął mówić, wolniej, co było jego nieuświadomionym sposobem na odwleczenie strasznej wiadomości. – Obawiam się, że się pani myli.

– Nie chce pan, żebym go zobaczyła.

– Mężczyzna, którego pani widziała, nie jest pani mężem. Bardzo mi przykro. Proszę mi zaufać. – Czuł się tak, jakby tłumaczył się z jakiegoś przewinienia. Biała kurtka ciążyła mu i przeszkadzała niczym zbroja.

Dzikie spojrzenie Catherine przepalało go na wylot. Ten człowiek zabrał Charlesa.

– Pan kłamie. Wszyscy mnie okłamują.

– Musi mnie pani wysłuchać.

Jego słowa były bronią przeciwko niej.

– Przecież nikt nie widział, jak Charles umiera. Nie było świadków. Na pewno się uratował, ukrył. Widywałam znaki, znaki od niego. – Jej ręce wyciągały się błagalnie.

– Wyobraźnia panią poniosła. To ona go pani pokazała. Pani mąż nigdy nie wróci – powiedział doktor łagodnie i ostatecznie. W jego oczach widać było niezmierzony żal.

Jej ciało zareagowało jak na cios, zgięło się wpół, osunęło na sofę.

W stajniach posiadłości trzymano wspaniałe konie na polowania, ale zaraz po wybuchu wojny kilka z nich zastąpiono automobilami Charlesa. Młody zdolny służący, zwany czasem szoferem, jeździł lancasterem i royal daimlerem z taką dumą, jakby należały do niego. Zagroził, że rozbierze na części i zakopie rolls-royce'a Silver Ghosta, jeśli wojsko ośmieli się go zarekwirować.

Catherine zamknęła małe cenne przedmioty w swoim apartamencie i kazała sanitariuszowi wyprowadzić wolseleya. Jeździła brawurowo po wiejskich bitych drogach, wzbijając obłoki kurzu. Pęd automobilu sprawiał, że zimny wiatr, napierający na skórzane gogle i koc na kolanach, zdawał się jeszcze bardziej przenikliwy.

Miasto było dziwnie odbarwione. W parku na miejscu szeregów szkarłatnych pelargonii pojawiły się grządki kapusty, posadzonej na polecenie urzędu robót publicznych. Po północnej stronie Piccadilly, modnej w sezonie promenady, kobiety nosiły na ogół niebieskie lub czarne stroje. Mężczyźni chodzili w mundurach khaki lub w ciemnych garniturach rekonwalescentów, czasami z pustym rękawem przypiętym na piersi.

Na ulicach panował mniejszy ruch, ponieważ wiele pojazdów – nawet omnibusów i taksówek – wysłano na front. Jednak w powietrzu unosiły się gęste wyziewy, a kiedy Catherine zdjęła kapelusz, na ozdobnych liściach z zielonego aksamitu ujrzała delikatny czarny miał, niczym pyłek złowieszczych kwiatów.

Szła ulicami West Endu, zdumiona, że skrzynki w oknach nadal były pełne kwiatów, a bratki kwitły pod markizami w precyzyjne prążki, jakby strzegącymi wesołości tych wątłych roślin.

Na rogu gazeciarz głośno wykrzykiwał nagłówek: „Po drugiej stronie Kanału wrze walka!”. W gazecie kolejne kolumny nazwisk zmarłych i wiadomości wojennych – niemiłosierna szarość, rzucająca cień na całą ulicę. Piesi zwalniali, nie mogąc pokonać tej barykady, przypominającej o śmierci. Czarne napięte druty telefoniczne na słupach wibrowały groźnie, jakby biegły po nich nowe złe wieści.

W holu Empress Clubu jakaś kobieta ścisnęła ramię Catherine, szepcząc: „Wdowa pozna drugą wdowę”. Zaczęła ją zachęcać do spotkania z medium.

– Skontaktowała się z moim mężem. Opisała, jak jest w niebie. Czy wyobraża sobie pani, jak mi ulżyło?

Wdowa wybuchnęła płaczem tak gwałtownym, że nie mogła wymówić nazwiska medium. Napisała je drżącą dłonią na wizytówce: „Pani Kennedy, doradztwo spirytystyczne”.

Catherine wsiadła do omnibusu, mocno uchwyciwszy się balustrady, bo pojazd kołysał się jak statek. Krępa kobieta w uniformie ruszyła ku niej chwiejnym krokiem. Catherine otworzyła szeroko oczy. Nie do wiary. Konduktorka. Kobieta.

Szyld na wystawie na Oxford Street zapowiadał czytanie z ręki, z kuli i kart tarota. Catherine wysiadła; dwie kobiety wskazały jej kierunek Fleet Street. Na Devereux Court znalazła nazwisko pani Kennedy na małej mosiężnej plakietce przy drzwiach, przycisnęła guzik dzwonka i weszła. Drzwi na górze otworzyły się z cichym trzaskiem zasuwki.

– Musi pani wejść po schodach – rozległ się słaby kobiecy głos. – Proszę się nie spieszyć, kochanie.

Na mrocznym podeście otworzyły się drzwi, wypuszczając stożek światła z pokoju o wytartym dywanie i ścianach obłażących z farby niewiadomego koloru. Jakaś drobna postać zaprosiła Catherine do środka. Płaszcz zdjęła jej kobieta, która przedstawiła się jako pani Kennedy.

– Cieszę się, że mnie pani odwiedziła. Wyczuwam, że nadeszła odpowiednia pora. Proszę usiąść naprzeciwko mnie przy stole. Honorarium z góry.

Palce Catherine zadrżały nad monetami, które uderzyły o nagi blat.

– Czy po raz pierwszy kontaktuje się pani z ukochaną osobą?

– Tak.

Warkocz kobiety wymknął się spinkom, gdy chwyciła Catherine za rękę.

Catherine się cofnęła, ale pani Kennedy oznajmiła, że kontakt fizyczny jest niezbędny przy pracy z duchami.

– Usiądźmy obok siebie. Proszę sobie wyobrazić ukochaną osobę. Życzy sobie pani wieści od żołnierza, tak? Tak?

Catherine nie potrafiła sobie przypomnieć Charlesa. Nagle ujrzała wizję sypialni i jego sylwetki przy oknie.

Pani Kennedy zamknęła oczy, odchyliła głowę. Jej oddech stał się głębszy i bardziej regularny.

– Usiłował się z panią skontaktować. – Jej usta poruszały się przez chwilę bezgłośnie, jakby słowa straciły znaczenie. Potem nagle wyjąkała: – M-m-mówi, że pani nie chce słuchać. Ćśśśś... Zaraz... Widzę go wśród skarbów. Wśród pięknych przedmiotów, wielu obrazów. Przystojny mężczyzna. – Głos kobiety złagodniał, jej głowa przechyliła się na bok, jakby pani Kennedy nasłuchiwała czegoś w ciszy.

Catherine niczego nie słyszała, ale wpatrywała się w kobietę ze zgrozą, nie mogąc oderwać wzroku. Zapamiętywała każdy szczegół jej twarzy.

– Ale gdzie... gdzie on jest? Proszę mu powiedzieć, że musi mi się ukazać.

– Ach... Jest szczęśliwy wśród duchów. Mówi...

– On nie umarł – krzyknęła Catherine, odpychając stół. – On jest w domu. Jest w domu. Ty głupia! – Chwyciła kobietę za ramiona, pociągnęła za lichy szal na szyi. Pokój przechylił się; Catherine chwyciła się stołu. Porwała płaszcz z krzesła.

Krzyki medium towarzyszyły jej przez całą drogę po schodach.

– On jest dla pani stracony. Czy pani mnie słyszy? Stracony!

Catherine słyszała tylko tupot własnych stóp na schodach.

Tego wieczoru kobieta, którą Catherine spotkała w herbaciarni Empress Clubu, zaprosiła ją na przyjęcie w hotelu Cavendish na Jermyn Street.

W hałaśliwym, zatłoczonym apartamencie Catherine dostrzegała wyłącznie żołnierzy, których kurtki w znajomych jej kolorach opinały ciała, tworząc identyczne sylwetki. Przez chwilę jakiś jasnowłosy, stojący do niej tyłem porucznik wydał się jej Charlesem; potem potrząsnął głową w przeczącym geście i ten jeden ruch zdradził, że to obcy człowiek.

Catherine odwróciła się od żołnierzy i zaczęła obserwować kobiety. W kilku z nich rozpoznała wdowy. Jej siostry w żałobie. Czy także czuły pustkę? Czy lunatykowały, odrętwiałe, z tą pustką w środku? Dlatego ciągłe poruszanie się było takie ważne. Dawało złudzenie życia.

Przechodziła w tłumie, jakby płynęła, jakby unosiła się niewidzialnie w powietrzu; nikt jej nie potrącał. Szereg szpiczastych białych orchidei we flakonach wyznaczał środek długiego stołu bez obrusa; leniwie urwała jeden kwiat i włożyła go w kok na karku. Jakiś mężczyzna podał jej kieliszek wódki.

– Proszę spróbować. Coś nowego. Z zagranicy.

Płyn nie miał smaku. Szybko wypiła i poprosiła o następny. Lekko kręciło się jej w głowie, czuła nacisk migreny. Nie chciała jeść, tańczyć, rozmawiać. Nic jej nie interesowało.

Bardzo pijany młodzieniec w mundurze khaki głośno domagał się więcej szampana. Pani Lewis, gospodyni hotelu, zawołała do kogoś na dole, by przyniósł więcej butelek. Stopniowo pustoszyła prywatną piwniczkę gościa hotelu przy pełnej zgodzie dyrekcji. Nikt nie miał nic przeciwko temu. Przypuszczano, że właściciele wina nie przeżyją wojny i nie wrócą po cenne zbiory. Spodziewano się, że jakaś spadająca bomba w końcu i tak zniszczy piwnice.

Przyniesiono nowe butelki szampana, już otwarte. Tryumfalnie puszczono je w obieg. Beztrosko rozlewano. Pani Lewis poprosiła o ciszę i wszyscy uroczyście spełnili toast za nieświadomego fundatora szampana, lorda Jakiegośtam. Za jego zdrowie. Za jego powrót, jeśli Bóg pozwoli. Za żołnierzy w okopach. Za króla.

Gdy zaczęto pić, jakiś rozczochrany młodzieniec w białym krawacie chwycił Catherine za rękę i pociągnął ją na górę po schodach, śmiejąc się po pijacku. Za nim podążyło hałaśliwe towarzystwo. Trzasnęły drzwi prowadzące na dach, niespodziewanie ukazując mroczne, najeżone wieżyczki i kominy. U ich stóp blade promienie światła przedzierały się spod papy, zasłaniającej świetlik.

– Patrzcie! Patrzcie!

Nad fioletowym horyzontem unosił się ogromny podłużny kształt, prawie niewidoczny, dopóki nie znalazły go cienkie jak igły białe promienie szperaczy. Zeppelin umknął przed nimi i zbliżył się, cichy monolit, oko patrzące na czarną mapę miasta.

Catherine obserwowała jego hipnotyczny, wolny ruch.

Czuła, że sama unosi się w próżni, zbliża do zeppelina; z wielką wyrazistością dostrzegła w oddali lśniący Kanał, nieruchomy jak namalowana kreska. Za nim rozciągał się kolejny krajobraz, posiekany brutalnymi bliznami. Pole bitwy. Ucieczka była daremna.

Wściekła, wyjęła z torebki lusterko i pobiegła, potykając się, przez dach, machając dziko ku niebu, z migotliwym światełkiem w dłoni.

– Tu jestem! – krzyknęła. – Patrz! Tutaj!

Jakiś mężczyzna gniewnie wytrącił jej lusterko z ręki.

– Czy pani oszalała?

Rozbawiony tłum, który się jej przyglądał, parsknął śmiechem. I co z tego? Każdego wieczoru ktoś tracił nad sobą panowanie i szybko o tym zapominano. Wyzywająco zaczęli wołać do zbliżającego się zeppelina. „Żyjmy dziś, bo jutro będziemy martwi".

Catherine oparła się o fotel automobilu. Jedną rękę trzymała na kierownicy. Nad jej głową migały splątane gałęzie, zamazana plama liści, jakby świat stanął na głowie i zielony strumień płynął nad nią.

Podekscytowany sanitariusz czekał, aż Catherine zatrzyma automobil przy stajni.

– Była tu kawaleria! – zawołał. Jakiś oddział niespodziewanie zabrał wszystkie konie.

Nie było sensu pytać, dlaczego sanitariusz nie starał się ukryć najlepszych wierzchowców. Przewieziono je na front, gdzie będą musiały lawirować wśród ziejących kraterów i kolein, zostawionych przez wojenne machiny.

Catherine odwróciła się gwałtownie i cisnęła kluczykami w ciemność wielkiego trawnika. Co za różnica? Drzwi były zawsze otwarte i wciąż pojawiali się kolejni obcy.

*

Catherine prawie nie zwróciła uwagi na McCleary'ego, kiedy minęli się na korytarzu. Na jego zmęczonej twarzy mignął ledwie dostrzegalny ślad zaskoczenia, co ją rozgniewało. Czy jej rozpacz nie zasługuje na nic więcej? Nie wybaczyła mu słów, które od niego usłyszała. Że Charles nie żyje. Że nigdy go nie zobaczy. Pragnienie, by mu udowodnić, że się myli, nie opuszczało jej nigdy, nosiła je ze sobą jak twarde monety w kieszeni.

Inni lekarze i pielęgniarki przyglądali się jej. Teraz zrozumiała znaczenie ich rozmów, pewnych wymienianych spojrzeń. Podejrzewała, że ukryli przed nią Charlesa, owinęli go bandażami, otumanili. Nawet gdyby leżał w sąsiednim pokoju, nie zdołałaby go poznać.

W dzieciństwie Catherine była świadkiem, jak matka powoli traci wzrok. Jej oczy mroczniały niczym czerniejące srebro. Matka opisała jej, jak świat staje się coraz węższy, sylwetki są ledwie widoczne, głowy nie mają twarzy, a ręce rozpływają się w nieregularne kształty.

– A jak mnie poznajesz? – spytała Catherine ze łzami.

– Znam twój głos. Nie smuć się – odpowiedziała matka. – Cieszy mnie, że w moich wspomnieniach zawsze pozostaniesz w tym samym wieku. Zawsze będę cię widzieć jako dziecko.

Potem odwróciła się od córeczki bez jednego czułego gestu.

Catherine wmówiła sobie, że skoro jej łzy płyną cicho, matka nie zauważy jej bólu. Ale mój głos, czy nie powinna zauważyć smutku w moim głosie? – pomyślała.

I tak ta chwila minęła, a Catherine pobiegła do drugiego pokoju, w słońce, w świetlistą barierę, dostrzegalną tylko dla niej.

ROZDZIAŁ DZIEWIĄTY

Sanitariusz szybko wyprowadził nieznaną kobietę z oddziału do nieużywanego przedpokoju we wschodnim skrzydle, gdzie chodziła nerwowo przez ponad godzinę. Delikatny, jasnobrązowy pył z butów matowił lśnienie linoleum.

McCleary zjawił się wreszcie, jeszcze myślami przy ostatnim pacjencie, i drgnął z zaskoczenia, kiedy kobieta energicznie strzepnęła długą spódnicę i wyciągnęła do niego rękę, zanim zdążył się przedstawić.

– Jestem pani Coleman. Proszę mnie nazywać Anną.

McCleary przypomniał sobie, jaką zajmuje pozycję i wyprostował się, dodając godności swojemu powitaniu. Idąc labiryntem korytarzy i galerii, gdzie kroki na rzuconym na posadzkę linoleum brzmiały głośno, opisał Annie szpitalny rozkład dnia.

– Kolacja jest o piątej. – Zawahał się, niepewny, czy malarka ma jakieś miejsce w szpitalnej hierarchii. – Może pani jadać z lekarzami, jeśli pani zechce. Pielęgniarki wolą jadać posiłki w swojej sali.

– Wolałabym towarzyszyć lekarzom.

– Dobrze. Zajmę się tym. Będzie pani także potrzebować miejsca do pracy. Chatka ogrodnika jest już zajęta, ale browar, mleczarnia albo pokoje w stróżówce od południa mogą przypaść pani do gustu. Jutro oprowadzi panią sanitariusz.

– A moi modele? Pacjenci?

– Pozna ich pani w odpowiednim czasie. Ich sale znajdują się na parterze. Doktor Kazanjian wprowadził panią w temat?

– Bez szczegółów.

– Zamierzamy wykorzystać pani szkice oraz gipsowe modele głów i twarzy pacjentów jako dokumentację i pomoc naukową. I jako prognostyk. Moim zdaniem, artystyczna wyobraźnia potrafi przewidzieć tempo rekonwalescencji.

– Więc będę rysować ich twarze takie, jakimi staną się w przyszłości?

W jego oczach błysnęło uznanie.

– Tak.

– Zatem jesteśmy współpracownikami.

– Proszę się nie spodziewać, że każdy tutejszy chirurg zgodzi się z panią i wyrazi swą wdzięczność. Jak minęła pani podróż?

Opowiedziała mu o żołnierzach śpiących na kamiennej podłodze dworca. Tłumy patrzące, jak mężczyźni wsiadają do pociągów, były poważne, niemal zupełnie milczące.

– Czasy się zmieniły. Jeszcze rok temu wyruszającym na wojnę batalionom przygrywała orkiestra. Zbierały się ogromne, wiwatujące tłumy.

Ogarnął nas brak nadziei, pomyślał.

– W jednym z pociągów nikt nie ustąpił miejsca zmęczonym żołnierzom. Biedni chłopcy stali przez całą drogę.

McCleary zatrzymał się na środku korytarza.

– Nie ma potrzeby, by dzieliła się pani tymi smutnymi opowieściami z kimś innym. Proszę zachować swoje spostrzeżenia dla siebie. Tutejsi pacjenci mają za sobą straszliwe poświęcenia.

– Czy nie powinni znać prawdy? – rzuciła cierpko.

– W tej chwili prawdę wydzielam małymi dawkami.

Na biurku dzielącym McCleary'ego i Artisa leżała sfatygowana *Anatomia* Graya. Rozmowa dotyczyła budowy twarzy. Chłopiec wodził palcem po linii nosa na ilustracji.

– Wymień mięśnie.

– *Procerus, nasalis, depressor septi.*

– Dobrze. Co wyróżnia mięśnie dolnej części twarzy?

– Są... mniej napięte niż mięśnie górnej części.

McCleary wskazał kącik swoich ust.

– Jak działa ten mięsień, *triangularis*?

– Ściąga kąciki ust do dołu.
– Jakie emocje wyraża?
– Nieprzyjemne.
– Właśnie. Niesmak.
Pod koniec lekcji McCleary zamknął *Anatomię*.
– Doskonale ci poszło. Jakieś pytania?
– Nie, panie doktorze.
– Ani jednego? To nic wstydliwego pytać jeszcze raz o to, co już raz ci wyjaśniono.
Artis uśmiechnął się szeroko.
– Nie zawahałbym się spytać. Ma pan moje słowo.
– A zatem życzenie. Czego sobie życzysz?
– Kiedy zostanę lekarzem, życzę sobie leczyć *zygomaticus major.*
– Aaa... mięsień śmiechu i radości. Uśmiech. – Usta McCleary'ego wygięły się w mimowolnym uśmiechu.

Od pierwszego dnia po przyjeździe Kazanjian i McCleary nawiązali przyjazny związek. Wypracowali skrótowe słowa i gesty. Nabrali zwyczaju roztrząsać problemy, chodząc ramię w ramię; Kazanjian rysował na papierze lub jakiejkolwiek płaskiej powierzchni, gdy McCleary łagodnie badał pacjentów. Raz wspólnie stworzyli zaimprowizowane łubki ze srebrnej łyżeczki do herbaty i namoczonej w gorącej wodzie gutaperki.

Utrzymywanie mięśni i skóry w nieruchomej pozycji podczas gojenia stanowiło nieustanny problem, gdyż tkanka, pozbawiona kostnego fundamentu, kurczyła się i schła. By uleczyć ranę w miękkiej tkance ust, Kazanjian wkładał do nich zabezpieczone drutami małe blaszane kulki. Łagodny nacisk tej osobliwej, lecz elastycznej protezy zachowywał właściwy kształt ust. Później blaszane kulki zastępowano protezą z ebonitu.

Najbardziej genialnym wynalazkiem Kazanjiana był przyrząd unieruchamiający głowę rannego na wiele tygodni, dzięki czemu pęknięte kości mogły się zrosnąć. Doktor zespawał z lekkiego drutu formę, która otaczała głowę pacjenta i spoczywała na jego ramionach, zamykając go jak kanarka w klatce. Uniemożliwiała ruchy, nawet oglądanie się; tylko oczy spoglądały swobodnie.

Pickerill i jeszcze inny lekarz skrytykowali Kazanjiana za wcielanie w życie fantastycznych pomysłów, ale doktor łagodnie zauważył, że według wojskowych władz chorzy, którzy posiadają choć dwa stykające się ze sobą zęby w górnej i dolnej szczęce, nie mają prawa do protez.

– To jest dopiero fantastyczny pomysł – powiedział sucho. – Choć zza Kanału dochodzą do mnie jeszcze bardziej niebywałe wieści o cudacznych sposobach leczenia, opracowanych przez zdesperowanych chirurgów.

– Z jakiego to materiału Pont robi nosy? – spytał McCleary z niedowierzaniem.

– Wlewa do natłuszczonej drewnianej formy w kształcie nosa – mniej lub więcej podobnego do nosa pacjenta – mieszaninę żelatyny, gliceryny, glinki kaolinowej, wazeliny i wody. Po stężeniu żelatynowy nos jest wyjmowany z formy. Przytwierdza się go do twarzy kitem zmieszanym z eterem i dekstryną. – Kazanjian dotknął własnego nosa. – Następnie maluje się go kraplakiem i jasną ochrą, rozpuszczonymi w mineralnym roztworze. Nigdy nie widziałem żadnego z tych wynalazków, ale podobno po pomalowaniu bardzo przypominają prawdziwe nosy.

– A żelatyna jest trwała? – spytał McCleary z powątpiewaniem.

Kazanjian wzruszył ramionami.

– Jest miękka. W cieple się rozpływa. Pacjent musi codziennie na nowo modelować i malować nowy nos.

– Proteza to ostatnia deska ratunku. Choć jest wiele innych możliwości.

– Mam szczerą nadzieję, że sztuczne części ciała nie zawsze będą koniecznością.

– Wszystko, co pomaga człowiekowi żyć normalnie, jest błogosławieństwem – zauważył optymistycznie McCleary. – W szwedzkim wojsku był znany artylerzysta, który w 1832 roku stracił żuchwę i brodę. Verschuylen z Antwerpii sporządził mu protezę z kutego srebra, ze złotymi zębami. W brodzie znajdował się mały zbiorniczek na ślinę. Podobno sumiaste wąsy artylerzysty przysłaniały srebrną żuchwę tak dokładnie, że nie rzucała się w oczy.

– Twój ojciec poszedł na wojnę? – spytał Julian Artisa, siedząc na cembrowinie fontanny.

– Nie jest na wojnie. Mama mówi, że wyjechał w podróż. – Artis spoglądał surowo w podręcznik anatomii, jakby wyczytał w nim inną wersję tej historii. Rzadko go widywano bez tej książki – prezentu od McCleary'ego – choć była ciężka.

– Przykro mi.

Chłopiec odpowiedział nonszalanckim gestem.

– Nie obchodzi mnie, co się z nim dzieje. – I, jakoś nie mogąc porzucić tematu, dodał: – Nie, nie obchodzi mnie i ani razu o nim nie pomyślałem.

– Mój ojciec też mnie zostawił – powiedział Julian cicho. – Miał infekcję nogi. Postanowił zaryzykować i poddać się operacji.

– I co?

– Zmarł wkrótce po niej. Byłem w twoim wieku.

– O... – zdziwił się Artis. – Ale przynajmniej nie musisz się o niego martwić. Ja martwię się o wszystkich. Czy przez to będę złym lekarzem?

– Doktor McCleary powiedziałby ci pewnie, że lekarz musi walczyć ze swoim strapieniem.

*

W drugim tygodniu pracy McCleary'ego we dworze Catherine poprosiła go, by wybrał sobie jakieś wino spomiędzy wielu szeregów półek pod kamiennymi ścianami piwniczki. Wybrał zakurzoną butelkę i z szacunkiem przetarł ją połą kurtki. Clos vougeot, 1893. Na innym stojaku znajdowały się stuletnie brandy i bezcenne butelki zielonego chartreuse z roczników 1869–1877. Zaskoczony widokiem ulubionego w młodości wina, wybrał parę butelek chambertina rocznik 1878 i ukrył w szafce pod ściśle zrolowanymi bandażami.

Po męczących dziesięciu godzinach na sali operacyjnej McCleary przywitał się z Kazanjianem, zdjął marynarkę i osunął się na krzesło. Obaj siedzieli w przyjaznym milczeniu, ukojeni ładem różowego salonu. Czuli się maleńcy w jego ogromnym jak pieczara wnętrzu, które starał się oświetlić ogień na kominku. Było zimno jak na tę porę roku. McCleary leniwie otworzył chambertina i nalał do dwóch kieliszków – jego ostatnie zadanie tego dnia.

– Miły wieczór. – Kazanjian umościł się wygodniej w fotelu.

– Dzisiejszy dzień był prawdziwym wyzwaniem. – McCleary był wyraźnie strapiony. – Ale powtarzam sobie, że w średniowieczu chirurdzy i dentyści podlegali Marsowi wraz z rzeźnikami, balwierzami, blacharzami, kastratorami zwierząt, mordercami i katami.

– W jakiż to sposób znaleźliśmy się w takim towarzystwie?

– Ponieważ ostrymi instrumentami zadajemy gwałt ciału.

– W tej złowieszczej kompanii nie ma żołnierzy?

– Dziwne, ale nie. Choć tak jak my używają ostrej broni i rozlewają krew.

– To powinno obudzić respekt w pacjentach.

W migotliwym świetle ognia wino w kieliszku McCleary'ego wydawało się gęste i ciemne jak krew.

– Można by niemal pomyśleć, że jest to zwyczajny wieczór w towarzystwie przyjaciół, z dobrymi napitkami i przy ogniu. Czy w kominku płonie drewno jabłoni?

– Możliwe. To chłopak rozpalił. Dziś jest spokojnie. W końcu – ziewnął Kazanjian.

– Zapach palonego jabłoniowego drewna przenosi mnie w czasy dzieciństwa. Pokój z kominkiem. Książka w moich rękach. Głos wołającej mnie matki. – McCleary, nagle zaniepokojony, wyprostował długie nogi. – Dziwne, ale jeden powiew wiatru pachnącego kwiatem lipy, a znowu jestem w Heidelbergu, siedzę w sali na wykładzie z chirurgii. Pod oknami rosły lipy. – Ale wojna skaziła to wspomnienie. Dzięki wykształceniu odebranemu w Heidelbergu ratował młodzieńców, których zranili, być może, synowie jego byłych kolegów. Nie potrafił uważać tych dawnych znajomych za potwory; ten brak wrogości trochę go drażnił, jak niedokończony list. Ale w tych czasach nawet wykształcenie można było interpretować w niespodziewany sposób. Pewnego pacjenta wyrzucono ze szpitala w mieście tylko dlatego, że czytał znanego cudzoziemskiego filozofa, obecnie okrzykniętego wrogiem. Może nadejdą jeszcze czasy, kiedy jego zbiór książek medycznych, także napisanych w języku wroga, stanie się podstawą do podejrzeń.

McCleary otrząsnął się z tych myśli.

– Ale cieszę się, że otacza mnie słodki zapach wspomnień, a nie odór formaldehydu i chloroformu.

Kazanjian bawił się kieliszkiem; ciemne wino kołysało się i falowało.

– W szpitalu polowym zapach dzikich róż był tak silny, że docierał aż do namiotu, w którym dokonywano selekcji chorych. Uważałem, że ten zapach koi cierpienie rannych. Wiem, że to głupie – dodał tonem błagającym o natychmiastowe pocieszenie.

– Ależ skąd. Ja czerpię otuchę z lektury Mondeville'a, który napisał: „Jeśli umysł ludzki wierzy, że jakaś rzecz, choć sama w sobie nieprzydatna, jest mu potrzebna, może się stać, że rzecz ta naprawdę pomoże ciału dzięki potędze wyobraźni".

– Może ten zapach bardziej koił mnie niż pacjentów – mruknął Kazanjian ponuro.

– Z moich obserwacji wynika, że placebo i ślepa wiara w słowo lekarza to skuteczne lekarstwo. – McCleary pochylił się konfidencjonalnie. – Słyszałem, że chirurga szczękowego Morestina przywieziono na front w rolls-roysie, na jego tylnym siedzeniu wykonał operację wysokich rangą oficerów. Jestem pewien, że uznali go za najlepszego dentystę świata.

Kazanjian parsknął śmiechem.

– I płukano im usta szampanem?

– Tego nie wiem, ale widok rolls-royce'a musiał mieć pozytywny wpływ.

Przez parę chwil pili w milczeniu.

– Dziwne, jak mnie dziś nachodzą wspomnienia – powiedział cicho McCleary. – Kiedy byłem młody, Sekwana wylała i zatopiła piwniczki z winem w restauracji, do której często chadzałem. Pomagałem w ewakuacji, wynosiłem z zakurzonych półek zacne bordo i burgundy. Jeszcze teraz zapach trocin nieustannie budzi we mnie niepokój i pamiętam zimną wodę, chlupiącą mi o nogi w ciemnej piwniczce Voisina. Kiedy wynieśliśmy najcenniejsze butelki, poczęstowano nas doskonałym winem – w podzięce za wysiłek.

McCleary opisał rubinowy trunek, który pił tamtego wieczoru, i swoje zdumienie, że było mu dane skosztować tak wyśmienitego rocznika.

– Dziś potrawy, które jadałem wówczas, wydają mi się bajką. Racjonowanie żywności odebrało nam przyjemność jedzenia. Pamiętam te bekasy i słonki, specjalność restauracji Paillarda. Durand podawał suflet „Biegun północny". W La Rue był doskonały jesiotr. Raz dostałem *gigot de sept heures*, który rzeczywiście zasługiwał na to miano. Wraz z narzeczoną często jadałem w Café Anglais koło starej opery. Po przedstawieniu rosyjscy wielcy książęta, książę Walii i członkowie Jockey Clubu wydawali przyjęcia w sali na piętrze o wspaniałych łukowatych oknach. – Zapatrzył się w zamyśleniu w szkło. – Teraz, gdy zbliżam się do końca życia – uciął ciche protesty Kazanjiana – chciałbym zasiąść do ostatniej uczty. Choć eter z sali operacyjnej pewnie na dobre pozbawił mnie smaku i węchu.

Nie dodał, że tę ostatnią ucztę zmysłów chciał dzielić z pewną kobietą, by dokończyć z nią rozmowę sprzed czterdziestu lat.

Pamiętaj o mnie, lecz nie o mym losie. Kochanka McCleary'ego, ćwicząca arię Dydony, królowej Kartaginy, obejrzała się na niego, śpiewając te słowa. Jej głos był równie oszałamiający jak uśmiech. Raz jeszcze zaśpiewała słowo „mym", aż w końcu stało się idealnie wyraźne, precyzyjne jak kryształ.

Znał dokładnie jej ciało, jakby była jego pacjentką. Ale to zarozumiałe zadowolenie posiadacza doprowadziło go do zguby, gdyż uciekła od niego wraz ze swoją muzyką. Wtedy nie zaprotestował, pozwolił jej odejść, wierząc, że lepiej wykorzysta dotyk i wzrok w pracy. Lecząc pacjentów. Poświęcił jedną namiętność dla drugiej.

Ale nawet teraz, po upływie tego czasu, pamiętał ją w najdrobniejszych szczegółach. Potrafiłby opisać sylwetkę, zdyscyplinowaną postawę, nieobecny wyraz twarzy, kiedy śpiewała – po cichu porównywał go z jej twarzą w intymnych chwilach. Ostatnio myślał o niej częściej niż dotąd. Dlaczego zajęła jego myśli akurat teraz? Czy jeszcze żyła?

Nad wieloma łóżkami w sali szpitalnej wznosiło się cienkie rusztowanie z drewna i metalu, obwieszone sznurkami, bloczkami i ciężarkami, które unieruchamiały złamane kończyny pacjentów. W nocy lampy z czerwonymi abażurami mżyły łagodnym światłem, kolorową mgłą, zacierającą wszystkie szczegóły, tak że pokój wyglądał jak piekielna przystań pełna statków.

Jakiś wózek uderzył w drzwi; pacjenci drgnęli, wyrwani ze snu. Pacjent w głębi sali odrzucił koce i zerwał się na równe nogi.

– Wróg! Wróg! – wrzasnął.

Kiedy ten krzyk dotarł do przygotowującego się do operacji McCleary'ego, doktor odwrócił się i popędził na salę. Od progu wydawało się, że we wnętrzu szaleje chaos: czarna sylwetka skakała od łóżka do łóżka, ścigana przez dwóch sanitariuszy. Przerażeni pacjenci szarpali się w pętach rusztowań, usiłując osłaniać twarze. Na podłogę upadła lampa, jej światło bluznęło w kąt pokoju jak flara. Butelki z lekarstwami przewracały się i tłukły.

– Gdzie porucznik? – Oszalały pacjent szarpał bandaże na twarzy.

Sanitariusze zawahali się, nie chcąc się z nim siłować ze względu na jego rany.

– Tu nie ma żadnego porucznika. Spokojnie, proszę z nami – perswadowali.

McCleary utorował sobie drogę. Rozwinięte bandaże wlokły się za głową pacjenta, na karku krwawiła okrutna zygzakowata linia po ostatniej operacji. Szwy mogły lada chwila pęknąć, misterna praca chirurga i szansa wyzdrowienia poszłyby na marne. Czy ten pacjent jest pod wpływem narkotyku, czy lunatykuje, nie czując bólu?

Pacjent umknął sanitariuszom i upadł na skulonego na łóżku chorego.

– Podnieść go! Natychmiast!

– Atakują nas! – Pacjent z niespodziewaną energią zaczął ciskać poduszkami w sanitariuszy; pióra zawirowały w powietrzu, oślepiająco białe w świetle lamp.

Oszalały pacjent zatrząsł chwiejnym rusztowaniem nad łóżkiem innego chorego, który – zawieszony w powietrzu, zamknięty w gipsowym pancerzu, krzyknął, miotany brutalnie na wszystkie strony.

– Zabić wroga!

Rusztowanie zawaliło się z trzaskiem; wokół obu pacjentów i sanitariuszy zawirowały pióra. Szaleniec uderzył głową o podłogę, jęcząc i łkając. Nie można go było zakneblować, gdyż jego usta, a raczej ich resztki, były ziejącą jamą o poszarpanych brzegach. Pielęgniarka odepchnęła sanitariuszy i wbiła igłę strzykawki w ramię pacjenta.

McCleary mógł się tylko bezczynnie przyglądać. Powoli poszedł na salę operacyjną; dopiero po jakimś czasie uspokoił się na tyle, by włożyć gumowe rękawiczki. Nieporęczne lampy, chwiejnie balansujące na trójnogach, wyglądały jak jakaś wojenna machina. Otwarte, niewidzące oczy pacjenta miały niepokojący odcień błękitu. Skóra była nieprzyjemnie biała, jak wosk, jak roślina, która wzrastała pozbawiona słońca; jego obmyta jodyną rana płonęła jaskrawym, rażącym oczy szkarłatem o pomarańczowym odcieniu.

Myjąc się po operacji, McCleary odezwał się do Kazanjiana:

– To wszystko tylko przedstawienie, prawda? Próba przed dziwną sztuką w teatrze. Operą buffa.

Kazanjian mrugnął na znak zgody.

– Znam pana na tyle dobrze, by spytać, czy zaczynam bajdurzyć – ciągnął McCleary, jakby nie oczekując na odpowiedź. – Zszywam ludzkie twarze, ale to wszystko jest przemijające. Czas mnie goni, niweczy moją pracę. Nic nie jest trwałe.

– My też nie przetrwamy. Nikt nie zostanie oszczędzony.

Po raz pierwszy McCleary zdał sobie sprawę, że jego twarz wyraża nieskrywany ból, jak twarze jego pacjentów.

– Zaczynam rozumieć, na czym polega piekło. Albo piekło, które sami stworzyliśmy – wymamrotał. – To niekończące się zmiany. Nadzieja bez końca.

W początkach wojny kości do przeszczepu pobierano z żebra pacjenta; później zaakceptowano także piszczele i kości miednicy. McCleary nazywał to „budowaniem z odpadków", a Kazanjian sprzeciwiał się, zauważając, że kości są zdrowe i całe i stanowią rusztowanie ciała. Czasami podczas kolacji lub w chwili odpoczynku zabawiali się debatami na temat właściwości skóry i kości, najchętniej prowadząc owe rozmowy w fotelach przed kominkiem.

– Za kości, pańskich mistrzów – wzniósł toast McCleary.

– Za skórę, pańską muzę – uśmiechnął się Kazanjian.

– Przyjacielu, nadal uważam, że kości to twór nudny i stawiający opór – oznajmił McCleary uroczyście niczym kierownik szkoły. – Mondeville twierdził, że w kościach nie ma żadnej tajemnicy, ponieważ śmierć je całkowicie obnaża.

– Skóra szybko się rozpada, nic po niej nie zostaje. Jak po śladzie stopy na piasku. A nawet na czymś ulotniejszym od piasku – odparł Kazanjian. – Kości i zęby są trwałe. Święci są upamiętnieni właśnie takimi relikwiami. Kawałkami świętych kości.

McCleary zastanawiał się nad każdym słowem.

– Ale za życia skóra stanowi naszą istotę. Nie jest łupiną ani skorupą. Okrywa mnie – nas – jednolita powierzchnia. Grecy dobrze o tym wiedzieli. W *Przemianach* Apollo obdarł ze skóry satyra Marsjasza za przegranie konkursu. Owidiusz wspaniale to opisał: „De la vagina de la membresue". „Marsjaszowi zdarto okrywę kończyn". – Recytował z pamięci głosem donośnym i dźwięcznym. – Nieszczęsny Marsjasz krzyknął „Quid me mihi detrahis?" – „Dlaczego odzierasz mnie ze mnie samego?".

Znowu wrócił do teraźniejszości.

– To cud, że z pięciu zmysłów tylko skóra nigdy się nie

wyłącza. Można stracić wzrok, słuch, węch, smak, ale dotyk nigdy nie bywa odbierany słabiej. Skóra nieustannie wszystko odczuwa.

– Aż do śmierci – powiedział cicho Kazanjian.

– Aż do śmierci.

McCleary spał niespokojnie; ocknął się na ziemi niczyjej, o nieznanej wczesnej godzinie, z poczuciem, że obudził go wpływ księżyca. Skąd mu się to wzięło? Przypomniał sobie, że przed snem czytał wstęp do Mondeville'a. „Nigdy nie operuj podczas pełni, gdyż ma ona negatywny wpływ na proces gojenia ciała". Musiał wspomnieć o tym Kazanjianowi i innym chirurgom.

ROZDZIAŁ DZIESIĄTY

Na zachodnim skraju posiadłości zbudowano grotę z szarego wapiennego tufu, szpatu i kryształów. Jej wyjście zwrócono w stronę największego jeziora. Sto osiemdziesiąt dwa lata później Anna przekonała się, że wyjście to się zawaliło. Porastały je pnącza, zielone ścięgna, przywiązujące każdy przedmiot do ziemi.

Jeśliby ściany groty okazały się mocne, Anna zamierzała urządzić w środku pracownię. Poprosiła o pomoc i następnego ranka zjawiło się pięciu sanitariuszy, którzy z urazą wysłuchali jej poleceń.

– Tu będzie pracownia malarska. Muszę mieć światło. Rozumiecie? – Mówiła zbyt głośno i już zdążyła zapomnieć ich nazwiska. Twarze, ciała, gesty zapadały jej w pamięć. Nie słowa. Niektórzy mieli profile na tyle interesujące, że mogłaby je naszkicować.

– Co do światła, to się jeszcze zobaczy, kiedy wejdziemy do środka. Trudno zgadnąć, co tam zajdziemy. Najpewniej brud i zwierzęce kości. – Najważniejszy w grupie splunął w trawę u swoich stóp. Kiedy uprzątnięto rumowisko, chwasty i gałęzie, Anna weszła w ślad za mężczyznami do groty.

W środku mętne światło z niewielkich otworów kładło się na ścianach, nierównych i pełnych głębokich jam. Zafascynowana, dotknęła delikatnie powierzchni i przekonała się, że ściany są pokryte odłamkami lustra i muszelkami. Były tak poczerniałe z brudu, jakby wygrzebano je z ziemi. W osiemnastym wieku pani domu i jej córki ozdobiły tę świątynię dumania tysiącami muszelek, układających się w misterne wzory – z pewnością zajęło im to wiele lat i stanowiło jedyne ocalałe dzieło ich życia.

Ślad ludzkiej ręki, pomyślała Anna.

Nad jej głową na tle nieba rysowała się głowa sanitariusza, zaglądającego do środku przez mały nieregularny otwór w dachu, resztki wyłamanego dziewiętnastowiecznego świetlika. Nagle zniknął, a ona uskoczyła przed deszczem gałązek, liści i sypiącej się ziemi, bo sanitariusz zaczął brutalnie poszerzać otwór, zmieniając proporcje światła i mroku we wnętrzu.

Anna była kiedyś w katedrze, w kopule której umieszczono maleńki świetlik. Kiedy słońce wspinało się na niebo, wpadający przez otwór promyczek padał na cyfry wprawione w marmurową posadzkę, wskazując precyzyjnie godziny. Katedra stała się ogromnym zegarem słonecznym.

Teraz, gdy Anna spoglądała na otwór w sklepieniu groty, przypomniała sobie o żołnierzach w okopach; jedynym wyznacznikiem mijającego czasu były dla nich obroty ciał niebieskich nad ich głowami.

Żelazne rury ciągnęły się wzdłuż całej oranżerii; dzięki otworom w podłodze przepływało przez nie ciepłe powietrze z pieca w oddalonym ceglanym budyneczku. System ten funkcjonował od ponad siedemdziesięciu lat. Pod szklanym dachem było teraz mniej zieleni, rośliny zaniedbano, ogrzewanie włączano nieregularnie i brakowało narzędzi ogrodniczych. Jeśli racjonowanie opału stanie się jeszcze surowsze, trzeba będzie zapomnieć o szklarni.

Stojąca przed szklaną budowlą Catherine przyglądała się, jak niskie gałęzie nieśplików dygoczą, zakłócając spokój ich gruzłowatych owoców, porządek biało nakrapianych liści. Aby w oranżerii nie zostało uwięzione żadne zwierzę ani ptak, zamknęła za sobą drzwi.

W nieregularnej przestrzeni między drzewami ktoś poruszył się szybko. W oranżerii ktoś był.

– To teren prywatny!

Intruz rozgarnął wątłe gałązki drzew. To była kobieta o twarzy zasłoniętej rondem kapelusza. Podeszła bliżej, uniosła z twarzy cienką woalkę.

– Dzień dobry. Jestem Anna Coleman.

– Catherine.

Okrągła twarz Anny miała subtelny rumieniec, typowy dla kobiet o rudawych włosach. Zmarszczki na czole i mięsistym karku pociemniały od potu, przybierając intymny odcień różu.

– Pacjenci z pewnością lubią wizyty w oranżerii – uśmiechnęła się w sposób zdradzający pewność siebie.

– Tu wstęp ma tylko ogrodnik.

– Ach, tak. – Zapadła chwila ciszy. – Doktor McCleary powiedział, że łaskawie użyczyła pani swojego domu na szpital.

– Mąż uważał, że to nasz obowiązek. Jest pani pielęgniarką?

– Nie. Malarką.

– Malarką? Co pani tu robi?

– Służę rannym.

– Jak my wszyscy. – Catherine pożałowała, że jej głos zdradza, jak bardzo jest nieszczęśliwa. – Niektórzy cierpią bardziej ode mnie. Ale co godzina przypomina mi się... – Głos jej zamarł.

Anna skinęła głową.

– Wojna nikogo nie omija.

Catherine zarumieniła się pod spojrzeniem Anny, dokładnie oglądającej jej twarz, szacującej postawę i ciężar kończyn. To badanie wytrąciło ją z równowagi; była pewna, że jakoś się zdradziła.

– Proszę zamykać drzwi, jeśli znowu przyjdzie pani do oranżerii – rzuciła gwałtownie. – Zmiana temperatury szkodzi roślinom.

Zamknęła za sobą cienkie drzwi, tym razem mniej delikatnie.

Anna została w oranżerii, od niechcenia przyglądając się krzakowi róży, której ząbkowane liście były wklęsłe jak łyżeczki, a łodygi jeżyły się cienkimi, sztywnymi kolcami. Przyjrzawszy się obiektowi dokładnie, potrafiła namalować go z pamięci, scalić obserwowane osobno części. Jedna krzywizna naśladowała drugą, jedna linia przechodziła w następną.

Otoczona różnymi odcieniami zieleni, liśćmi w kolorze szmaragdu, zmieniającymi kolor na jadowicie żółty i srebrny, Anna rozprostowała ręce nad głową. Wilgoć znosiła granicę między jej skórą i powietrzem. Powoli rozpięła i zdjęła żakiet i bluzkę, rozsznurowała koszulkę. Jej nagą skórę opłynęło ciepło.

Na zewnątrz, za rogiem oranżerii, gdzie stykały się ze sobą czarne metalowe pręty, Catherine obserwowała ją w milczeniu.

Następnego dnia w oranżerii wszędzie znajdowała ślady wtargnięcia Anny – połamane łodygi, sczerniałe liście – jakby oczy tej kobiety okradły je z zieleni – zbrązowiałe pączki, które nigdy nie miały się rozwinąć. Jej sanktuarium zostało zbezczeszczone.

Podczas pierwszych pracowitych tygodni w posiadłości Anna i Kazanjian widywali się rzadko. A kiedy przypadkiem wpadli na siebie, Annę uderzał jego widok wśród kunsztownych złoceń po surowej, trzymającej się na słowo honoru prowizorce szpitala polowego.

Wykradli się na godzinkę i rozmawiali szeptem koło zegara w korytarzu na drugim piętrze, mając za przyzwoitkę poważnego dżentelmena w koronkowym kołnierzu na portrecie. Ciepła ręka Kazanjiana, którego otaczał słaby zapach karbolu, przez chwilę dotknęła jej dłoni, a Anna zrewanżowała się uśmiechem. Żałowała, że nie mogą porozmawiać spokojniej, brakowało jej tej bliskiej więzi, która kiedyś między nimi istniała. W szpitalu polowym spotykali się o różnych godzinach, na ogół koło namiotów przed świtem, i były to święte godziny.

Pomimo zmęczenia Kazanjian promieniał cichą satysfakcją, bo jego nowatorskie techniki znalazły uznanie wśród innych lekarzy. Cieszyła go także ta niemal fantastyczna atmosfera, łącząca się z walką. Sanitariusze wymieniali się dziko przejaskrawionymi opowieściami o jego bohaterstwie. Choć Anna pracowała u jego boku, nie występowała w tych historiach. Kobieta, która opróżnia nocniki, zamiata podłogi, wynosi zabrudzoną pościel, podtrzymuje umierającego.

Ale Kazanjian miał już inne pomocnice. Odprowadził Annę do jej kwatery, źle orientując się w tej części domu, która nie miała związku z jego pracą. Stłoczone szpitalne meble, tymczasowe przepierzenia tak bardzo zmieniły oblicze domu, że Anna zauważyła brak luster dopiero, gdy Kazanjian zwrócił na to jej uwagę.

– Rzeczywiście, osobliwe – powiedziała, odtwarzając w pamięci mijane pokoje, zdumiona, że tego nie dostrzegła.

Pożegnali się w nieoczekiwanie oficjalnym tonie. Po paru krokach Kazanjian znikł na oddziale. Natychmiast odczuła jego nieobecność.

Catherine weszła bez uśmiechu do groty; cienka otulina powietrza napierała na nią delikatnie, jakby pulsując. Gips miał zapach czysty i delikatny. Kamienna posadzka wydawała mineralną woń, płytką i zimną. Olejne farby i terpentyna uderzały do głowy jak perfumy. A pod tym wszystkim czuło się jakąś ulotną, złożoną słodycz.

– To roztopiony wosk – odezwała się Anna od sztalug, odpowiadając na milczące pytanie.

Catherine nie zadała następnego; jej uwagę przykuły tajemnicze kształty pod draperiami surowego muślinu, kreda, niedokręcone słoiczki z farbą, rozrzucone i poplamione od częstego używania pędzle i narzędzia. Wyraziste. Brudne. Ten nieporządny widok łagodziło miękkie, migotliwe światło, promieniujące z muszelek na ścianach, zamarzniętych srebrzystych różowości.

– Jakie to osobliwe miejsce. Ukryte jak pieczara.

– Dziwne, co też staje się przydatne podczas wojny.

Catherine z dezaprobatą patrzyła na niedbale spięte, rozsypujące się włosy Anny, jej dłonie i kitel splamiony kredą i farbą. Anna wyglądała jak jedna z tych kobiet, które podają herbatę żołnierzom, odjeżdżającym ze stacji Waterloo. Niemodnie ubrane, proste kobiety, niegdyś sufrażystki. Zwróciła się do Anny jak do pokojówki:

– To twoja pracownia?

– Tak. Będę rysować pacjentów.

– W jakim celu?

– By uwiecznić ich twarze. Potrafię oddać kolor ich skóry wierniej niż fotografia.

Catherine sięgnęła po coś na stole; rękawem strąciła na

podłogę ołówki. Przestraszona, cofnęła się o krok. Anna zaklęła ordynarnie.

– Wkład w ołówkach złamie się, kiedy upadną na podłogę. Jeśli przyszłaś pomóc, przy drzwiach wisi kitel. Włóż go. Jesteś zbyt dobrze ubrana, jak na te warunki.

Catherine się zachwiała. Czego ta kobieta od niej chce? Nie włożyła fartucha. Anna przyglądała się jej spojrzeniem tak skupionym, że Catherine poczuła się zobowiązana, jakby tamta wcisnęła jej w dłoń monetę. Nie. To Anna jest jej coś winna.

– Zacznij porządkować narzędzia do gliny. Na głównym stole.

Nie znała tych narzędzi, służyły nieznanym celom. Catherine powoli ułożyła je według kształtu tych niebezpiecznych metalowych haków. Z brzękiem wrzuciła je do metalowego pojemnika.

Anna podniosła wzrok.

– Proszę zachować ciszę.

– W ogóle nie muszę tu pracować.

– Nawet królowa zwija bandaże.

Catherine powoli wytarła ręce w szmatę. Jak ona śmie tak do mnie mówić? Bez słowa wyszła z pracowni, gniewna, nie mogąc się pozbyć wrażenia, że to Anna ją odprawiła.

Parę dni później w pracowni Anny stanął Kazanjian o oczach zmrużonych za szkłami, zmienionymi w nieprzezroczyste tafle szkła. Na podłodze leżały rozrzucone muszelki, cienkie, ostre odłamki, suche i zwinięte jak liście; przy każdym jego kroku rozlegał się cichy trzask.

– To na szczęście – powiedział.

– Błogosławią nam.

Obszedł pracownię, poważnie oceniając obrotowe podstawy do robienia modeli, duże płaskie miednice do moczenia papieru, beczułki na mokrą i suchą glinę, gips, wodę, sztalugi chyboczące się na nierównej posadzce. Narzędzia leżały na dwóch podłużnych warsztatach. Na kołkach przy drzwiach wisiały kitle z surowego szarego płótna.

Kazanjian spojrzał nad stół, gdzie na pasie płótna na ścianie wisiało, co następuje:

karta menu od Paillarda
zasuszona róża ze wstążką
sztych przedstawiający model anatomiczny
kopia sztychu, alegoria *Dotyk* autorstwa Florisa, ok. 1561 r.
Pocztówka *Dama z pieskiem* autorstwa Agnola Bronzina
fotografia rzeźby Berniniego *Dafne i Apollo*
szkic rzeźb na dachu Palazzo Palagonia
szkic szpitala polowego
parę fotografii

Chciała, żeby odwrócił wzrok od tych osobistych pamiątek, ale także, żeby docenił jej wybór.

– Źródła pani natchnienia.

– Tak. Pamiątki. Skrawki i strzępy. Notatki do pracy. Ta kolekcja zawsze mi towarzyszy.

– Nie zdawałem sobie, jak bardzo musiała się pani czuć nieswojo w szpitalu, pozbawiona tych znajomych rzeczy.

– Poradziłam sobie.

– Tak, trzeba sobie radzić. Bardzo długo nie potrafiłem się rozstać z kurtką, którą miałem na sobie w noc, gdy musiałem porzucić rodzinę i uciekać. Nawet, gdy dorosłem i już się w nią nie mieściłem.

Tak skory do zwierzeń był tylko raz, kiedy podczas długiej podróży pociągiem rozmawiał z nią o dzieciństwie. W młodości pracował w przędzalni, stał przy maszynach sześć do siedmiu godzin dziennie. W pomieszczeniu nieustannie fruwały bawełniane pyłki, drażniące nos i uszy.

– Praca w fabryce nauczyła mnie zwinności – powiedział bez śladu żalu czy pretensji. – Stałem się giętki.

Kazanjian zauważył zawieszony na wstążeczce kawałek zgiętego w kółko metalu, który żartobliwie podarował Annie w szpitalu polowym. Odczytała pytanie w jego oczach i poczuła żar na policzkach.

– Każdy malarz to sroka złodziejka.

Kazanjian łagodnie ujął jej rękę; jej palce oparły się na jego otwartej dłoni.

– Praca ukształtowała mi rękę. Tysiące ruchów – powiedziała.

– Czemu nie tysiące pieszczot? – Uśmiechnął się na widok jej zaskoczenia.

Ta nieoczekiwana bliskość sprawiła jej radość; potem stało się jasne, że Kazanjian oczekuje czegoś więcej, odbicia własnego uczucia. Bezlitośnie cofnęła się, zabrała rękę, ale Kazanjian, zamiast okazać urazę, niespodziewanie spojrzał na nią ze współczuciem. Zachwiała się, jakby pod jej stopami otwarła się wodna głębia.

– Muszę wracać do pracy – powiedziała w końcu dziwnie zduszonym głosem. Odsunęła się od niego, ale to poczucie bliskości pozostało, wyraźnie wyczuwalne jak zmiana temperatury lub światła.

Tydzień później do pracowni weszła Catherine. Anna bez słowa powitania podała jej kitel. Catherine stanęła z nim w dłoniach, zawahała się – nigdy dotąd nie nosiła stroju z tak ordynarnej materii, niedostosowanego do jej ciała, uszytego bez rozmów z krawcową i przymiarek w otoczeniu klęczących szwaczek, wśród szablonów, szpilek, bibułek. Kitel był strojem posługacza lub czeladnika, człowieka z plebsu.

Potwierdzała to na poły szydercza mina Anny – i zadowolenie, z jakim obserwowała rozterkę Catherine. Rozumiały się dobrze. Catherine nigdy nie wstydziła się pokojówki, która ją ubierała, ale wkładając fartuch, odwróciła się do Anny plecami, nie chcąc jej dać pełnej satysfakcji.

Stopniowo wypracowały schemat postępowania. Po włożeniu kitla Catherine dostawała od Anny listę zadań. Szorstkość tej kobiety była jej na rękę, ponieważ eliminowała potrzebę rozmowy. Każde zadanie stanowiło niewidzialne ostrze, zabijające czas do chwili, gdy Charles ją odnajdzie. Bo on do niej przyjdzie.

Obserwowała ukradkiem Annę, zafascynowana jej gwałtowną mimiką. Ta kobieta przechylała głowę, krzywiła się, mrużyła oczy i wzdychała. Zaciśnięcie warg, przebieranie palcami na ołówku zdradzało zastanowienie albo jakąś wadę dzieła na sztalugach.

Ruchy Anny zwielokrotniały się na migotliwych wzorach muszelek i kawałków luster na ścianach, przez co pomieszczenia, stawało się jednocześnie klaustrofobiczne i tajemnicze. Czasami cuchnęło pleśnią; przedostawała się do niego wilgoć z dalej położonych jaskiń wewnątrz wzgórza, niezgłębionych z powodu panujących w nich ciemności.

Dni Catherine odmierzały się mierzeniem i powtarzaniem. Ilością koloru rozpuszczonego w wodzie. Naciskiem pędzla na szmatę. Ostrzeniem ołówka. Cięła i odmierzała arkusze papieru. Układała kredę kolorami, od najjaśniejszej do najciemniejszej, umieszczając ją w osobnych przegródkach drewnianej skrzynki. Czasami różnica odcieni była tak subtelna, że palce jej drętwiały, dotyk nagle zawodził, tak jak wzrok. Wszystko, co robiła, wydawało się niezdarne, prymitywne.

Anna szkicowała butelki, wyszczerbioną filiżankę, jabłko, układając je na stole o różnych godzinach i pod różnymi kątami, by znaleźć najlepsze światło. Po serii martwych natur ułożyła rolkę gazy przed kawałkiem udrapowanego białego płótna. Najtrudniej namalować białe przedmioty na białym tle, wyjaśniła Catherine.

– Raz w ramach ćwiczeń przez dwa tygodnie rysowałam kredą jajko na białym tle. To była jubilerska robota.

Rytm pracy z wolna roztopił pierwotną wrogość kobiet. Początkowo, gdy Anna żądała pomocy, Catherine zawsze reagowała zaskoczeniem, jakby nie spodziewała się usłyszeć tu czyjś głos, zobaczyć inną osobę.

Catherine i Anna czule włożyły do miednicy arkusz papieru Whatmana; warstwa wody zamigotała, zmieniając papier w oślepiająco biały prostokąt, rażący oczy jak żagiel. Arkusz zakołysał się w wodzie.

– O czym myślisz, kiedy rysujesz? – spytała Catherine.

– O niczym. O byle czym. O wszystkim. Staję się kolorem. Nie wiem. – Zmieszana Anna wskazała miednicę. – Papier już dość namókł. Za bardzo zmięknie. Weź za drugi koniec. Ostrożnie.

Woda spłynęła z grubego arkusza, który trzymały ostrożnie z obu stron.

Anna zrobiła gest głową.

– Widzisz te znaki?

Na arkuszu widniały delikatne linie, wyróżniające się tylko połyskiem.

– Te linie odcisnęły druty formy, w której znalazła się masa papierowa przy formowaniu arkusza. Znak wodny jest w rogu.

– Jak blizna.

– Właśnie.

Pracowały w milczeniu, skupione. Moczyły arkusze i rozkładały je płasko na bibule.

Catherine zawahała się, nim zadała kolejne pytanie.

– Kiedy przyjdą tu mężczyźni... pacjenci... żeby pozować?

– O tym zadecyduje doktor McCleary.

– Nie będziesz się nudzić, oglądając dzień po dniu te same twarze?

– Zupełnie nie. Twarz jest nieskończenie interesująca. O wiele bardziej niż rozmowa. Niektórzy z moich modeli zabawiają mnie nieustanną rozmową. O pogodzie. O swoim zdrowiu. O swoich dzieciach.

– Może czują się skrępowani. Mogłabyś zauważyć w nich coś, co woleliby ukryć. – Catherine postanowiła przypomnieć jej o swojej pozycji. – Zawsze uważam, żeby nie patrzyć służącym w oczy. To ich krępuje. To brak szacunku.

Anna prychnęła ironicznie.

– Moja ręka się porusza. Rysuję dokładnie to, co widzę. To mój jedyny obowiązek.

– Mówisz, jakby to było łatwe. Czy narysowanie zdeformowanej twarzy nie jest trudne? Jak możesz patrzeć na coś takiego?

Anna wzruszyła ramionami.

– Moje portrety nigdy nie zawisną na żadnej wystawie, to jedno jest pewne. Będą ukryte w lekarskim katalogu. Tak, jak ci mężczyźni są ukryci tutaj. Lekarze – albo wojskowi – uznali, że mężczyźni bez twarzy są gorsi od zwykłych kalek. Nie wolno ich pokazywać. Nie wolno o nich wspominać. Ale gdyby wszystkie matki w tym kraju zobaczyły moje szkice, wojna skończyłaby się w jeden dzień.

W spojrzeniach, które wymieniły, widać było nieskrywany ból.

Anna często odwracała się od Catherine, rozdrażniona jej milczeniem, jej egoizmem, pewna portretu tej kobiety, który namalowała w myślach. Catherine nieustannie czegoś od niej żądała, uważając, że to należy do jej obowiązków właścicielki domu. Ale stopniowo, tak, jakby Catherine stała się dla Anny studiowanym obiektem – subtelnym, delikatnym jak biel na bieli – jej obraz przeszedł metamorfozę. Anna zdała sobie sprawę, że ta kobieta szuka w pracy ucieczki. Każda godzina, każdy dzień zmieniały wspomnienia Catherine o jej domu i mężu.

Podczas, gdy uwaga Anny skupiała się na pracy, Catherine uciekała w kryjówkę potajemnego oczekiwania. Rzadko mówiła o mężu. Odsłaniała się jak najrzadziej, ukazywała jedynie najbardziej gładkie strony swojego charakteru, fałszywą życzliwość, która tuszowała te czarne i czerwone emocje, jakie nią owładnęły. Zimne i gorące.

Obie coś kryły. Żadna nie przyznałaby się, że pracują wspólnie, jakby przyrządzały danie, którego żadna z nich nie miała ochoty skosztować.

Metaliczny brzęk wyrwał Catherine z drzemki na słońcu. Dźwięk zmienił sklepienie w płaski ciężar, który sunął ku niej, w dół. Nalot nieprzyjaciela. Musi uciekać w ciemności. Dom jej nie osłoni.

Pewna, że ktoś ją obserwuje, śledzi, biegła szybko schodami w mroku, trzymając latarkę jak broń. Gdy znalazła się na zewnątrz, omiotła wzrokiem horyzont; nocne niebo było puste, rozświetlone. Spodziewała się chaosu, uciekających postaci. Czy nikt nie słyszał nadlatujących samolotów? Czy została sama?

Była pewna, że ten pomruk zaczął się gdzieś nisko i z wolna rozprzestrzeniał się na całe niebo. Jego nadejścia nie obwieścił ogień ani ostrzał. Szybko odbiegła od domu, przekonana, że to on jest obiektem bombardowania. Trzymała się płotu biegnącego wzdłuż granic posiadłości. Jakiś automobil omiótł go światłami, zmienił jego metalowe pręty w niekończący się szereg włóczni.

Pobiegła ścieżką prowadzącą do jeziora. Wszystko wydawało się obce. Za każdym razem, gdy światło jej latarki wydobywało z mroku jakiś obiekt, jego powierzchnia wydawała się groteskowo rozdęta, jakby wszystko ją atakowało. Bal drewna wydawał się zbyt brązowy i szorstki; plamki i odbarwienia kamieni jakby wynurzały się z samego ich rdzenia. Na poboczu ścieżki majaczyły kolosalne cienie pikujące w dół. W pobliżu groty złowrogi kształt zmienił się w cegły, rzucone tu niedbale przez robotników. Przechylony, podłużny kształt był beczką, rosochata piramida – stertą gałęzi.

Wejścia do groty nie było widać; odczuła je jako obłok zimnego, martwego powietrza. Jej stopa odnalazła w ciemnościach kamienny schodek, potem drugi i trzeci. Pośliznęła się, zatrzepotała rękami, aż znalazła ścianę, oparła się i jej oddech się uspokoił.

Ostrożnie weszła dalej w cichą grotę. Na podłodze za nią ścieliła się delikatna koronka światła, wpadająca przez wejście. Brutalne, ledwie widoczne zarysy stołów, krzeseł i kadzi wyglądały na porzucone, jakby odebrano im przydatność. Znane zapachy kamienia i gliny, terpentyny i wosku, wydawały się wyraźniejsze, jakby w ciemnościach nabierały mocy. Blady krążek światła z jej latarki chciwie przywarł do muszelek na ścianach, do spiralnych wzorów, wijących się hipnotycznie.

Jeszcze nigdy nie widziała tego drugiego pomieszczenia; pod jej podeszwami zgrzytnął piasek; echo tego dźwięku zdradziło pustkę wnętrza. Zwolniony oddech pozwolił jej dokładniej chłonąć wrażenia, wyczulić zmysły na niewidoczne, wydrążone w ziemi ściany.

Wyczuła nad głową coś nierównego, statycznego, groźnego. Uniosła latarkę i oświetliła rażąco białe stalaktyty pod sufitem. Mierzyły prosto w jej odsłonięte gardło. Jak bagnety, pomyślała. Latarka wyślizgnęła się jej z palców; wraz z trzaskiem zapadła wokół cisza.

Catherine rzuciła się na kolana, macając na oślep kamień i piasek, szukając latarki dłońmi, w których tętniła gwałtownie krew. Zataczała nimi szerokie łuki. Jej palce zamknęły się na zimnym metalu. Włączyła latarkę, omiotła światłem ścianę, roziskrzoną olśniewającymi srebrnymi fasetami. Nagle coś się poruszyło. Drgnęła – cień się poruszył. Lustro. Ściany były pokryte kawałkami luster. Roześmiała się cicho.

Niteczka świeżego powietrza zaprowadziła ją do mrocznego kształtu zamkniętych drzwi. Nowy dźwięk. Szmer wody. Potem rozległ się cichy plusk i w tej samej chwili Catherine ujrzała samą siebie podwojoną, jakby widzianą z zewnątrz. Przyłożyła oko do szczeliny w drzwiach, zajrzała do sąsiedniego pomieszczenia, w którym w okrągłym zbiorniku wodnym ujrzała przykucniętego mężczyznę, odwróconego do niej nagimi plecami. Oblewał ramiona wodą, a światło lgnęło do jego mokrego ciała tak, jak jej spojrzenie.

Zatrzepotała powiekami.

Natychmiast odwrócił głowę, a przestrzeń między nimi raptem znikła, wymazana przez wspomnienie, bo Catherine widziała już tego człowieka. Stał nocą przed domem. Wzięła go za Charlesa.

ROZDZIAŁ JEDENASTY

Brownlow, Artis i Hunt, przełożony sanitariuszy, oparli się o mur przy oranżerii. Trwali nieruchomo, jakby jakieś zaklęcie zamieniło ich w kamień. Wschodzące słońce zmieniło szyby nad ich głowami w taflę ognia. Brownlow poruszył się i oparł o wątłe ramię Artisa.

– Pozwól, że się na tobie wesprę. Tak lepiej. – Głos miał ochrypły, bełkotliwy od oparów eteru i niewyspania. – Boże, spójrzcie na to słońce. Jak długo trwała narkoza ostatniego pacjenta?

Artis zamrugał nerwowo, rozdrażniony zmęczeniem i niespodziewanym kontaktem z ręką Brownlowa.

– Wiele godzin. Straciłem rachubę.

– Młodzieńcze, musisz być uważniejszy, jeśli marzy ci się lekarski fach. Nie lekceważ anestezji. – Brownlow z pewnym trudem stanął o własnych siłach. – Niegdyś narkoza była zakazana, a sztuka sprowadzania snu została zapomniana. Jednak niektórzy mądrzy uzdrowiciele gardzili cięciem, które sprawia pacjentowi ból. Byli mistrzami, artystami chirurgii. Ich operacje trwały kilka minut. Trepanacja czaszki zajmowała im pół godziny. Trzydzieści minut na otwarcie ludzkiej głowy, na Boga! Żaden z naszych chirurgów nie posiada tej umiejętności.

Hunt stał odprężony, dużą głowę oparł na złożonych ramionach. Artis, wyraźnie złakniony snu, zauważył z wahaniem, że doktor McCleary ma dobre serce.

– Dobre serce chirurga wyraża się w oszczędzaniu pacjentowi cierpienia. – Brownlow, ożywiony narastającym światłem, mówił z coraz większym ożywieniem. – Każdy potrafi rozpłatać ciało. I zaszyć je. Ale ukołysać umysł do snu i znowu go obudzić – o, to wymaga talentu Morfeusza. Czasami sam nie wierzę, że posiadam tę umiejętność.

Brownlow odwrócił się i drżącymi rękami zapalił papierosa. Artis odezwał się w stronę jego pleców:

– Kto w wigilię świętego Marka stanie przed kościołem, zobaczy wchodzące duchy. Ale to nie są duchy zmarłych. To dusze żywych, którzy umrą w następnym roku. Tak kiedyś powiedział mój ojciec. To święta prawda.

– Żałosna nadzieja, nie prawda. Jeśli widzisz duchy, to są one halucynacją. Oparem, wziętym za postać. Nawiedzają jedynie nasze umysły. Napary nasenne mogą sprowadzić anioły lub diabły.

– Ale gdzie znajduje się umysł, który widzi coś takiego?

Brownlow chwycił ramię chłopca.

– Przechodzi przez boskie wrota. A ja potrafię je otworzyć.

Artis poruszył się konwulsyjnie, by uciec z jego chwytu.

– Widziałem, jak pan to komuś robi – szepnął.

Jego słowa otworzyły zdradziecką szczelinę.

– O czym mówisz? – ocknął się Hunt.

Czerwony żarek papierosa Brownlowa zbladł na tle żółknącego nieba.

– Pokażę ci coś. Chodź ze mną. Hunt może tu zostać i uciąć sobie drzemkę.

Brownlow i Artis ruszyli polem, wśród macek mgły, unoszących się z ziemi spiralnie, jakby zagradzały im drogę. W oddali czekał mroczny, złowrogi kształt, grupa pogrążonych w jakimś sporze postaci. Kiedy się zbliżyli, to, co wyglądało jak szpiczaste poroże na nie całkiem ludzkiej postaci, okazało się ciałem jelenia o ludzkiej głowie i piersi, w otoczeniu szczerzących kły psów. Bogini, która dokonała tej strasznej przemiany – Diana – stała tuż obok. Skamieniałe okrucieństwo tej sceny raziło w sielskim krajobrazie.

Brownlow usiadł pod posągiem.

– Tu. Usiądź obok.

Artis usłuchał niechętnie.

– Interesują cię duchy, więc chcę się z tobą tym podzielić. – Brownlow wyjął z kieszeni surduta gumowy przyrząd, jakby maskę, oraz małą fiolkę. Otworzył ją i upuścił parę kropel na kawałek waty.

Artis skrzywił się, czując zapach. Brownlow włożył watę do gumowej maski i zbliżył do nosa chłopca. Jego ciało opadło na trawę, chude ramiona rozłożyły się, jakby spłynął na ziemię z wielkiej wysokości.

Brownlow przyglądał mu się z satysfakcją. Potem i on zaciągnął się eterem. Ogarnęło go przelotne ożywienie. Z niezdarną brawurą wdrapał się na grzbiet jelenia i dosiadł go, a Artis przyglądał się mu z wniebowziętym uśmiechem.

Brownlow zeskoczył z niewygodnego miejsca na posągu, krzycząc:

– Usłysz to! Wyzwij bogów! Potrafię dorównać im potęgą!

Tryumfalnie podniósł ręce, a przezroczysta fiolka zamigotała w jego dłoni. Zachwiał się, stracił równowagę, fiolka upadła, roztrzaskała się o posąg. Przez chwilę w powietrzu wisiał zapach eteru, obca woń wśród pól. Potem rozwiał ją wiatr.

Pierwszy pacjent był gotów do wypisania, ale lekarze nie mogli podjąć decyzji w sprawie oficjalnej procedury.

McCleary spojrzał na stojących wokół jego biurka mężczyzn i nabrał powietrza w płuca.

– Nasz pacjent nie może tak po prostu wyjść stąd i wrócić do domu. Rodzina Masefielda nie widziała go od chwili, kiedy zaciągnął się do wojska. Szok na widok jego zdeformowanej twarzy będzie dla nich zbyt wielki. Dla Masefielda także.

Pickerill nie krył zniecierpliwienia.

– Nie stać nas na takie debaty. Kiedy pacjent zostaje wypisany, nasza odpowiedzialność się kończy. Jeśli wymaga dodatkowej opieki, można go ponownie przyjąć do szpitala.

Zaciekłość protestu McCleary'ego zaskoczyła wszystkich.

– Ci mężczyźni muszą nas opuścić, mając do nas takie samo zaufanie, jak przy pierwszym spotkaniu – oznajmił.

Brownlow, zbyt nerwowy, by ustać w miejscu, zaczął przeglądać szuflady metalowej szafki.

– Zaufanie? Rodzina Masefielda spojrzy na ten strzęp jego twarzy i nigdy więcej nie zaufa lekarzom, wojskowym, rządowi ani Bogu. Zaręczam.

– Obowiązują nas zasady – sprzeciwił się Pickerill.

– Ta rozmowa brzmi jak proces – odezwał się Kazanjian zza jego pleców.

– Panowie, zgłaszam się z ochotniczą misją – powiedział Brownlow. – Zaaplikuję bliskim Masefielda morfinę, żeby złagodzić szok na jego widok. To akt największej życzliwości – oszołomić ich tak, żeby przyjęli swojego żołnierzyka radośnie.

Pozostali milczeli. Odpowiadanie Brownlowowi mijało się z celem, ponieważ rzadko słuchał uwag innych i równie rzadko na nie odpowiadał.

Gniew McCleary'ego mógł lada chwila wybuchnąć.

– Otępienie nie stanowi rozwiązania.

– Niektórzy codziennie się otępiają. – Pickerill zerknął ostro na Brownlowa, który z uwagą przyglądał się znalezionemu w szufladzie przyciskowi do papieru – szklanemu sercu z uwięzionymi w środku pęcherzykami.

W końcu uzgodniono, że McCleary przygotuje Masefielda i jego rodziców na szok.

– Od tej pory wszystko w pańskich rękach, doktorze – powiedział Pickerill z niezwykłym ciepłem.

Po spotkaniu Kazanjian spytał McCleary'ego, dlaczego tak bardzo zależało mu na udzieleniu Masefieldowi pomocy i podjęciu się zadania, które z całą pewnością miało się okazać niewdzięczne.

– Masefield musi mieć prawo do decydowania o swoim leczeniu.

Kazanjian taktownie nie przerywał milczenia zamyślonego McCleary'ego. Ten po chwili zaczął mówić.

– Wiele lat temu miałem pacjenta, młodego mężczyznę, poparzonego podczas wypadku. Morfina nie łagodziła jego straszliwego bólu. Bez przerwy się skarżył, a pielęgniarki go nie znosiły. Ja też. Zawsze zapewniałem go, że wiem, jak bardzo cierpi, jak go boli. Zwiększono mu dawkę morfiny. Nie było skutecznego leku na jego dolegliwość.

McCleary trzymał papierosa w zdrętwiałych palcach, znowu widząc tamtego pacjenta.

– W końcu usiadłem przy jego łóżku. Jak pan znosi ten ból? – spytałem. Jego odpowiedź zapamiętam na zawsze: Nie wiem. Nie spodziewałem się, że mam tyle sił. Twarz tego młodzieńca wyrażała ulgę i zdumienie.

McCleary powiódł szerokim gestem ręki po niewidzialnym gronie kolegów.

– I, kto by pomyślał, po tej krótkiej wymianie słów skarżył się już mniej. Czy mniej cierpiał? Czy te słowa go uleczyły? – McCleary widział, że Kazanjian także jest zaskoczony. Odpowiedź nie istniała. – Czy w mojej pracy jest coś, czego nie dostrzegłem? Lub czego umiałem nie dostrzec?

– Poezja, przyjacielu. Potrzebujemy czystej, bazującej wyłącznie na wierze poezji.

Choć było późno, spacer do kwatery orzeźwił McCleary'ego. Gdy znalazł się w swoim pokoju, otworzył na chybił trafił *Chirurgię* Mondeville'a i odczytał cytat z Konstantyna Afrykańczyka: „Wyobraźnia rządzi wszelkimi innymi cnotami i może ona ostatecznie pomóc lub przeszkodzić w rekonwalescencji". Ta lekcja była skierowana jakby specjalnie do niego.

Sanitariusz utorował drogę na zatłoczonej sali, pchając przed sobą wózek z grubo obandażowanym mężczyzną.

– Droga! Nowy przybysz! Wszyscy na bok!

McCleary zatrzymał się z jedną ręką wbitą głęboko w kieszeń, jakby dla ochrony.

– Co to jest? – spytał, wskazując czerwone strzępki na kocu, okrywającym kolana pacjenta.

– Nie wiem, panie doktorze. – Korpulentny, spocony sanitariusz wzruszył ramionami. Spieszył się z przejściem.

Zaskoczony McCleary przyjrzał się z bliska jaskrawemu strzępkowi, a potem uniósł koc. Pod nim znajdowała się zwiędła róża. Łagodnie położył koc na kolana rannego.

– Tłum rzucał kwiatami na stacji kolejowej. Dla nas – wychrypiał pacjent. Jego żuchwę obciążało druciane rusztowanie, gips i grube kłęby gazy. W zdrowym oku zamigotały iskierki, a głowa zakołysała się z emocji lub pod ciężarem bandaży, które sprawiały, że wydawała się dwukrotnie większa.

– Zasługujecie na takie uhonorowanie. Życzę panu szczęścia. – McCleary opanował pośpiech. Z szacunkiem dotknął ramienia żołnierza i przyjrzał mu się uważniej. Na okaleczonej twarzy rozpoznał wyraz dumy. Nagle zawstydził się, że coraz częściej rozpoznawał pacjentów po opatrunkach i bandażach, nie nazwiskach. Na salach leżało ich tak wielu!

W głębi pokoju zauważył nagłe poruszenie. Artis z pośpiechem wymijał łóżka.

– Coś się stało. – Roztrzęsiony chłopiec wcisnął mu kopertę.

McCleary nie musiał jej otwierać, by wiedzieć, że Artis dostał powołanie. Był w wieku poborowym. Następny chłopiec, rzucany w paszczę wojny.

– Mam tyle samo odwagi, ile każdy żołnierz – powiedział Artis, ale jego brwi ściągnęły się w wyrazie strachu i niepokoju. Ciągnął szeptem. – Panie doktorze, chcę walczyć. Ale wolałbym umrzeć niż zostać tak rannym, jak ci tutaj. Mnie też to może spotkać.

McCleary poczuł, jak tężeją mu mięśnie twarzy.

– Każdy ma obowiązek pomagać, ale może pozwolą ci tu pracować. Masz jeszcze trochę czasu do zgłoszenia się na komisję. Zachowaj to dla siebie, rozumiesz?

Na twarzy chłopca pojawił się uśmiech. Prawdziwy uśmiech, angażujący *zygomaticus major.*

– Wygotowałeś już instrumenty w sterylizatorze? I sprawdź, czy gumowe fartuchy z sali operacyjnej zostały wyszorowane i odkażone. Ale migiem!

– Tak jest.

McCleary energicznie wygładził pościel na łóżku, wyładowując gniew w działaniu, aż zmalał, stał się nie większy niż zadraśnięcie, ukłucie szpilki, ukąszenie owada. Poświęcił się dla zawodu i wojny. Znaczną część zarobków przeznaczył dla fundacji królowej Aleksandry na rzecz wojska. Zrezygnował z ciszy emerytury. Dokona życia w tym szpitalu, służąc innym. Ta pewność wyzwoliła w nim bezwzględność; uznał, że w zamian za to wszystko będzie można oszczędzić Artisa. To uczciwa wymiana. Ktoś musi kontynuować jego dzieło. Z tego chłopca wyrośnie świetny chirurg.

O wyznaczonej porze rodzice Masefielda przybyli, by zabrać go do domu. Szybko zaprowadzono ich pustym korytarzem do gabinetu McCleary'ego. Ten, nie zwracając uwagi na formalności, wyszedł zza biurka i usiadł przy gościach.

Matka Masefielda, zszarzała kobieta w niedopasowanej sukni, ocierała oczy chusteczką.

– Państwa syn poczynił znaczne postępy – odezwał się McCleary łagodnie. – Ale muszę uprzedzić, że jego twarz jeszcze się goi. – Nie dodał, że twarz młodego Masefielda można było częściowo uratować i, na szczęście, nadal mogła wyrażać uczucia.

Znękana para nie odwracała od niego wzroku.

– Nie wiedzieliśmy, że jest tak ciężko ranny. W listach o tym nie wspominał – powiedziała kobieta.

– Z czasem będziemy dalej leczyć państwa syna. Zawsze istnieje – doktor powstrzymał się przed wypowiedzeniem słowa „nadzieja" – szansa poprawy.

Nie ufał sobie na tyle, by mówić dalej. Już i tak ich wystraszył.

– Cieszymy się, że do nas wraca. Tak wielu mężczyzn...

Kobieta przycisnęła chusteczkę do ust; nie mogła mówić dalej. Jej mąż miął czapkę w szorstkich dłoniach i nerwowo popatrywał na McCleary'ego.

– Państwa syn jest wyjątkowym młodzieńcem i zachowywał się wyjątkowo dzielnie. Teraz na państwa czeka. Proszę za mną.

McCleary poprowadził ich długim korytarzem. Zwolnił krok do tempa uroczystego marszu, który wyćwiczył jako ministrant. Dał im czas na przygotowanie się do spotkania z synem. Weszli na salę i ruszyli przejściem między łóżkami. Pacjenci nie odwracali się od obcych, ale przyglądali się im. Wszystkie rozmowy ucichły.

McCleary zerknął przelotnie na swoich gości, spoglądających na kolejnych pacjentów o zmasakrowanych twarzach. Zauważył, że po pierwszym wstrząsie ich rysy zastygły w wyrazie determinacji. Ojciec szedł sztywno wyprostowany, wpatrzony przed siebie. Żona kiwała głową mijanym pacjentom, nie z litości, lecz z matczyną życzliwością.

McCleary otworzył drzwi na końcu sali i odsunął się. Rodzice weszli za nim do pokoju, w którym ich syn z wysiłkiem utrzymywał dłonie na stole, starając się nie zasłaniać twarzy. Jego rysy wykrzywiał spazm strachu, ale matka krzyknęła z ulgą i podbiegła, by chwycić go w ramiona. Ojciec dotknął jego ramienia. Przeszli przez pole bitwy. Przez spaloną ziemię.

McCleary cicho wyszedł.

Tak, jakby pomyślne wypisanie Masefielda przepełniło czarę, sanitariusz Hunt i dwaj pacjenci postanowili wymknąć się ze szpitala, by to uczcić.

– Moglibyśmy się napić w wiosce.

– Czemu nie? Mamy prawo.

Podekscytowani jak kłusownicy, oddalili się w odległy zakątek posiadłości i nawzajem pomogli sobie niezdarnie przejść nad żelaznym ogrodzeniem. Ranni starali się utrzymywać głowy w pionie. Lekarze zabraniali im się pochylać pod pewnymi kątami, gdyż ciśnienie mogło rozerwać ich gojące się rany.

Hunt, któremu rzadko zdarzało się nie wchodzić w kontakt z napotkanymi obiektami, smagnął kijem wysoką trawę na poboczu drogi. Chmara żółtych motyli znowu osiadła na końskim łajnie za jego plecami.

– Słyszałem, że benzynowe transportery potrafią się rozpędzić na polu bitwy do pięćdziesięciu kilometrów na godzinę.

– Jak tylko się połapią, gdzie jest przód.

– I jeśli teren nie jest podziurawiony bombami.

Minęli spaczoną bramę prowadzącą na przykościelny cmentarz, który leżał na falistym terenie, splątane fale wybujałej trawy burzyły się i spiętrzały wokół zwietrzałych nagrobków.

W wiosce piętra drewnianych domów na kamiennej podmurówce wysuwały się nad ulicę, co tworzyło wrażenie, że się chwieją. Stojące gęsto obok siebie zasłaniały zachodzące słońce. Główna ulica z trudem pomieściłaby mijające się pojazdy; goście z dworu ruszyli szeregiem, czujnie, jak myśliwi. Niewidoczne ręce zaciągały zasłony w oknach, nierozpoznawalne twarze – jasne owale w czarnych kwadratach okien – wynurzały się z mroku i tonęły w nim na powrót. Z podwórka dobiegł wściekły jazgot jakiegoś psa.

Niosący paczkę mieszkaniec wioski wspinał się z trudem stromą uliczką w ich stronę, łomocząc buciorami po bruku. Zatrzymał się przed nimi, ominął wyzywająco patrzącego Hunta i zagapił się na jego milczących towarzyszy o twarzach posiekanych bliznami i owiniętymi w kokon bandaży. Jego twarz skamieniała ze strachu, zatoczył się do tyłu, odwrócił i uciekł.

– Cholerny idiota.

Przybysze z dworu stali niczym zaklęci, nieruchomi jak kamienie pod ich stopami. Hunt zaczął pogwizdywać, początkowo nieśmiało, potem coraz głośniej.

– Kompania naprzód! Prawa, lewa! – Ranni ruszyli za Huntem, zmieniając otoczenie swoim przejściem, jakby byli roznosicielami nieszczęścia.

Na końcu ulicy dziecko bawiło się piłką. Pilnująca go matka odwróciła się w stronę nadchodzących. Jej suknia zafalowała, usta otworzyły się w bezgłośnym obrzydzeniu. Pociągnęła płaczące dziecko do domu.

– Ciemno tu jak w okopach!

– Więcej światła! Więcej światła! – skandowali.

Jakieś okno otworzyło się z hałasem.

– Nie jesteście tu mile widziani! – rozległ się ostry głos mężczyzny. – Przynosicie pecha! Odejdźcie! – Okno zamknęło się gwałtownie.

Wszystkie inne także się zatrzasnęły, jak na dany sygnał.

Pacjenci wzięli na ramiona Petera, najdrobniejszego z nich, jakby nieśli żywy posąg. Jego zdeformowana głowa kołysała się nad nimi, czarna ziejąca jama, która była kiedyś ustami, wykrzywiała się, wyrzucała dzikie gardłowe dźwięki, pierś poruszała się jak miech. Jego gniewne, zduszone krzyki, powtarzane raz po raz, sprawiały im ponurą satysfakcję.

Coś uderzyło w bruk u stóp Hunta. Zaskoczeni, stanęli. Niski pacjent z dziką czupryną z wściekłością pogroził pięściami czarnym oknom. Wokół nich zaczęły upadać małe przedmioty – kamienie, jabłko, drewniany dziecięcy klocek. Coś uderzyło Petera w czoło. Krew spłynęła mu zygzakiem po twarzy. Hunt ryknął, zgarnął garść kamieni, rzucił je w ciemne okna. Brzęknęło szkło.

– To nasza ulica. Nasze niebo – ryknął ciemnowłosy pacjent. – Nikt nas nie odpędzi!

– Nasze nogi są mocne jak nogi każdego człowieka! I ręce! Słyszycie?

Cisza, która im odpowiedziała, była ciężka i czujna, moc kontrolowana przez niewidocznych mieszkańców wioski. Przybysze walczyli z nią powolnym, żałosnym gwizdaniem, przechadzając się po opustoszałych ulicach, mierząc spojrzeniami podbite terytorium.

*

Przełożona pielęgniarek niespodziewanie wywołała McCleary'ego z jego gabinetu. Na widok jej zatroskanej twarzy zapomniał o irytacji.

– Z wioski przyszli dwaj mężczyźni i kobieta – powiedziała. – Chcą się z panem spotkać.

– To dziwne. Nie wyjaśnili w jakim celu? – Przełożona pokręciła głową. Doktor polecił, by zaprowadziła ich do małego pokoju przy głównym holu, ozdobionym imponującymi złoconymi rzeźbieniami. Postanowił pozostać w kitlu, stanowiącym dobry pretekst, by odejść, jeśli sytuacja stanie się nieprzyjemna.

Powitał przybyłych serdecznie, co w bardzo niewielkim stopniu złagodziło ich wrogie miny, zacięte zmarszczki na twarzach.

– Przybywamy z nieprzyjemną sprawą – powiedział młodszy mężczyzna i nabrał tchu. – Pańscy pacjenci przyszli do wioski.

– Tak. Jak rozumiem, zrobili sobie przechadzkę.

– Wybili mi okno! – krzyknęła kobieta.

– Bardzo mi przykro. Dopilnujemy, żeby otrzymała pani rekompensatę...

Młodszy przerwał mu brutalnie:

– Nie chcemy widywać w wiosce pańskich pacjentów.

– Nie mieli złych zamiarów. Zachowanie nielicznych...

Tęgi mężczyzna, który do tej pory zachowywał milczenie, wystąpił naprzód.

– Chodzi o ich wygląd.

– Straszą dzieci – szepnęła kobieta.

– Trzymajcie ich z dala od wioski. Pozamykajcie, żeby nie wyszli. – Grubas założył ręce na wydatnym brzuchu.

– Czy jeśli żołnierz, weteran, ma złamaną rękę lub nogę, traktujecie go w taki sam sposób? Zakazujecie mu wstępu na ulicę? – McCleary patrzył na przybyszy, jakby miał przed sobą cały świat, który osądza jego pacjentów, ten mur krytycznych, przerażonych spojrzeń, który stanie im na drodze w przyszłości.

Młodszy spuścił wzrok, żeby ukryć zażenowanie. Inni zarazili się jego niepewnością.

– Moi dwaj synowie też są żołnierzami – odezwała się kobieta, wykręcając ręce.

Goście ustąpili po długiej dyskusji. Zgodzili się, że pacjenci mogą wchodzić do wioski pod pewnymi warunkami. Przede wszystkim na pół kilometra przed wioską mają zacząć gwizdać *It's a Long Way to Tipperary*, dzięki czemu rodzice zdążą zamknąć dzieci w domu. Pacjenci mają bywać w jednej, wyznaczonej części wioski, gdzie stanie kilka pomalowanych na czerwono ławek specjalnie dla nich. W ten sposób wyeliminuje się przypadkowe spotkania mieszkańców wioski z niemile widzianymi przybyszami.

Mieszkańcy wioski odeszli dumni, że zdobyli się na takie poświęcenie.

Po tym wtargnięciu świata zewnętrznego lekarze zebrali się w salonie błękitnym na pospiesznie zwołanej naradzie. Niechętnie zgodzili się, że najciężej ranni powinni otrzymać maski, które ułatwią im powrót do społeczeństwa.

McCleary ucieszył się z ich poparcia. Uprzednio wyłożył swój plan Kazanjianowi. Wyjaśnił, że każdy pacjent powinien otrzymać maskę. Ale wiecznie sceptyczny Pickerill rozdrażnił go, rozpoczynając dyskusję.

– Po co takie środki ostrożności? – spytał. – Z pewnością szybciej osiągniemy sukces, jeśli maski dostanie tylko paru.

– Pierwsza maska to tylko egzemplarz testowy. Będzie tajemnicą, wiadomą wyłącznie nam. Jeśli projekt się nie powiedzie, nie będzie potrzeby niepokoić pacjentów. Świadomość, że będą musieli ukrywać twarze, raczej nie podniesie ich na duchu.

– Nie budźmy złego – odezwała się głośno przełożona

pielęgniarek i założyła ręce na piersi. Wypowiedziała swoje zdanie.

– Amen – odezwał się inny głos.

McCleary zapewnił Pickerilla, że wszyscy pacjenci zostaną poddani kontroli i wybierze się odpowiedniego ochotnika. Kogoś o zniekształconej twarzy, której nie pomoże już żadna operacja i który zachowa projekt w tajemnicy.

Było tylko kwestią czasu, kiedy nastąpi postęp w chirurgii twarzy. Każdy przypadek poszerzał wiedzę lekarzy. Maski były jedynie prowizorycznym środkiem. Przynajmniej tak sobie powtarzali.

Kazanjian cicho podsunął, że maski mogłaby sporządzić pani Coleman, która ma doświadczenie w pracy z metalem i farbą. On będzie jej służył technicznymi poradami.

– Znakomity pomysł – powiedział McCleary. – Proszę powiedzieć pani Coleman, że wybrawszy pierwszego kandydata, wyślemy jej jego zdjęcie.

– Zdjęcie?

– Oczywiście twarz pacjenta będzie radykalnie odmieniona z powodu obrażeń. Pani Coleman sporządzi maskę, nadając jej rysy dawnej twarzy chorego. Przynajmniej będzie przypominać siebie.

Pickerill zgodził się z nim.

– Nie mam nic przeciwko temu, żeby to zadanie powierzyć kobiecie. Ale czy pani Coleman zniesie tak bliski kontakt z twarzami pacjentów, nie poddając się chorobie lub gwałtownym reakcjom? – Pickerill wyraził to, co myśleli wszyscy: czy kobieta podoła?

Wszyscy z wyjątkiem Kazanjiana.

– Jej oko nie osądza. – Gestem pełnym pewności siebie wygładził delikatną skórzaną oprawę znalezionej na półce książki.

*

Po spotkaniu, gdy inni już odeszli, Kazanjian przyjrzał się McCleary'emu, osuwającemu się na fotel.

– Co się stało?

– Od ponad czterdziestu lat jestem praktykującym chirurgiem. Powinienem umieć odtworzyć twarz. Ale kiedy przytrzymują ją druty, pasy i gaza, nie potrafię przewidzieć postępów gojenia. Brakuje mi wizjonerstwa.

– W sprawach rekonwalescencji przewidywania nigdy nie są ścisłe.

– Nieprzewidywalne jak chmury.

– Diagnoza przypomina układankę. Zawsze następuje chwila dezorientacji, gdy człowiek nie potrafi odgadnąć obrazka. Potem jeden kawałek wchodzi na właściwe miejsce i nagle pojawia się rozpoznawalny obraz.

– Ale niektórzy z nich będą musieli przejść dziesiątki operacji, żeby odzyskać normalną twarz. Tu o sukcesie decydują milimetry. To potrwa miesiącami, latami. – McCleary wysuwał argumenty przeciwko własnym tezom. Nie potrafił się powstrzymać. – Powtarzam sobie, że jest za wcześnie na wnioski, ale kiedy człowiek musi włożyć maskę, by zakryć to, czego nie umiem poprawić, to znaczy, że zawiodłem. Maska nie jest lekiem.

Kazanjian przypomniał łagodnie, że maska jest jedynie tymczasowym rozwiązaniem, narzędziem. Protezą. Kulą.

– To tylko jeden z wielu sposobów pomocy pacjentom – mówił.

– Wielu z nich wpadnie w rozpacz z powodu zmasakrowanych twarzy. To zrozumiałe, bo ich życie nieodwracalnie się zmieni. Dręczy mnie świadomość, że żołnierze po załamaniach nerwowych są leczeni w szpitalu psychiatrycznym w Maghull. Jednak dla naszych *mutilés* nikt nie ma ani słowa porady. Ja mogę dawać moim pacjentom tylko złudzenie nadziei.

– Proszę zaufać własnemu osądowi. Czy nie zacytował

mi pan kiedyś Mondeville'a: „Stosowanie fałszu w miejsce prawdy jest dopuszczalne i usprawiedliwione, jeśli pomaga dojść do prawdziwej wiedzy".

Zza okna dobiegł zwięzły świst kosy i zapach świeżo skoszonej trawy. McCleary z ulgą przyjął tę odmianę. Rozmowa sprawiała mu trudność.

– Nie mogę się zwierzyć nikomu innemu – rzucił gwałtownie, zaskoczony własnymi słowami.

– To dla mnie zaszczyt. – Okulary Kazanjiana błysnęły bielą, odbiciem popołudniowego światła. – A pan jest nadmiernie krytyczny wobec siebie.

McCleary poczuł, że z serca spada mu kamienny ciężar. Kazanjian nie potępił jego rozterki.

McCleary napisał do Macready'ego, adiutanta generała, oraz do sir Williama Robertsona z ministerstwa wojny, prosząc by Artis mógł wypełnić swój obowiązek wojskowy, pracując w szpitalu. Wyjątki, czynione w przypadku mężczyzn, wykonujących zawody istotne dla losów wojny, nie stanowiły niczego dziwnego. Stoczniowcy i robotnicy wydobywający ropę naftową byli zwolnieni ze służby wojskowej, choć wieść niosła, że robotnicy, którzy uprzednio skorzystali z tego przywileju, teraz wstępują do wojska, a ich miejsca przejmują kobiety. Ci, którzy sprzeciwiali się walce z powodów ideologicznych, stawali się wyrzutkami, skazywanymi na roboty, zamykanymi w obozach, a czasami kierowanymi do prac fizycznych na froncie.

Inną grupę, darzoną nieco mniejszą pogardą, stanowili młodzi mężczyźni, bogaci i ze znajomościami, którzy otrzymali pracę przy biurku, zamiast trafić na front. McCleary żałował, że utracił tak wielu najstarszych przyjaciół, którzy mogliby się wstawić za Artisem. Był to kolejny przykry dowód na jego wiek i utratę znaczenia.

*

Najważniejsze to nie reagować na wygląd pacjenta. Patrzeć, nie będąc widzianym. Dla opiekunów neutralny wyraz twarzy był równie pożądany, jak bogactwo albo sen. Jego zachowywanie kosztowało wiele wysiłku. Ludzie pracujący w szpitalu radzili sobie z tym w najróżniejsze sposoby.

Każdego ranka o ósmej trzydzieści pielęgniarki klękały i przez piętnaście minut modliły się pod przewodnictwem przełożonej. Te surowe kobiety nigdy nie płakały publicznie. Zarówno mężczyźni, jak i kobiety pili i miewali koszmary. Inni obnosili się z fałszywą, kruchą pogodą, jakby nie działo się nic złego. Ci załamywali się najszybciej.

Czasem lekarze, pielęgniarki i najodważniejsi sanitariusze szukali zapomnienia natychmiast po wyjściu z sali operacyjnej. Padali na krzesła lub podłogę, zbyt wyczerpani, by szukać łóżek. Pewnego razu znaleziono Brownlowa śpiącego pod drzewem owocowym w sadzie. Plamy na jego fartuchu niemal zupełnie znikły, zasypane przez śnieżycę spadających płatków.

McCleary'emu dni zlały się z nocami; srebrny krąg lamp w sali operacyjnej był jego słońcem i księżycem. Pewnego razu po operacji opuścił salę rozjarzoną niemiłosiernym światłem, zapomniawszy zdjąć fartuch. Jego palce odrętwiały, straciły czucie, jakby we śnie utracił nad nimi władzę.

Ruszył chwiejnie korytarzem. Scena ukazana na tapecie – ręcznie drukowany chiński ogród od Zubera – wydawał się upiornie wyraźny w świetle nowych żarówek elektrycznych. Przed oczami utkwił mu na dobre ten kojący krajobraz, wyidealizowane marzenie artysty o zieleni, kolorze, który stanowi skuteczne antidotum na skutki operacji.

Pielęgniarka w białym uniformie i wykrochmalonym czepku przebiegła obok niego, niosąc miednicę z zakrwawioną wodą; ta smuga czerwieni na tle zielonej tapety wyglądała fantastycznie. Doktor mocno zacisnął powieki, ale nie potrafił się pozbyć tego obrazu.

Paru pacjentów nie posłuchało rozkazu McCleary'ego i potajemnie usiłowało się w czymś przejrzeć. Nie zdołali ukryć przed nim swojej rozpaczy, a on nie potrafił im pomóc inaczej niż łagodną radą, zapewnieniem, że szokujące odbicie twarzy było groteskowo zniekształcone. Dla tych biedaków wiedza była zatrutym jabłkiem.

McCleary nieświadomie także zaczął szukać lustrzanych powierzchni. Złotego płynu w kieliszku. Wypukłej powierzchni koperty zegarka. Witrażowo zdobionej karafki na półce. W pobliżu stajni zauważył błyszczącą kałużę. Woda na dnie cysterny była ciemna i przejrzysta, otoczona cienką frędzlą mchu. W zimie pojawiał się lód, kojąco szary, powierzchnia zbyt gładka, by spojrzenie mogło do niej przywrzeć.

Śnił na jawie o najdoskonalszej powierzchni. O oszlifowanym brylancie. O kutym złocie. O tylnej płycie skrzypiec Amatiego, wypolerowanej ręką mistrza.

Doszedł do wniosku, że najdoskonalszą powierzchnią jest skóra. Misternie zdobiona włoskami, porami, skazami, przetykana żyłkami cieńszymi od kreski robionej igłą lub ostrzem noża, nieprzejrzysta, a jednocześnie transparentna; jej nietrwałość była nierozdzielnie złączona z urodą.

Pragnął, by jego pacjenci także mieli doskonałą skórę. Wyobrażał sobie płaty skóry wielkości płatków róży, które czarodziejskim sposobem spływają na twarze rannych i zakrywają ich blizny – gęsto, bezgłośnie, bezboleśnie jak śnieg.

– Interesujące pytanie. Najdoskonalsza skóra? – Ręka Anny znieruchomiała nad papierem, kreda celowała weń pod ostrym kątem.

McCleary czekał z nadzieją.

– Młoda służąca, namalowana przez Sweertsa. Jej skóra jest półprzejrzysta, a jednak prawie wcale nie widać przez nią tekstury płótna. To czarodziejski paradoks.

– Pięknie to pani opisała, ale ja jestem lekarzem. Moją

natychmiastową refleksją było to, że ta skóra jest złudzeniem optycznym. Krew w arteriach jest czerwona, ale przez warstwę żółtego tłuszczu pod skórą wydaje się niebieska.

– Renoir przedstawiał ciało, wykorzystując złudzenie optyczne. Malował głównie szarościami, dodając odrobinę czerwieni, a kolor otoczenia sprawiał, że skóra przyjmowała autentyczny odcień. Niestety, maski pacjentów będą pozbawione tej subtelności. Będą wyglądać jak malowany metal.

– Oczywiście nie powie pani tego pacjentom.

– To by nie służyło żadnemu celowi.

– Dziękuję. Zawsze darzyłem artystów wielką estymą. Kiedyś znałem blisko pewną kobietę, śpiewaczkę. – Myślami opuścił pokój, Annę, zagarnięty przez wspomnienie ust ukochanej kobiety, kiedy śpiewała, koloru jej oczu i sukni. Zamrugał powiekami i wizja znikła. Dalsze słowa wypowiedział z nietypowym dla siebie pośpiechem, zawstydzony, że tak łaknie odpowiedzi Anny. – Sądzę, że artyści są bardziej spostrzegawczy od innych. Widzi pani, nie daje mi spokoju pewne pytanie. Czy człowiek, który nie może się już uśmiechnąć ani nasrożyć, traci uczucia? Czy uśmiech, mina są niezbędne do wyrażenia, powiedzmy, szczęścia?

– Nie wiem. Byłoby tragedią, gdyby miał pan rację. Z drugiej strony, niemożność odczuwania smutku byłaby dla pańskich pacjentów błogosławieństwem.

– Oczywiście nie twierdzę, że w ten sposób któryś z nich stałby się gorszym człowiekiem.

– Ale może w ten sposób pan znajduje pociechę.

Wiedział, że Anna uśmiecha się do niego z przymusem. Podziękował jej i opuścił pracownię w ponurym nastroju. Obszedł jezioro, na chwilę odsuwając wspomnienie rozmowy z Anną, by z podziwem spojrzeć na zniekształcone odbicie czerwonego mostu w wodzie. Listek unosił się łagodnie w powietrzu, potem musnął wodę, zmącił odbicie. Doktor przypomniał sobie, że gałka oczna nigdy nie zmienia swojego wyrazu, nie oddaje uczuć, jak nieruchoma perła, osadzona w drżącej, marszczącej się, elastycznej skórze, która przekazuje emocje. Tylko mięśnie wyrażają błyskawiczne mgnienie uczuć.

Pewnego razu widział żółwia, wyrzuconego przez morze na brzeg. Spokojne oczy zwierzęcia nie wyrażały zdumienia wobec nagłego braku wilgoci, przygniatającego ciężaru suchego powietrza.

ROZDZIAŁ DWUNASTY

Głosy z zewnątrz ucichły, a Catherine, zapatrzona w mężczyznę w fotelu, zapomniała o nieporęcznym kręgu słomkowego kapelusza w swojej dłoni. Mężczyzna siedział zwrócony do niej bokiem, światło wpadające z góry do pracowni zmieniało jego jasne włosy w aureolę.

– Mam to, czego potrzebuję. Na razie skończyłam. Dziękuję.

Wyzwolony słowem Anny z bezruchu, leniwie rozprostował ramiona i odwrócił się, nieco sztywno z powodu bandaża, zakrywającego połowę jego twarzy. To tego mężczyznę Catherine widziała przy zbiorniku wodnym.

Podobieństwo do męża znowu rzuciło się jej w oczy – nieco zniekształcone, jakby oglądała znajomy przedmiot przez szybę ze skazą. Blizna otaczała łukiem jego prawe oko – intensywnie niebieskie, w którym źrenica niemal nie odróżniała się od tęczówki, jakby ten uderzający kolor rekompensował mu brak widzenia zabandażowanego oka.

– Julian jest pierwszym pacjentem, który będzie pozował do portretu. – Twarz Anny majaczyła w mroku za sztalugami.

Catherine sztywno włożyła kitel, zakasała rękawy i zanurzyła ręce w mokrej glinie, ledwie rejestrując mocny zapach zgnilizny i ziemi, gdy ciepła masa oblepiła jej skórę. Wiedziała, że Julian został jej przysłany tak, jak kula, śmiercionośny pocisk, żar wybuchu zostały przysłane do jej męża. Niezliczone ręce trudziły się, by go uzdrowić, ukoić jego skórę, przytrzymać szklankę przy wargach, wbić igłę w ramię; przekazywano go sobie z rąk do rąk nad wodą i ziemią, by mógł się z nią spotkać. Podczas wojny nie ma zbiegów okoliczności.

McCleary pochylił się, wchodząc w niski łuk drzwi. W surowym białym szpitalnym kitlu wyglądał tu nie na miejscu, jak aktor w kostiumie. Uroczyście trzymał ładny wiklinowy koszyk od Harrodsa.

– Drogie panie, drogi panie, przyniosłem ucztę. – Ten koszyk był darem pacjenta, którego rodzina nie przyjmowała do wiadomości, że nie można mu podawać stałych pokarmów.

Uradowana Anna dała znak Julianowi, by przyniósł krzesła do stołu.

McCleary uśmiechnął się do niego.

– Po uszy w pracy, jak widzę?

– Przyłapał mnie pan – uśmiechnął się Julian, wzruszając ramionami, choć w geście tym wyczuwało się odrobinę wahania, jakby nie posiadał już niedbałej pewności siebie ludzi o sprawnych ciałach.

– Ostrożnie. Pańskie poczucie równowagi może być zakłócone. – McCleary delikatnie uwolnił go od ciężaru krzesła, choć i jego dłonie nadal bolały po operacji.

Julian odsunął go niecierpliwie.

– Nawet, gdybym upadł na twarz, raczej nie wyrządziłbym sobie większej szkody.

– Jest pan okrutny – zaprotestowała Anna.

– Jestem okaleczony. Nie roztkliwiam się nad ruinami.

– Ale mimo tej skromności jest pan doskonałym modelem. – Anna odnalazła czyste słoiki na farbę, które miały pełnić rolę szklanek.

– Jestem ulubieńcem artystki, a jednak mojej podobizny nie ujrzy nikt z wyjątkiem jakiegoś chirurga.

– Julianie, szkice pańskiej twarzy pomogą innym. Będą dla mnie materiałem porównawczym, wskazówką – powiedział McCleary, starannie dobierając słowa.

– Więc spłacam swój dług za leczenie?

– Nic nie może zrekompensować pańskich obrażeń.

Catherine, nieprzywykła do tak przyziemnych obowiązków, niezdarnie rozpostarła czyste płótna na stole roboczym. Miała nadzieję, że nikt nie dostrzeże, jak dygoczą jej dłonie. Szczerość Juliana ją szokowała. Spodziewała się, że będzie zachowywał się przepraszająco, że usunie się na bok. Kiedy jej matka zaczęła tracić wzrok, nadal przyjmowała w domu gości, brylowała na bankietach i herbatkach, a także podczas ulubionej zabawy w kalambury, ale gdy oślepła, zupełnie odcięła się od rodziny.

McCleary usiadł przy stole obok Juliana, dyskretnie podsuwając talerze w zasięg jego dłoni. W ten sposób tuszował jego ograniczoną zdolność widzenia. Ta uprzejmość była niepotrzebna, ale przywykł pomagać nawet podczas spotkań towarzyskich.

Otwarto puszkę gęsich wątróbek; rozkoszowali się ich korzenną wyrazistością, złożoną i intensywną, tak inną po mdłym szpitalnym jedzeniu. Doktor znał pewnego myśliwego, właściciela wielkiego parku, zasiadającego w komitecie zarządzającym odstrzałem dzikiej zwierzyny. Obiecał, że spyta o dostawę dziczyzny do szpitalnej kuchni.

Catherine nie miała apetytu i milczała przez prawie cały posiłek. Raptem odzyskała głos.

– Nigdy nie widziałam takiego stołu. – Wskazała talerze z grubego fajansu, jedyną wygiętą łyżkę, kwiaty w kubełku, ołówki, które potoczyły się i zatrzymały na otwartych puszkach z jedzeniem. Skrobaczką do farby krajano ser i mięso.

– Chyba nie są to dla pani egzotyczne dania?

– Bardzo to wszystko cyganeryjne. Jeszcze nigdy nie siedziałam przy stole bez prawdziwego obrusa – odpowiedziała ze skrępowaniem. – Tylko na przyjęciu na polowaniu, ale i tak dbano o formy. Wszystko – koce, porcelanę, srebra – przyniesiono na pole w koszykach.

– Musimy zadbać o pani spontaniczność – powiedział Julian nie bez sympatii.

– Pewnego razu gospodarz Hatfield House założył się, że przejedzie konno przez jadalnię. Wszyscy wstrzymaliśmy oddech, by nie spłoszyć konia, a on przeskoczył przez stół. Kryształy zadźwięczały, ale nic się nie stłukło. Znalazłam się bardzo blisko konia.

Chciała zwrócić na siebie uwagę Juliana, ale uświadomiła sobie, że wywarła złe wrażenie. Zażenowana, spojrzała na dłonie Juliana, spoczywające na stole tuż obok jej rąk, jego paznokcie, nadgarstki, wyraźną niebieską żyłę, sunącą między kostkami. Nieustannie zerkała na jego twarz, uderzająco rozdzielone profile; prawy wydawał się idealny, lewy był zasłonięty bielą gazy, nieprzenikniony.

McCleary nalał szampana do słoików.

– Znam pewną historię dotyczącą szampana – oznajmił Julian.

Anna i doktor nigdy nie mieli dość anegdot z frontu. Catherine się spłoszyła. Wolałaby, żeby Julian pozostał zagadką o nieznanej twarzy i historii, by jego osobiste przeżycia nie zmąciły tego, co sobie o nim wyobrażała.

– Nasz batalion znalazł się na ziemi niczyjej. Tkwiliśmy tam od tygodni. Nie zmieniałem ubrania od dwudziestu dni. Nasz dowódca przyniósł butelkę szampana. Zachował ją ze swojego ślubu, gdyż ożenił się tuż przed przyjazdem na front. Nigdy nie zapomnę tego smaku, musującej pienistości po wodzie, która zawsze miała posmak benzyny. Oszołomił mnie jeden łyk, szybciej niż morfina.

Anna zaczęła przekładać kwiaty w kubełku, by rozproszyć

poważny nastrój. McCleary przyglądał się jej bez słowa; przypominała mu pielęgniarki, które nigdy nie siedziały bezczynnie, nieustannie złaknione poczucia, że są pomocne, pragnące uwagi każdego pacjenta.

Julian zadzwonił łyżką w słoik.

– Wypijmy za ryzyko!

– Za tych odważnych, którzy narażają się na ryzyko naprawy świata – dodał McCleary. – *Vivem*. Będę żyć.

– Ujął to pan o wiele lepiej. *Vivem*.

Catherine poczuła ciepło ramienia Juliana, promieniujące przez rękaw jego cienkiej koszuli. Czy umyślnie przysunął się bliżej? Czy jego spojrzenie spoczywało na niej o chwilę dłużej niż to konieczne?

– Jak spędza pan tu czas? – Było to pierwsze pytanie, które ośmieliła się skierować do niego.

Julian odwrócił się do niej w taki sposób, by spojrzeć na nią zdrowym okiem.

– Jako ranny spędzam go wyłącznie na czekaniu.

Przyjrzała się jego słowom uważnie, jak szkatułce. Więc on także był więźniem.

– Może się pan odwrócić w tę stronę?

Julian siedział pod świetlikiem. Jego ciało ginęło w luźnym, niedopasowanym szpitalnym ubraniu.

Anna przyglądała się niezniszczonemu policzkowi, szczęce i szyi. Opatrunek na jego twarzy był bezkształtny. Wyobrażała sobie, że w tej mrocznej, intymnej kryjówce znajduje się zmasakrowane, potworne ciało, rozjątrzona czerwień skóry.

– Jak długo będę musiał pozować?

– Pytanie bez odpowiedzi. Cézanne potrzebował pięciuset sesji na jeden portret.

– Więc rozkaz jest jasny. Czy mogę rozmawiać z panią podczas pracy?

– Oczywiście. Ale nie zawsze będę odpowiadać.

Nie miała nic przeciwko lekkiej rozmowie; dawała wytchnienie od napięcia koncentracji. Przekonała się, że więź między nią a modelem może być równie intensywna jak między kochankami, a nawet lekarzem i pacjentem. Portret to nieustanne, intymne zmaganie się obserwacji i tajemnicy. Przed spojrzeniem malarza nie ma ucieczki.

Kazanjian mówił, że mięśnie twarzy są konstrukcją skomplikowaną i wytrzymałą jak koronka, tak delikatnie spojoną z wewnętrzną stroną skóry, że nie można ich poprawnie wypreparować podczas sekcji. Jeśli zdejmuje się skórę, spoczywające pod nią mięśnie zostają zniekształcone. Pod tym względem twarz różni się nieco od reszty ciała.

Z każdą godziną, gdy oczy Anny skupiały się na paru centymetrach kwadratowych twarzy Juliana, przypominała sobie o tej napiętej, zdyscyplinowanej sieci pod skórą. Jego bandaże utraciły niepokojące znaczenie, zneutralizowane mocą przyzwyczajenia; Anna opisywała je jako białą, niedokończoną powierzchnię obrazu. Wyobrażała sobie, że siła jej wyobraźni w magiczny sposób działa pod tym opatrunkiem, aż wreszcie wyłoni się spod niego skóra, scalona, wyleczona.

W szpitalu polowym nauczyła się pracować szybko, nie pamiętać o upale i strachu, niepostrzeżenie zmieniających rytm czynności wokół niej. Otoczyła się starannie wybranymi, znajomymi przedmiotami i białym, czystym papierem, węglem, gęstymi farbami, czekającymi na palecie, utworzyła z nich zaporę, broniącą ją przed niepokojącymi natręctwami skutecznie jak drut kolczasty. Ale nawet w pracowni bała się, że jakiś zapach, hałas, światło padające pod pewnym kątem znowu sprowadzą złe wspomnienia.

Podczas podróży morskiej zapach terpentyny natychmiast przywołał wspomnienie, jak szmatą zmoczoną w terpentynie myła szare od kurzu nagie plecy i ramiona jakiegoś żołnierza.

Rannych myto terpentyną, ponieważ woda z mydłem nie działały wystarczająco dobrze. A może zabrakło mydła?

Julian reagował na najdrobniejsze hałasy, co Anna tolerowała, tłumacząc sobie, że to wynika z jego urazów. Trzask spadającego na podłogę ołówka, niespodziewany odgłos kroków, pomruk dalekiego silnika wystarczały, by zmienił pozę. A wówczas drgnięcie ołówka lub kredy zdradzało jej zniecierpliwienie.

– Cisza jest dla mnie lekarstwem – wyjaśnił. – Na froncie otaczał mnie hałas. Czasami karabiny warczały jak werble, jak orkiestra. Metalicznie. Majestatycznie. Czasami jak ostre staccato albo syk. Karabiny maszynowe jazgoczą. Każdy wąwóz, krater po bombie, rów, jama po zwalonym drzewie odbija tysiące nieustannych ech. Tylko muchy są głośniejsze. Ten hałas był tak uporczywy, że nie odróżniałem snu od jawy. A jednak każdego ranka śpiewały ptaki. Słowiki.

Pozwalała mu mówić; gładkie linie kredy czule układały się w zarys jego głowy.

– Wszystko to tak nas dezorientowało, że każdy zadawał sobie to samo pytanie: „Gdzie ja jestem?".

Anna wydała współczujący pomruk, nie przestając szkicować.

Julian podjął ciszej:

– Daję głowę, że to doświadczenie wyostrzyło moje zmysły. Potrafię ocenić etap pani pracy, nie widząc rysunku. Krótkie pociągnięcia to cieniowanie. Władcze, głośne szurnięcie to dłuższa linia, kształt nosa, zarys sylwetki.

Szelest kredy o papier, ciche szszsz, szszsz, szszsz wnikało w muszelki na ścianach. Anna skończyła dwa dodatkowe szkice i zrobiła przerwę, by uporządkować włosy palcami lepkimi od kredy. Julian już się zmęczył, siedział zgarbiony, pochylony. Oznajmiła, że na dzisiaj koniec.

*

Stopniowo Julian nauczył się pozować bez skrępowania i coraz dłużej wytrzymywał w pozie. Rzadko zdradzał jakiekolwiek oznaki niepokoju o swój wygląd, nigdy nie przyglądał się szkicom Anny, i stało się jasne, że wobec braku wizualnych dowodów może nadal trwać w złudzeniu, że jego twarz jest nietknięta.

Anna rzadko pytała go o rodzinę i studia. Podczas rysowania często zapadało między nimi przyjazne milczenie. Gdy robiła przerwę, Julian rozglądał się wśród jej akcesoriów, a ona recytowała mu nazwy pasteli, bo ich poetyczność go zachwycała: zieleń aucuba, burgund, palony róż, murillo, żółcień nankin. Kreślił pastelową linię na swojej ręce, zafascynowany kontrastem koloru ze skórą, jeszcze trochę ogorzałą od słońca.

Pewnego razu zaczął niespodziewanie wspominać w kolorze.

– Wszystko na polu bitwy było szare lub bure, tak jakby z krajobrazu wyciekło życie. Każdy skrawek koloru był bezcenny niczym klejnot. – Opowiedział o ogromnym szkarłatnym krzyżu na szpitalnym namiocie, zielonym pasie na statku, który przewiózł go przez Kanał, o szafirze witrażowego okna w wiejskim kościele, jakimś cudem ocalałym po bitwach, gdy otaczający teren był kolejno podbijany, tracony i odzyskiwany.

Kiedy Anna przyglądała się szkicowi lub była roztargniona, szukając zgubionego pędzla lub ołówka – gdy jej uwaga skupiała się gdzie indziej – Julian należał do Catherine. Szybkimi, ukradkowymi zerknięciami zapamiętywała zarys jego głowy i karku, cierpliwą linię ust, kształt policzka, odsłoniętą brew. Jego podobieństwo do Charlesa było ulotne, zależne od kąta widzenia, padania światła i nastroju Catherine. A może pamięć płatała jej figle? Jak długo pozostaje przy nas prawdziwy obraz ukochanej osoby?

Catherine przysięgłaby, że Julian nieustannie szuka spojrzeniem jej twarzy, zauważa każdy jej oddech, śledzi ją słuchem, ponieważ podczas pozowania nie mógł odwracać głowy. Upuściła kolczyk i natychmiast spojrzał w jej stronę. Innym razem jego chłodna dłoń odnalazła jej ramię, gdy rozległ się daleki pomruk aeroplanu – rozumiał, że ten dźwięk ją niepokoi.

W różowym salonie Anna, obserwując rozmawiających Kazanjiana i McCleary'ego, uświadomiła sobie, że jest zazdrosna. Obaj wyglądali niemal jak zaklęci, tak bez reszty skupiali się na sobie. Jej Kazanjian nigdy nie słuchał z taką uwagą. Nie przerywała, ale wpatrywała się w Kazanjiana i dostrzegła w jego zachowaniu – tak jak można dostrzec rytm tryskających strumieni fontanny – że jest dla niej stracony. Nie miała udziału w niczym, co jemu sprawiało satysfakcję – w szpitalnej pracy, aprobacie kolegów, wyzwaniach i wdzięczności pacjentów.

Nawet gdyby nawiązała się między nimi intymna więź, w miejscu rządzonym przez mężczyzn taki sekret musiałby wyjść na jaw. Zaczęłoby się gadanie, a dezaprobatę przenieśliby na ocenę jej pracy. Kazanjian nie mógłby jej bronić. Nie martwiła się jedynie o męża. Z jego strony nie miała się czego obawiać.

Była pewna, że zanalizowała swój związek z Kazanjianem, tak jak wiedziała, ile bieli należy dodać do czerwonej farby, by otrzymać róż, ile zieleni, by jej połysk wyłonił się z pożerającej wszystko czerni.

Miała do siebie urazę, że szukała aprobaty Kazanjiana i potrzebowała jego pocieszenia. Postanowiła zobojętnieć na niego, bronić się przed jego przyszłą, niewątpliwą zdradą. W czasie wojny każdy znajduje sobie własne miejsce wygnania.

Zerwanie więzi z Kazanjianem jakby jeszcze wyostrzyło jej żelazną moc obserwacji, tak że wszyscy dokoła wydali się jej odmienieni, a ich pragnienia widziała jak na dłoni.

Anna, Catherine i Julian siedzieli pod orzechem koło pracowni, jedząc obiad na świeżym powietrzu. Catherine podała Julianowi kubek wody. Ich palce się zetknęły. Anna przyglądała się ich swobodzie, bliskości ich ciał. Widziała, jak Catherine przechyla głowę, słuchając Juliana, jak długo zatrzymuje na nim spojrzenie. Catherine roześmiała się z jakiejś uwagi Juliana, przeznaczonej – jak się wydało Annie – tylko dla niej. Każde ich słowo miało wagę, jak ruch ciężkich wrót, jak spadająca moneta. Anna poczuła zimną furię. Julian był jej modelem, uwięzionym w liniach, które kreśliła, w jej spojrzeniu. Malować znaczy posiadać. Od tej chwili postanowiła, że będzie ich obserwować, jej oczy zmienią się w wizjer, judasz w drzwiach, otwarte okno, pod którym nie przejdą, niezauważeni. Będzie ich ścigać tysiącem spojrzeń.

Wrócili do pracowni. Anna zauważyła, że tamci dwoje nawet idą w jednym tempie. Później, stojąc przy sztalugach, przekonała się, że Catherine i Julian rzadko do siebie mówią. Był to wymowny znak dla tych, którzy potrafili go odczytać, jak biała plama na dziele sztuki. Jej nauczyciel w akademii twierdził, że biel rzuca się w oczy tak samo, jak czerń, i polecił, by Anna przyjrzała się uważnie swoim rysunkom. Potraktowała go sceptycznie, ale przekonała się, że nagle kształty uległy tajemniczemu odwróceniu i białe przestrzenie zaczęły oddziaływać silniej niż czarne.

Pewnego popołudnia Anna wyprostowała się, odeszła do sztalugi i zwolniła Juliana z pozy.

Uśmiechnął się i obrócił na wąskim stołku.

– Już dawno ją porzuciłem. Nie zauważyła pani. – Wyciągnął ręce nad głową płynnym gestem i napotkał nieruchomy wzrok Catherine. Szybko spuściła oczy, jej twarz pokryła się płomiennym kolorem. Pędzel wyśliznął się jej z palców do miseczki, jaskrawoczerwona farba z włosia rozpłynęła się w wodzie, giętka i trzepotliwa jak płomień.

Anna obserwowała ich z głębi pomieszczenia. Nie można ukryć czegoś takiego przed inną kobietą.

Spodziewała się, że ich pożądanie zacznie rosnąć i wypełni ten pokój jak coś żywego, jak wodorosty, rozrastające się w wodzie. To ciśnienie ją obezwładniało, sprawiało, że ręce się wahały, wzrok mącił, było wyraźnie widoczne w powstawaniu portretu Juliana, wymęczonego i niedoskonałego.

Napięta niecierpliwość tej pragnącej samotności pary była gęsta i wyczuwalna. Anna stała się intruzem, przeszkodą, kamieniem, niepożądanym świadkiem. Była obca we własnej pracowni.

Anna nabrała zwyczaju przechodzenia przez ogród różany, leżący pomiędzy ozdobnymi trawnikami i włoskim parkiem. Pierwotne zarysy grządek znikły, ale róże ciągle kwitły. Zaniedbanie wcale im nie szkodziło.

Wyjęła z kieszeni nożyczki i zaczęła przycinać najcieńsze gałązki, starając się nie dotykać suknią cierni. Coś rzuciło cień; Anna podniosła oczy na czarną sylwetkę na tle słońca i w ułamku chwili rozpoznała Kazanjiana. Od czasu, gdy zamienili coś ponad pospieszne powitanie, minęło parę tygodni.

– Obserwował mnie pan.

– Wyłącznie z podziwem.

Zarumieniła się.

– Proszę tego nie robić. – Schowała pasmo włosów pod słomkowy kapelusz.

– Przepraszam. Nie chciałem pani sprawić przykrości.

Kazanjian nalegał, żeby schronili się w cieniu drzew, gdyż południowe słońce praży zbyt mocno, by dama mogła to wytrzymać. Zwolnił kroku, by dostosować się do niej, ale prawie na niego nie patrzyła, idąc wśród kwiatowych grządek. Jej spódnica rytmicznie muskała róże; ich płatki sypały się gęsto, posłuszne jakby innej grawitacji.

W sadzie pnie drzew były ciemniejsze, a liście rzucały cień głębszy, niż się to wydawało z daleka. Przez dziesiątki lat nieprzycinane jabłonie wyrosły nieregularnie, a ich najniższe gałęzie oplatały pnące róże.

Anna przyjrzała się niebieskawozielonym listkom i zakrzywionym cierniom; rozpoznała odmianę Aimée Vibert i mocno pachnącą Noisette.

– Teraz rozumiem zamysł ogrodnika. Kwiaty spadają z drzew owocowych, a potem następuje czas kwitnienia róż. Tak więc drzewo wydaje się kwitnąć dwukrotnie. – Uśmiechnęła się z zadowoleniem, że rozszyfrowała strategię nieznanego ogrodnika.

Kazanjian uszczknął pączek róży i podał go jej z galanterią.

– Proszę jeszcze nie zrywać róż. Nie będą kwitnąć. – Kazanjian poczerwieniał, a ona odwróciła głowę, nie chcąc widzieć jego rozczarowania. Najpewniejszym sposobem na odtrącenie pożądania jest uprzedzenie go. – Przepraszam. Chciał pan dobrze.

Włożył ręce do kieszeni i nie spojrzał jej w oczy.

Zmieniła temat na neutralny.

– W zeszłym roku w lecie róże zarosły okno w mojej pracowni. Musiałam je ściąć. – Przypomniała sobie te kolczaste gałęzie pełznące gęsto po szkle i znowu poczuła obezwładniającą klaustrofobię.

– Zasłaniały światło?

– Liście nieustannie poruszały się na wietrze. Te cienie mnie rozpraszały.

– Nie jestem poetą ani malarzem, ale cenię spokój przy obserwacji.

– Czasami sądzę, że nie dorastam do mojego zadania. Nie

potrafię używać jasnych kolorów, barw ciała, by oddać chorą skórę Juliana. Dla niego potrzebuję palety nieokreślonych kolorów. Jaskrawych różów, czerwieni. Szkarłatny portret.

– Ja także stanąłem przed szczególnym wyzwaniem. Obserwować pacjenta, nie zastanawiając się natychmiast, jaki sprytny przyrząd mógłbym dla niego sporządzić. Jakbym to ja był ważniejszy. – Zerknął na nią nieśmiało, sprawdzając, czy go zlekceważy.

Poruszył ją ten samokrytycyzm. Przyjrzała mu się i wydawało jej się, że z przysadzistej sylwetki Kazanjiana w wymiętej marynarce wydzieliła się inna osoba. Bała się, że nie zdoła go odtrącić. Pochyliła się i szybko ucięła pęd róży, olśniewająco biały tam, gdzie dotykał jej dłoni.

– Widzi pan, nie wyzbyłam się zwyczaju przycinania. Nie potrafię się opanować. – Jej uśmiech był wymuszony i przepraszający.

Wrócili do domu, nie rozmawiając wiele.

Z odwróconej do góry nogami miski wypadła pecyna mokrej gliny. Plasnęła o przykrytą płótnem deskę. Catherine ugniotła szarą masę na kulę, przecięła naprężonym drutem i ścisnęła razem obie połówki, wyduszając z nich powietrze. Rytmiczne plaskanie niosło się dźwięcznie w pomieszczeniu. W końcu Anna podniosła głowę, rozproszona hałasem.

Catherine ugniatała glinę do bólu rąk, aż jej obrączkę oblepiła jasna maź, zasłaniając brylanciki. Zanurzyła brudne dłonie w misce i spojrzała w zmąconą gliną wodę, wyobrażając sobie, że widzi odbicie twarzy Juliana. Zatrzepotała rzęsami i nałożyła na nią twarz zmarłego męża. Jej palce wynurzyły się z wody jakby sparzone zimnem, powleczone szkarłatem.

Głos Anny wyrwał ją z transu.

– Julian już skończył. Przynieś mu trochę czystej wody do umycia.

Catherine nalała do miednicy wody z dzbanka i oparłszy ją o biodro, powoli podeszła do Juliana. Stanęli naprzeciwko siebie, przedzieleni miednicą. Opłukał ręce i nagle jego ociekająca dłoń wtuliła się w jej twarz. Woda pociekła jej na kark. Zaskoczona drgnęła, woda wychlusnęła z miednicy na spódnicę, zebrała się szarą kałużą wokół ich stóp, jakby znaleźli się na maleńkiej samotnej wysepce.

Zapomnieli o Annie; bliskość otoczyła ich jak ta złocona aureola, która izoluje od świata postaci świętych na średniowiecznych malowidłach – płatki metalu cieńszego od papieru, chroniące ich jak niepokonana tarcza.

Anna nie spuszczała wzroku z Catherine, przyglądała się, jak jej wargi nabrzmiewają, pełne koloru, źrenice się rozszerzają w otchłań, jednocześnie uległą i odpychającą, jedyny czarny pigment w jej ciele.

Kiedy skończę z wojną albo ona skończy ze mną, namaluję to, pomyślała Anna. Pożądanie na twarzy tej kobiety.

Ostrożnie uniosła kartkę ze sztalug, trzymając ją za róg; zamieć kredowego pyłu uniosła się w powietrze, kolory zlały się w szarość i opadły na podłogę.

Catherine wyszła z pracowni, niosąc nad jezioro narzędzia w drewnianych kubełkach. Nie umiała ich używać, potrafiła je tylko myć. Przykucnęła w drapiącej trawie, upchnąwszy spódnicę między nogami, spojrzała na swoje odbicie w zielonkawym jeziorze. Jej twarz była niewyraźna, owal rozpływający się w szkliste strugi, gdy zanurzyła narzędzia w wodzie. Ich ostre czubki zalśniły na tle czarnych wodorostów.

Julian ukrywał się przed nią jak Charles. Nie potrafiła sobie wyobrazić jego okaleczonej skóry, domyślić się krzywdy, jaką mu uczyniono. Gdyby się nad tym dłużej zastanawiała, obudziłaby licho. Ale postanowiła, że naprawi to, co zły los wyrządził Julianowi. Sprawi, że będzie na nią patrzył i zapomni o własnej twarzy.

Tego wieczoru rozejrzała się po sypialni, jakby powróciła

do niej jako obca osoba. Świeca stała w srebrnym świeczniku na stoliku przy łóżku. Na dywanie nie odcisnął się żaden ślad. Zasłony układały się w ciężkie draperie. Drzwi, okna i ściany były nadal wyraźne i bezpieczne. Ale lustro stało się jasne i boleśnie gładkie, i ukazało jej odbicie, chwilami nierozpoznawalne.

Letnie światło w pracowni z każdym dniem zyskiwało intensywność, pogłębiało tęczowe, miodowe róże i korale muszelek na ścianach, nadawało im dojrzałość bajecznych owoców. Catherine czuła, że tu otacza ją namacalna obecność Juliana, którego skóra miała kolor taki, jak te muszelki. Wyobrażała sobie, że gdyby wyrwać muszelkę ze ściany, to by się okazało, że oplątuje ją sieć maleńkich żyłek, delikatnych jak płatek róży, krwawiących w miejscu, w którym została wyszarpnięta.

Pracownia stała się dla Catherine cenniejsza niż dom z pięknymi rzeźbieniami, złoceniami, panelami, inkrustacjami z drewna i kamienia, niezmiennym widokiem z okien w solidnych ramach.

Przynosiła do pracowni różne przedmioty, składała je w ofierze Julianowi. Porcelanowy flakon z polnymi kwiatami. Taca z chińskiej laki. Zegar kominkowy. Srebrne łyżeczki, owinięte grubą flanelą. Serwis herbaciany ze złoceniami.

– Jakie to niemądre – powiedziała Anna, oglądając filiżankę pod światło. – Piękne rzeczy tu nie pasują. Zabierz je. – Węgiel, którym były pobrudzone jej palce, skaził filiżankę.

Catherine odstawiła spodeczek z taką siłą, jakby chciała go wgnieść w stół.

– Ale mamy tu tak mało udogodnień. – Julian trzymał filiżankę, chwiejnie ustawioną na dłoni. – Ta pani chce chyba nauczyć żołnierza zamiłowania do zbytku. – Uśmiechnął się do Catherine. – W okopach najzwyklejsze rzeczy były dla nas bezcenne. Czysty kubek. Czysta woda.

Anna niechętnie zgodziła się na pozostawienie serwisu do herbaty, ale zastrzegła, że nie odpowiada za to, co się zbije. Wróciła za sztalugi, ciągle gniewna, a kiedy zabrała się do szkicowania Juliana, węgiel wydał cienki, rozdrażniony pisk. Wściekle wycierała szczegóły rysunku, raz za razem, aż wreszcie papier się rozdarł.

Nad jej dłonią, papierem i paletą zawisła jakaś negatywna aura. Catherine chyba wysyła ku niej złe fluidy, tak jak spadającą bombę otacza niewidzialne ciśnienie. Cała wiedza Anny – o pigmentach, składzie gliny, o tajnym przepisie na papier, uzyskiwanym z krochmalu i sproszkowanego pumeksu, o laserunku z weneckiej terpentyny, gęstego oleju i żywicy – nie chroniła przed tą kobietą. I Kazanjianem.

Aby się bronić, nieustannie obserwowała twarz Catherine, kontury jej ciała w kontrapoście – ze świadomością, że mężczyźni uważają ją za piękną. Nie trudziła się ukrywaniem spojrzenia, choć tę uprzejmość zawsze wyświadczała swoim modelom.

Początkowo kierowała do Catherine tylko milczące gesty. Rzucała na stół kubeł gliny, wskazując pogardliwym spojrzeniem, że należy ją zamiesić jeszcze raz. W glinie było za dużo powietrza. Innego dnia ołówki potoczyły się po stole, co było nauczką dla Catherine za nieodpowiednie ich naostrzenie.

Zarzuciła jej, że zbyt długo moczyła ryzę papieru do akwarel. Pędzle były myte raz po raz, dopóki nie spełniły jej oczekiwań.

Catherine znosiła to cierpliwie, nie chcąc się sprzeczać. Bała się, że spostrzegawcze, nieomylne oko Anny przejrzy jej serce. *Nie dam po sobie poznać*. Catherine osłabiła swoje pragnienie, stało się niewyczuwalne, niedostrzegalne. Musi pozostać w pracowni, żeby przebywać obok niego. Tu była służącą.

*

Pewnego popołudnia Catherine z zaskoczeniem ujrzała, że pracownię przedziela na pół gruba szkarłatna zasłona, która niegdyś wisiała w jednej z sypialni.

– Dziś ułożysz kredę – odezwała się zza niej Anna.

Kawałki kredy, połamane ogryzki i kolorowe okruszki, leżały rozrzucone chaotycznie na stole. Catherine spojrzała pustym wzrokiem na zasłonę, nasłuchując, czy Anna wróciła do pracy. Strąciła ze stołu kredę, która rozsypała się na podłodze w pył, szkarłatna eksplozja u jej stóp.

Anna odgarnęła gwałtownie zasłonę, wzbijając kłęby przejrzystego kurzu.

– Jesteś nieostrożna jak dziecko! – Rzuciła Catherine złe spojrzenie. – Ułóż kredę od najciemniejszej do najjaśniejszej. Zacznij od czarnej.

Catherine gniewnie zbierała sztabki kredy, brudząc sobie palce czernią węgla, czernią łupku, czernią sadzy, schwarzem, popielem, nigrem, wkładanych w podłużne wyżłobienia. Każda sztabka wpadała na swoje miejsce z malutkim pufnięciem pyłu w kolorze dymu, a ten powtarzalny, suchy klekot dekoncentrował Annę jak kamyczek uwierający w bucie.

Julian stanął w drzwiach i spojrzał ze zdziwieniem na zasłonę – ciemnoczerwoną pręgę biegnącą przez pracownię.

– Co to? Tło do mojego portretu?

– Dzięki tej zasłonie zyskam trochę spokoju do pracy – odezwał się surowy głos Anny.

Catherine mogłaby dotknąć mijającego ją Juliana, ale szedł ze skupioną miną, jak aktor, który już ocenił swój występ. Dlaczego na nią nie spojrzał. Dlaczego nie zażądał, żeby zdjąć zasłonę?

Odcieleśniony głos Anny rozlegał się zza zasłony i odgrodził Catherine; pozostawił ją po drugiej stronie.

Kazanjian stał z Anną w pracowni. Złożył jej niespodziewaną wizytę. Przygotowała się na to i czekała z niepokojem, gdy przyglądał się przypiętym na ścianie rysunkom. Czy zauważy zdjęcie jej męża, otyłego, poważnego mężczyzny w białym garniturze? Było odizolowane od innych, by przyciągnąć uwagę Kazanjiana. Wydawało się to słuszne, nieuniknione, zgodne z prawdą – przypomnieć mu, że jest mężatką. Ale obok wisiał rysunek, który przeoczyła – naszkicowany potajemnie portret Kazanjiana, opierającego się o słupek w szpitalu polowym. Te dwa wizerunki natychmiast przyciągnęły jego spojrzenie. Subtelne drgnienie zrozumienia zmieniło wyraz jego twarzy.

– Mój portret jest niezwykle podobny. A to pani mąż?

– Tak. Sfotografowany w naszym ogrodzie.

Szybkim ruchem odwrócił głowę od tego dowodu jej innego życia.

– Czasami – rzucił gwałtownie – jestem zbyt ostrożny, zbyt wyrachowany.

– Ale to cecha pańskiego zawodu. Ma pan nieskończoną cierpliwość.

– Nie. Mylę się, pozwalając, by głowa rządziła sercem.

Anna przemilczała to. Rzadko popełniała nieostrożność, więc dlaczego zostawiła szkic Kazanjiana tam, gdzie mógł go zobaczyć – koło zdjęcia męża? Źle zrozumie jego znaczenie, założy, że ten portret ma dla niej wartość sentymentalną. Zdradziła ją własna ręka. Muszę zapamiętać to zachowanie, pomyślała, by nie powtórzyć go w przyszłości.

Zasłona była nieprzejrzysta. Anna zaczęła podejrzewać, że Catherine daje zza niej znaki Julianowi. Codziennie odczytywała szyfr zawarty w krokach Catherine, szuraniu szczotki przy sprzątaniu. Skrzyp drzwi i zimny klekot ołówków w pudełku były przemyślnymi sygnałami. Mlaskanie mieszanej gliny. Wyżymanie wody z gąbki.

Czasami, gdy milczenie za bardzo się dłużyło, Anna chciała się dowiedzieć, jakie zajęcie tak zaprząta Catherine.

– Czyszczę pędzle z borsuczego włosia i ustawiam je na stole. Potem zacznę rozwijać i ciąć papier.

Gniew zaciskał Annie gardło, odbierał jej mowę.

Zza zasłony dobiegł trzask. Julian drgnął, jego przerażone oczy spojrzały na Annę. Po chwili dała łagodnie znać, by przyjął pozę. Zacisze rutyny, kończyn ustawionych w pozie, przywróci mu zdrowie.

Rysowanie ciągle przychodziło jej z trudem, nie mogła się skoncentrować. Czerwonawy pył z ołówka Conté coraz grubszą warstwą zalegał na niedokończonym rysunku o źle uchwyconym podobieństwie.

Julian czekał na podeście. Anna układała akcesoria na kawałku materiału. Szkarłatna zasłona wisiała za jego plecami i z powodu światła lub złudzenia optycznego intensywny kolor rozjątrzył jego skórę, pozbawił ją subtelności. Czerwień pochłaniała wszystkie kolory, tak jak ból pochłania człowieka.

Na portrecie Bronzina, przedstawiającym Lucrezię Panciatichi, soczysta głębia szkarłatu sukni ujawnia bladozielony odcień skóry. Zauważywszy to, Anna doszła do wniosku, że Bronzino położył na płótno zielonkawy podmalunek, być może zieleń szmaragdową. Później widziała podobny kolor skóry u ludzi dotkniętych gorączką; ich ciała wydawały się zrobione z wosku, wyczerpane żarem, płonącym pod skórą. Może kolor przesiąka na powierzchnię skóry, tak jak bańki powietrza unoszą się na powierzchnię wody.

– Proszę zdjąć ubranie – powiedziała, nie oglądając się na Juliana.

Bez słowa zdjął niebieską kurtkę, automatycznym gestem, jakby przywykł do rozbierania się w obecności innych. Potem ściągnął krawat, zawiesił wraz z koszulą na poręczy krzesła. Powoli rozpiął spodnie.

Nagi wspiął się chwiejnie na podest.

– O ten profil pani chodzi? – Jego ton brzmiał kpiąco, nienaturalnie głośno.

– Tak – odpowiedziała. – Owszem.

Jest twarda jak żelazo; jej oddech gwałtownie tętnił, naśladując odgłos, w którym dopiero po chwili rozpoznała stuk ołówka w jej palcach o stół. Monotonny ruch ręki przeszedł w drżenie.

Zaczęła rysować ostrymi szarpnięciami. Węgiel topniał w jej palcach, zmieniając się w postać Juliana. Cichy szelest jej palców, wcierających czarny pył w papier.

Po drugiej stronie zasłony Catherine wyobrażała sobie koszulę, zsuwającą się z ramion Juliana, muśnięcie ubrania o skórę, nagie ciało jako jasną wygiętą linię, złamaną strzałę, która ją przeszyła. Roztopi się, rozpłynie jak miód, jak perfumy, jak woda, przesączy się pod tą zasłoną, dosięgnie go. Przemieni się w dym, przeniknie na drugą stronę, przez jego bandaże, żeby go ukoić.

ROZDZIAŁ TRZYNASTY

Jaskrawa czerwień mostka spłowiała na deszczu, a jezioro przygasiło kolor falujących, wydłużonych odbić o jeszcze jeden ton – do spłowiałego, brązowawego różu. Ślady pierwotnego koloru mostka, ukryte w rzeźbionych detalach, stanowiły skrywany dowód jego szkarłatnej przeszłości.

Julian i Catherine opierali się o balustradę, patrząc w zieloną wodę, leniwie niosącą nakrapiany welon żółtego pyłku. Julian spojrzał w niebo i nagle wziął Catherine za ramię.

– Chodźmy stąd. – Pociągnął ją za sobą, ich kroki zadudniły na suchych drewnianych deskach. – Mostek nad wodą jest zbyt widoczny.

Jego słowa otoczyły Catherine, łagodnie natarczywe; pokręciła głową, nie chcąc się skupiać na niczym, z wyjątkiem dotyku jego ręki.

Kiedy stanęli na brzegu, puścił ją.

– Boję się aeroplanów, odkąd wypatrywałem ich na niebie w okopach. Były nienaturalne jak błyskawice. Czarne krzyże na chmurach.

– Czarne krzyże? – Wzdrygnęła się.

– Czułem się jak Guliwer. Nie mogłem podnieść ręki ani odwrócić wzroku.

– Widziałam zeppelina. Był tak ogromny, zdawał się wcale nie poruszać. Po prostu wisiał na niebie. – Przypomniała sobie ten pękaty kształt, cud jego nieważkiego wznoszenia się w niebo, jej gniew, że zaanektował przestrzeń w jej pobliżu.

– Jesteśmy zbyt nieważni. Nie liczymy się.

– To nieprawda. Pan się tylko zachowuje tak, jakby się nic nie liczyło. W pracowni nic panu nie przeszkadza. Stoi pan tak nieruchomo. Jak pan może znieść spojrzenie Anny? Jest taka krytyczna.

– To niewielka przykrość w porównaniu z... – urwał. – Ja też mam pewne doświadczenie w malowaniu. Niegdyś wojskowi pochylali się nad liniami, które mój ołówek kreślił na mapach. Liczyli się ze mną. Polegali na moim wzroku i osądzie.

Zauważyła, że podciągnął rękawy – oznaka dyskomfortu.

– Ale to nieważne. Przygotowałem dla pani niespodziankę. Proszę zamknąć oczy.

Uniosła rękę i dała się poprowadzić na oślep, wyczuwając, że wchodzi pod gałęzie drzew, gdyż grunt pod jej stopami stał się wyboisty od twardych gruzłów korzeni.

– Teraz może pani usiąść i otworzyć oczy.

Na trawie u ich stóp jarzyły się malutkie kręgi jaskrawego koloru. Po chwili rozpoznała strzępiaste czerwone, fioletowe i białe płatki. Leśne goździki.

Nieśmiało uśmiechnięty, zerwał bez trudu kwiatek.

– Widzi pani? Tu nic nie rośnie. Stworzyłem to dla pani.

Teraz zrozumiała, że przyniósł tu zerwane kwiaty i umieścił je kolejno na wzgórzu. Sztuczny ogród. Zachciało się jej płakać, ale oczy miała suche.

– Jakie to piękne.

– To pierwszy bukiet, jaki kiedykolwiek dałem kobiecie.

Chciała w niego wtargnąć – jak infekcja, robak, rozpędzona kula – znaleźć to skrywane miejsce, gdzie został zraniony, zagoić je i nigdy go nie opuścić.

Dobiegł ich słaby, stłumiony odgłos, potem druga i trzecia fala dźwięku.

Catherine krzyknęła. Ogarnął ją ramieniem.

– To złudzenie akustyczne. Bombardowanie. Walczą po drugiej stronie Kanału.

– Nie mówmy o wojnie – poprosiła.

Przez chwilę wydał się jej zimny, lodowaty, spętany białym bandażem. Potem jego pocałunek ujawnił swój obcy smak, który wypełnił jej usta.

Po chwili zatrzymała go łagodnie.

– Pokażesz mi się?

– Nie.

Nie starał się jej przeprosić. Wyciągnął się na plecach.

– To najbardziej niebezpieczna pozycja. Nic mnie nie chroni. Nie wyobrażałem sobie, że to luksus.

Mówił tak cicho, że musiała się nisko pochylić, żeby zrozumieć.

– Moja twarz jest niedoskonała, ale poza tym jestem zdrowy jak każdy inny mężczyzna. Ocalałem z bitwy, polegając jedynie na własnych siłach.

Jego twarz w białych ramach bandażu była zarumieniona i pobrużdżona niepokojem.

– Zawrzyjmy ugodę. Zrobię wszystko, o co mnie poprosisz, ale nie wolno ci patrzyć na moją twarz. Dlaczego? Bo sam nie potrafię patrzyć na siebie w lustrze. Nie możesz wiedzieć więcej ode mnie.

Catherine pochyliła się nad nim; żyły na jej ramieniu stały się krętymi rzekami, stworzonymi jakby specjalnie po to, by mógł palcami śledzić ich bieg. Julian nie pozwalał jej dotknąć swojej twarzy, ale wielbił ją dłońmi i spojrzeniem. Wsunęła dłoń w jego rękaw, przytrzymując materiał w dwóch palcach, by znaleźć jakieś oparcie. Znała każdy wyraz, jaki przybierała połowa jego twarzy, z wyjątkiem tego jednego: zagubionego, bezbronnego wyrazu bliskości.

Jego lekkie ciało przygniatało ją zaskakującym ciężarem, kiedy razem zasnęli na zboczu góry. Obudziła się, trzymając go w ramionach – mężczyznę umiejącego zdradzić swoją bezbronność tylko we śnie. Nie ośmieliła się poruszyć, zmienić pozycji.

– To niemożliwe – szepnęła.

– Niemożliwe? – Ocknął się. Jego głos ochrypł ze zdziwienia.

– Jak ukryjemy naszą radość przed innymi?

Nazajutrz Catherine wróciła samotnie na to samo miejsce koło mostka. Musiała raz jeszcze odtworzyć swoje spotkanie z Julianem. Przyłapała się na myśli o Charlesie, który kochał te wzgórza i spacerował, jeździł konno, przemierzał powozem i automobilem te ziemie, które do niego należały, a o które dbały cudze ręce. Nigdy nie przyniósł Catherine kwiatka z własnego ogrodu. Za to kupował jej klejnoty. Natychmiast się zawstydziła, że porównuje innego mężczyznę do męża.

Położyła się na trawie, by zobaczyć krajobraz z punktu widzenia Juliana. Wyobraziła sobie, że weszła w jego skórę i teraz są złączeni, spoczywają w sobie, oko przy oku, głowa przy głowie. Bliżej, niż sobie pozwoliła, gdy byli razem, bo wtedy obchodziła się z delikatną, podatną na zranienie twarzą

Juliana jak z cienką taflą lodu, mogącą się załamać pod byle dotknięciem.

Trzecia rano to magiczna godzina; o tej porze ci, którzy nie mogą spać, zbierają się na malutkim podeście tarasu, by zapalić, gapić się w mroczny jeszcze trawnik i cicho gwarzyć z innymi. Od czasu do czasu ogienek papierosa wygarniał z ciemności twarz, zarys nosa, ust, brody.

McCleary dołączył do tej grupki, myśląc z ulgą, że mrok zaciera rysy twarzy. Obolałe mięśnie *orbicularis oculi* wokół jego oczu zwiotczały, a ciche skwierczenie palącego się papierosa w palcach było jedynym łącznikiem ze świadomością. Cisza mu ciążyła, upiorna po ścisku sali operacyjnej, bliskości ciał, palącym żarze lamp. Czy to ranek? Czy to sen? Żałobny welon zasłonił poszarpane fiołkowe chmurki na horyzoncie. Doktor pomyślał, że to może być dym z karabinów po drugiej stronie Kanału, opary z pola bitwy. Czy to przez ten niesiony z wiatrem proch jego oczy tak łzawią i palą?

Anna powiedziała mu, że kiedy w 1883 roku wybuchł wulkan Krakatau, fontanny pyłu i dymu opłynęły cały glob, odmieniły niebo i nawet w dalekich północnych krajach zachody słońca stały się szkarłatne. Kilku malarzy przedstawiło to zjawisko, a tysiące świadków wierzyły, że to zapowiedź końca świata.

– Zasługujemy na ten widok – odpowiedział wtedy. – Każdy zachód słońca powinien być krwawym przypomnieniem wojny. Niech potężni generałowie oglądają go, dopóki nie nastanie pokój.

Myślami wrócił do Artisa. Wojskowi nie odpowiedzieli na jego listy. Zadzwonił do ministerstwa wojny i z zaskoczeniem usłyszał kobiecy głos. Za to nie zaskoczyło go oświadczenie, że jego prośba nie figuruje w aktach, w dokumentacji nie ma jego listów. Zastanawiał się, czy nie zjawić się osobiście przed radą ministerstwa, wyobraził sobie, jak stoi – siwowłosy mężczyzna w stroju chirurga – przed stołem, za którym siedzą niechętni oficerowie. Będzie błagać o uwolnienie chłopca od służby wojskowej, w zamian zgłosi się na ochotnika do frontowego szpitala. Życie za życie. Ale czym jest życie jednego człowieka? Mgnieniem. Z cienia wyłoniła się jakaś postać. Rozpoznał Catherine. Usiadła obok niego na ławce.

– Pogoda jest zaskakująca jak na tę porę roku – powiedziała, jakby dla złagodzenia ich napiętych stosunków.

– Tak. – Nie chciało mu się mówić i wolał, żeby sobie poszła.

– Nie mogłam spać.

– Nikt nie może.

– Co noc to samo.

Zaczął szukać następnego papierosa.

– Brownlow da pani brom, coś na ukojenie nerwów. Wiele pielęgniarek musi brać środki nasenne, przepracowawszy kilka dni z rzędu bez wysypiania się.

– Dręczy mnie ten nieustanny hałas, ale mogę go wytrzymać. Pewnego dnia w moim domu znowu będzie cicho. Choć może zawsze będzie go nawiedzać cierpienie.

– Nie mogę tego pozostawić bez komentarza. Mogłaby pani rozebrać ten dom najbardziej precyzyjnymi narzędziami, prześwietlić go do fundamentów, ale nic w nim pani nie znajdzie. Sami tworzymy swoje duchy. – McCleary mówił, żeby podnieść na duchu i siebie; w leniwie narastającym brzasku zauważył wzruszenie ramion Catherine. – Proszę sobie wyobrazić, że chodzimy po pani domu jak po scenie. Osoby dramatu ukłonią się i wyjdą, kiedy przedstawienie dobiegnie końca.

– Będę o panu pamiętać. A może powinnam powiedzieć, że pana nie zapomnę?

– Mam nadzieję, że zachowa mnie pani w życzliwej pamięci. – McCleary zacisnął palce, by pozbyć się sztywności. Chwilę milczał, nim dodał: – To zabawne, ale żeby czasem się rozpogodzić, wyobrażam sobie salę balową pełną pani gości.

Catherine nie odpowiedziała. Był pewien, że przed jej oczami tańczą wspomnienia postaci.

– W czasie wielkiego balu chłopcy zapalali żyrandole, setki świec. Trwało to godzinami. Mój mąż był wspaniałym tancerzem. Po tańcu nie mogliśmy złapać tchu. – Oplotła się mocno rękami. – Stoły były udekorowane cukrowymi kwiatami, a między oknami stały ogromne bukiety. Lilie. Zapach uderzał do głowy. – Znowu wróciła spojrzeniem do niego. – Do dziś go nie znoszę.

Catherine i Julian nigdy nie spędzali nocy razem. Szukali schronienia w ogrodach i lasach. Zaczęła nosić wyłącznie ciemne ubrania, by nie rzucać się w oczy. Często spotykali się przy wysokim grabowym żywopłocie, gdzie znalazła wyciętą w żywych gałęziach ukrytą alkowę – nieregularną, zieloną i tajną, na tyle obszerną, by zmieściły się w niej dwa wtulone w siebie ciała. Spotykali się w gęstych lasach, gdzie miękkie sosnowe szpilki tworzyły pod drzewami sprężyste poduszki w kolorze słomy.

W południe czasami ryzykowali spotkanie w cisowym korytarzu, cienistym tunelu ze splecionych, powykręcanych gałęzi. Na ziemi nic nie rosło, słońce nie oświetlało ich twarzy, nie dosięgało napiętych ciał, splecionych ze sobą pod drzewem. Pod osłoną mroku korzystali z dziwnie obszernego, zapomnianego amfiteatru, wykutego w zboczu góry w poprzednim stuleciu. Jego łagodnie nachylone ściany porastały trawy i polne kwiaty.

Właśnie tam zająkliwie tłumaczyła się Julianowi:

– Pomyślisz, że jestem szalona albo samolubna. Nieustannie się boję, ale nigdy nie czułam się tak pełna życia. To przez wojnę. – Spodziewała się, że Julian się rozgniewa lub ją wyśmieje, ale jego twarz świadczyła o zrozumieniu i smutnej akceptacji.

W początkach tej znajomości Catherine pragnęła czuć ciągłe napięcie, gdy się powstrzymywała, pilnowała, usiłowała nie dotykać bandaży Juliana, nie zranić jego delikatnej twarzy, nie urazić słowami lub miną. To pomagało. W miarę jak prace Anny nad portretem postępowały, Julian stał się mniej nieufny i skrępowany, jakby spojrzenie Anny go uwolniło, jakby została zerwana ostatnia zasłona.

Stopniowo nauczył Catherine, że jej ciało jest siecią nerwów, gęściej splecioną w pewnych wrażliwych miejscach pod skórą, gdzie powoli je odnajdywał.

Catherine chciała, żeby Julian ujrzał intymny wyraz jej twarzy. Zatracała się w jego objęciach, przyjmowała liczne wcielenia – jak mityczne stworzenie – z każdego czerpiąc rozkosz. Zmieniała się w deszcz złota, trzcinę, składała się tylko z rąk i warg, pragnień i ruchów, których doświadczała, nie panując nad nimi. Nie poznawała samej siebie.

Anna spóźniała się do pracowni. Julian czekał spokojnie, mając na sobie tylko koszulę. Jego ubranie spoczywało na krześle obok. Catherine składała leżące na stole płótno, zwrócona w stronę dzielącej ich zasłony. Uświadomiła sobie, że ona i Julian oddychają w jednym rytmie, i jak zahipnotyzowana z wolna zbliżyła się do kurtyny i stanęła, stykając się z nią całym ciałem. Wtuliła twarz w aksamitne fałdy, przesiąknięte dymną wonią kominka z pokoju, w którym przedtem wisiała zasłona. Mijały minuty, odmierzane cichym, dźwięcznym szmerem wody w sąsiednim pomieszczeniu.

Usłyszała, że Julian wstaje, podchodzi do zasłony od drugiej strony. Czule dotknął przez tkaninę jej twarzy i szyi. Zamknęła oczy. Jego dłonie odnalazły jej ramiona; przycisnęła się do niego, wyprężona, jakby skakała do wody. Jego ruchy stały się gwałtowniejsze, bardziej intymne, kreśliły mapę jej ciała, jakby wyznaczały obrys kontynentu.

Ręką otuloną materiałem sięgnęła do okaleczonej strony jego twarzy, jego czoła, gałki ocznej, nosa, twardej linii zębów, zaokrąglonej krawędzi nienaruszonego ucha. Przez mięsistą materię rysy wydawały się grube, jak prymitywna maska.

Zdjął koszulę; wyobraziła sobie naprężone sznury mięśni na karku, ramionach, pod pachami; dotyk potwierdził to, co pamiętała. Jego żebra i kości biodrowe rysowały się wyraźnie; kciukiem powiodła po wystającej miednicy i zamknęła dłoń na innym kształcie.

Anna zjawiła się w pokoju niezauważalnie, jak zmaterializowana bogini, niezauważona do chwili, gdy gniewnie tupnął jej sandał, zamaszyście furknęła suknia. Gwałtownie odsunęła zasłonę.

Catherine zachwiała się, jak uderzona.

Szeroko otwartymi oczami Anna zmierzyła twarz i ciało Juliana.

– Jutro zaczniemy nowy portret. Pora narysować pańską odsłoniętą twarz.

Artis rozgniatał węgiel w moździerzu obok Anny. Był onieśmielony, gdy zostawali w pracowni sami.

– Co robiłeś, zanim dom stał się szpitalem?

– Czyściłem srebra. Ciąłem gazety. Popołudniami spuszczałem żaluzje, przygotowywałem świece i zapalałem lampy. Chodziłem od pokoju do pokoju. Potem wszyscy poszli na wojnę, nawet kamerdyner i chłopcy stajenni.

Nie spytała, czy któryś wrócił.

– Niedługo będziesz powołany do wojska?

Nie odpowiedział.

– Jesteś już duży.

– Ale chcę zostać tutaj i wyuczyć się na doktora. Doktor McCleary pożyczył mi książki i uczę się na pamięć mięśni twarzy.

– Chcesz być lekarzem? – Z trudem ukryła niedowierzanie. Kiedy była mała, zniechęcano ją do myśli o podjęciu pracy. – Spytaj doktora, czy to prawda, że chirurg musi mieć także duszę artysty. Nie śmiej się.

Artis zastanawiał się przez chwilę.

– Zadaję doktorowi tylko poważne pytania.

Niegdyś Anna spędziła całe lato na szaleńczym układaniu ściętych róż w martwe natury, usiłując utrwalić ich ulotny kolor na płótnie i papierze. Róże stawiły opór, zmieniały kolor co godzina.

Parę lat później wyjaśnił jej to Jules Gravereaux, wielki znawca róż z Roseraie de l'Haÿ. Płatek róży zawsze jest biały, tylko z obu stron powleka go warstwa koloru. Kiedy róża rozkwita, słońce i wiatr sprawiają, że kolor się ulatnia, staje się przejrzysty, więc czerwone płatki stają się różowe, a jaśniejsze – białe. Najbardziej nietrwałym kolorem jest żółty.

– Gaśnie niemal od samego spojrzenia, madame – usłyszała.

Dawno temu, gdy Anna po raz pierwszy ujrzała swoje nowo narodzone dziecko, wzruszyła ją delikatność jego skóry. Gwałtownie zapamiętywała każdy centymetr maleńkiego ciałka. Stopniowo kolor skóry zaczął blednąć, zbyt subtelnie, by jej oko zauważyło, że wątły chłopczyk wszedł na drogę śmierci, zanim skończył trzy dni. Kolor utraconego dziecka.

W migotliwych cieniach liści Anna siedziała na chwiejnej ławeczce, przycinając róże, które nieustraszenie wspinały się na pergolę. Sekator miarowo miażdżył zdrewniałe i słabe pędy, ścinał pąki, by te, które pozostały, mogły zakwitnąć. Dalekie bicie dzwonu kościelnego było akompaniamentem tej sprawiającej jej przyjemność czynności, spokojnej i zdyscyplinowanej.

Kazanjian czuwał nad nią, jakby miała spaść z ławki albo zgubić jakąś cenną rzecz, której by mu brakowało. Wyczuła jego pożądanie; kątem oka postrzegała go jako mroczny kształt.

Ścięte cienkie pędy róż – zielone witki inkrustowane cierniami – padały wokół niego, odbijały się w jego okularach. Zaczął je zbierać, choć pomimo grubych rękawic bał się cierni. Odezwał się, nie patrząc na nią:

– Dobrze nam się razem pracuje.

– Praca to jedyne, co nas łączy.

– Tak. Widziałem, jak pociesza pani innych. Dla mnie także była pani pociechą.

Anna wiedziała, że chodzi mu o jego rozpacz po śmierci młodego żołnierza.

– Doktorze, kiedyś myślałam, że przyjemność ujawnia prawdę o ciele. Aż do wojny. Teraz wiem, że najbliższe prawdy jest ciało zranione.

– Jest pani bardzo surowa. Miałem nadzieję na czułą odpowiedź.

Czy nie dała mu jasno do zrozumienia, że nie powinien się ubiegać o jej serce? Jego rozczarowanie sprawiło jej dziwną ulgę. Grad ściętych liści sypnął na ziemię między nimi.

– Czy mogę pani zadać pytanie? – Przechylił głowę, by spojrzeć jej w oczy. – Nie musi pani odpowiadać, lecz proszę pozwolić, że będę na panią patrzył. Proszę się nie odwracać.

Bała się tej nieuniknionej konfrontacji. Zebrała wszystkie siły.

– Anno... – Był zesztywniały z emocji, trzymał ścięte gałązki jak tarczę. Głos miał ochrypły, nerwowy. – Anno, co pani do mnie czuje? Czy pani mnie kocha?

Jej twarz złagodniała. Spojrzała na niego i natychmiast zrozumiała, że odczytał w jej oczach prawdę. Wdarł się na zakazany teren i poznał jej tajemnice. W panice pokręciła przecząco głową.

– Nie to powiedziała mi pani twarz. Pani nie mówi mi prawdy.

– Pomylił się pan. Zwodzi pan siebie. – Rzuciła te słowa jak strzały.

Upuścił gałązki, skłonił się i odszedł.

Musiała zebrać wszystkie siły, by ująć sekator, zewrzeć ostrza, przeciąć grubą, oporną gałąź i zmiażdżyć swój żal, że tak go zraniła.

Anna potrafiła ocenić pewne właściwości dotykiem lub wzrokiem; temperaturę, w której wosk dawał się kształtować, suchość zagruntowanego papieru. Instynktownie czuła plastyczność gliny, wiedziała, ile wody powinno zmoczyć pędzel, ile mastyksu i damary trzeba rozpuścić w oleju lnianym, by powstał lśniący werniks. Farby miały dziwnie cielesne właściwości; potrafiła, nie patrząc, rozpoznać kolory w tubkach, ważąc je w dłoni. Biała farba wydawała się nabita, gęsta od cynku i tytanu. Czerwienie miały wagę średnią, z wyjątkiem najciemniejszych odcieni. Czarna farba zawierała substancje lekkie: sproszkowany węgiel, popiół, sadzę, kurz, spalone kości i róg. Żółcień neapolitańska była lekka, zawierała bardzo niewiele oleju. Brąz rozpoznawała po innym wrażeniu: doznaniu powagi i nudy.

Jakie byłoby w dotyku ciało Kazanjiana? Wyobraziła sobie napięcie jego mięśni, żar i zapach skóry. By pozbyć się tych niepokojących myśli, wypełniła umysł pojedynczym kolorem ze swojej palety – szkarłatnym jeziorem – jakby rzuciła jego projekcję na białą ścianę. Potem skupiła się na różowym kraplaku, błękicie bremeńskim. Ten stan pustki ją uspokoił.

Nie umiała okłamać Kazanjiana. Ale mogła okłamywać siebie.

Na stole rozsypały się grudki szarej gliny. Anna w zamyśleniu szorowała miskę. Była to praca angażująca, zaklęcie przeciwko zdecydowaniu i niezdecydowaniu. Widziała, jak żołnierze polerują guziki i buty, cerują ubranie i starannie składają koce na pryczach. Nieustanna powtarzalność uspokajała ich umysły, odpędzała żal, rozpacz, łagodziła przerażającą ich sytuację.

Poprzedniej nocy miała smutne sny. Ukazała się jej rozwinięta z bandaży twarz Juliana, skóra rozdarta jak papier, odbarwiona przez siniaki, ciemna jak liście. Po przebudzeniu leżała w łóżku bez ruchu, wsłuchując się w swoje złe przeczucia, aż w oczach stanęły jej łzy. Ten sen był próbą generalną. Teraz, w jasnym świetle dnia, twarz Juliana wyłoni się spod bandaży. Pozbawi go tej resztki tajemnicy, której strzegł.

Kłujący żwir podłogi zachrzęścił pod stopami Juliana, obwieszczając jego przybycie. Anna wysłała Catherine pod jakimś pretekstem, żeby zostać z nim w pracowni sam na sam.

– Przyszedł pan wcześniej. – Skupiła się na przyklejaniu zmoczonej taśmy do tablicy. Głos miała nienaturalny, tak bardzo chciała, żeby zabrzmiał neutralnie.

– Chyba ma pani kłopoty – zauważył.

– Taśma jest zbyt mokra.

– Pomogę.

Przytrzymał taśmę z jednej strony. Anna przycisnęła ją nagle niezdarnymi, niezdecydowanymi rękami. Skończyła, skinęła głową na znak akceptacji i przyjrzała się tablicy na sztalugach – zwykła czynność, przypominająca jej ustawiania tarczy strzelniczej.

Julian stanął na podeście. Jego kroki brzmiały nietypowo głośno.

– Kiedy zdejmę bandaże, zacznie na mnie pani patrzeć inaczej. – Jego cichy głos wyrażał pewność, zrodzoną z wielu spotkań z cierpieniem.

Anna powstrzymała się przed zdawkowym pocieszeniem. Była pewna, że Julian ma rację. Czy mogło być inaczej?

Julian zaczął starannie, jak w zwolnionym tempie, odwijać bandaże. Gaza była nieważka, lekka jak welon, cienka jak siateczka ołówkowych kresek; przez ostatnią przezroczystą warstwę widać było wyraźny róż skóry. Bandaż osunął się delikatną spiralą z twarzy, spoczął na ramieniu. Julian stanął nieruchomo, z zupełnie odsłoniętą twarzą.

Jego zdrowe oko – ten intensywny błękit witrażu – przeszywało ją wściekłym spojrzeniem, nie pozwalało się odwrócić. Niemiłosierne światło z góry podkreślało wertepy zmasakrowanej skóry. Lewa strona jego twarzy była zniekształcona, jakby ciało zostało oddarte od kości i ciśnięte na dawne miejsce niczym zdeformowana mokra glina. Symetria przestała istnieć. Ta twarz była rozoraną bruzdą. Okopami ciała. Rozjątrzoną mapą czerwieni.

Anna siłą woli powściągała reakcję, ale odruchowo przymknęła na chwilę oczy. Jego nieskończony smutek już zaczął się rozlewać w jej pamięci, znaczyć ją jak plama, rozpraszająca się chmura.

Potem wyprostowała się i przyjrzała mu się bez emocji. Ich wspólny ból był wyczuwalny, lecz niewidoczny, tak jak rentgenowskie zdjęcie ukazuje kości, lecz nie napięte mięśnie, które utrzymują je na miejscu.

Kreda zaczęła z wahaniem odtwarzać zarys jego twarzy i wkrótce papier pokrył się wściekłą gmatwaniną krech.

ROZDZIAŁ CZTERNASTY

Sanitariusz wycofał ze stajni czteroosobowego vauxhalla i wrzeszczał tak długo, aż inny pomocnik niechętnie zamknął ciężkie drewniane odrzwia. McCleary i Kazanjian wsiedli z widoczną godnością do automobilu.

Zapadał zmierzch i ciężarówki pędzące drogą z naprzeciwka raziły ich oczy światłem – białymi kręgami, stapiającymi się w zamgloną, ruchomą girlandę. Agresywny rytm tych błysków, nieustanny nerwowy ruch pojazdu oszałamiał McCleary'ego.

Kiedy znowu otworzył oczy, Kazanjian – w zakrywających twarz wypukłych goglach – oglądał się na niego i coś wołał, przekrzykując warkot silnika. Chciał wytłumaczyć McCleary'emu, że miasto zmieniło się od jego ostatniej bytności. McCleary dał tylko znak, że rozumie, ponieważ pylisty wiatr kneblował mu usta.

Zgodnie z zapowiedzią Kazanjiana, przechodnie byli poważni i jednakowi. Nawet kobiety nosiły bure stroje. Jakaś modna matrona z pudłem na kapelusze w jaskrawozielone i białe prążki była uderzającą plamą koloru na palecie ulicy. McCleary zauważył, że tę kobietę należałoby pochwalić za okazywanie radości.

W Trzecim Szpitalu Głównym odbywała się konferencja dotycząca nowych odkryć w chirurgii. McCleary i Kazanjian ruszyli do gabinetu dyrektora, witając się wylewnie z kolegami, z którymi nie mieli kontaktu od wybuchu wojny.

Kazanjian wygłaszał jeden z pierwszych wykładów.

– Oto nowy aparat – oznajmił, unosząc osobliwy, najeżony drutami przedmiot, w niczym nieprzypominający przyrządu lekarskiego. – Godne polecenia są także ebonit, plastelina, cement dentystyczny i masa plastyczna. – Widownia pomrukiem wyraziła uznanie dla tej próby żartu, tym bardziej udanej, że znaczonej mocnym obcym akcentem.

Kazanjian opisał swoją nowatorską metodę drutowania szczęki, po czym zaprezentował kilka protez i wyjaśnił ich zastosowanie.

– Największą trudnością jest zachowanie właściwych konturów kości, skóry i mięśni podczas rekonwalescencji. Należy to czynić etapami. Dla ran środkowej części twarzy, przemieszczeń twarzoczaszki i uszkodzeń szczęk opracowałem tymczasowy opatrunek, gdzie głowa stanowi punkt podparcia.

„Krynolinę" – ten sam materiał używa się na halki – moczy się w gipsie wzmocnionym klejem. Pasami materiału owija się ogoloną głowę, przeprowadzając je pod brodą. Następnie do bandaża osłaniającego twarz przykleja się mniejsze paski płótna z rzędami haftek na brzegach. Haftki zesznurowuje się gumkami lub drutem, ściągając w ten sposób brzegi rany. Guma z rękawic stanowi wyściółkę, izolującą skórę od tkaniny. Taki opatrunek unieruchamia twarz i zapewnia coraz większy nacisk, który pomaga w zabliźnianiu się tkanek. Można go także bez trudu usunąć, gdy trzeba umyć skórę.

Dla innego pacjenta Kazanjian stworzył „łuk", używając sztywnego drutu, zwisającego z krawędzi wojskowego hełmu. W ten sposób unieruchomił złamaną żuchwę, roztrzaskane zęby trzonowe i oderwaną wargę.

Problem był znany wszystkim, ale niewielu lekarzy znalazło na niego sposób. Wykład Kazanjiana spotkał się z dobrym przyjęciem; zadawano liczne pytania dotyczące szczękościsku i łubek przy zgryzie głębokim. McCleary przyglądał się ze znaczną dumą, jak Kazanjian odpręża się, udzielając odpowiedzi. Zdał sobie sprawę, że zabłysnęli.

Później McCleary stanął na mównicy przed kolegami, otworzył portfolio i wyjął rysunki Anny, przedstawiające twarz Juliana. Zrobiło się już późno, przemawiał jako ostatni, ale kiedy prezentował kolejne szkice, pielęgniarki i lekarze ocknęli się ze zmęczenia. Tym, którzy siedzieli w ostatnich rzędach wielkiej sali z drewnianymi panelami, twarz Juliana wydawała się nierozpoznawalnym, abstrakcyjnym kształtem, kompozycją czerwieni i różów.

– Operujemy, czekamy, znowu operujemy – wyjaśnił McCleary.

Po krótkim, pełnym szacunku milczeniu ktoś spytał, kiedy doktor McCleary wyrokuje, że dla pacjenta nie da się zrobić nic więcej? Że leczenie dobiegło końca?

McCleary pokiwał głową.

– Polegam na decyzji pacjenta. To on nam mówi, kiedy ma dość.

Następnego dnia McCleary przeprosił Kazanjiana i umknął na samotny spacer od Trafalgar Square przez Whitehall, przygotowując się do następnego zadania. Jego spojrzenie nieustannie wyławiało z tłumu rannych żołnierzy; wielu nosiło kurtki niezdarnie narzucone na temblaki lub kule; zniekształcone sylwetki i utykający krok wyróżniały ich z daleka.

Sekretariat ministerstwa wojny i rady wojskowej mieścił się w budynku między Whitehall Place i Horse Guard Avenue. McCleary niechętnie przekraczał progi miejsca, w którym kierowano machiną wojny. Nawet otaczające go dachy jeżyły się urządzeniami telegraficznymi. Dokładnie o jedenastej rozległa się wrzawa; to dwóch konnych strażników z gwardii królewskiej zmieniało się przed masywnym budynkiem z zegarem na wieży.

Tak wielu mężczyzn w mundurach tłoczyło się przy drzwiach ministerstwa wojny, że wydawało się, iż to oblężenie. McCleary cierpliwie odczekał w kolejce i przedstawił swój list polecający do lorda Derby, sierżanta odpowiedzialnego za rekrutację, ale strażnicy odmówili mu wstępu. Lekarz zniósł ich opryskliwą odpowiedź z cichą desperacją spiskowca; przez myśl przebiegł mu pomysł, by zagrozić, że w lekarskim kuferku ma ukrytą broń i, korzystając z zamieszania, rzucić się do gabinetu lorda Derby i błagać o łaskę dla Artisa.

Był już na Old Queen Street, kiedy zdał sobie sprawę, że twarz mu obwisła, kąciki górnej wargi opadają, zdradzając smutek – fizyczne świadectwo porażki.

Tego wieczoru McCleary zaprosił Kazanjiana na kolację. Kazał szoferowi, by zawiózł ich do Claridge'a. Zamówiono solę, a kelner postawił na bocznym stoliku tarty ser, ostrygi i bulion z zapiekanym serem. Jedli spokojnie, Kazanjian zachwycał się kwiatami, dyskretną obecnością kelnera we fraku, błyszczącymi jak srebrne rybki kluczami na łańcuszku sommeliera.

Wino uspokoiło McCleary'ego, który zauważył, że światło świec i złoty sufit tworzą w jadalni dziwną, niemal nadprzyrodzoną świetlistość. Kobiety w sukniach wieczorowych – ciemne jedwabie – wyglądały osobliwie i obco jak nimfy w świątyni. McCleary przywykł już do skromnych strojów pielęgniarek.

Jakaś kobieta z wolna wstawała od stolika naprzeciwko, łagodnie zbierała spódnicę na wysokości bioder; na jej nadgarstku migotała oszałamiająca bransoleta. McCleary zauważył jej zerknięcie na towarzysza posiłku i ich bliskość uderzyła go jak nagły atak zawrotów głowy. Szybko osuszył kieliszek, nie ośmielając się znowu spojrzeć. Kiedy go odstawił, zauważył na swojej dłoni nieregularne brązowe plamy, skórę obwisłą i lekko przezroczystą. Oznaki starości.

Pewnie już nigdy nie będę siedział przy kolacji z piękną kobietą, pomyślał, zdumiewając się nieodwołalnością tego stwierdzenia. Czekał na ból, który to potwierdzi.

Wyszli z restauracji, by wypalić cygara i napić się porto w klubie Marlborough na Pall Mall. McCleary z ulgą ujrzał takie same jak dawniej stoły do tryktraka i dawny personel.

Zaproponował, by Kazanjian usiadł przy oknie i podziwiał widok miasta przed zaciemnieniem.

– Nie wiem, jak wytrzymam niezmącony sen – zażartował. – Może trafi się choć nalot.

Kazanjian przypomniał mu, że mają opuścić miasto na długo przed świtem, więc nie powinien się obawiać zbyt spokojnego snu.

– Ale zostaniemy do ostatniej chwili. Mógłbym tu zapomnieć, że jest wojna, i pławić się w błogiej nieświadomości.

– Chętnie przejmę pański sprzęt operacyjny i to, co zostało w piwniczce.

– Świetnie. Może pan wrócić beze mnie. Ja zostanę w tym fotelu, będę się cieszyć szczęśliwą starością, stopniowo zapominając wszystko, co wiem o przeszczepach Thierscha. Nie będą mnie już martwić złamane kości i sposób ich leczenia. Ani gorączka pacjentów. – McCleary wydmuchnął chmurę dymu ku kasetonom na suficie i zamówił następną kolejkę porto. Wyjaśnił, że zasady klubu są nad wyraz szczodre. – Podają dziesięć miarek porto i dwadzieścia whiskey.

Mocny alkohol sprawił, że troski Kazanjiana wypłynęły na powierzchnię.

– Co według pana tworzy najsilniejsze wspomnienia?

– Bezradność. Rozterka. Strach. Wszelkie mocne uczucia, dotyczące danego wydarzenia. Tak dowodzi przykład naszych rannych żołnierzy.

– Ja pamiętam wszystko, co ma związek z pewną kobietą. Cierpię z tego powodu.

– Kobieta? – McCleary spojrzał na niego z zaskoczeniem. W myślach przebiegł szereg pielęgniarek, jedno różane liczko po drugim. – Hm... Z całą pewnością nie potrafimy dokonywać selekcji wspomnień. Ani decydować, o czym zapomnimy – dodał cicho. – Tu nie ma wyboru.

Tej nocy w hotelowym pokoju, gdy troska o Artisa złagodniała, McCleary wspominał kobietę, którą kochał. Wiele lat temu niecierpliwie przeciskał się przez tłum w operze królewskiej, by się z nią spotkać. Spieszyło im się znaleźć na osobności i szybko opuścili budynek. Ona była promienna, zarumieniona po występie i spodziewała się, że tego wieczoru porozmawiają o wspólnej przyszłości.

Bardzo długo siedzieli nad kolacją i w końcu, gdy wino truskawkowego koloru jeszcze stało w ich kieliszkach, odpowiednia chwila na oświadczyny przyszła i przeszła. Wcale się tego nie spodziewał. W kieszeni miał schowany pierścionek z brylantem od Garrarda.

Patrzyli na siebie bez słowa. Bez pośpiechu, dając mu jeszcze więcej czasu, starannie złożyła serwetkę i odłożyła ją na stół. Jej brylantowe kolczyki drżały gwałtownie na tle szyi.

Poślubiła innego. McCleary czasami znajdował jej nazwisko w recenzjach operowych, gdyż zaczęto jej powierzać wielkie role.

Mijały lata, ale on nadal prowadził w myślach rozmowę ze swoją ukochaną. *Zmieniłem się dla ciebie.*

Według szacunków skóra goi się przez miesiąc. McCleary wyobrażał sobie ten powolny i monumentalny proces, podobny do potajemnej przemiany węgla w diament. Może miłosna przemiana serca trwa dłużej?

Niegdyś sądził, że nie oświadczył się jej, bo nie chciał jej rozczarować. Teraz rozpoznał delikatniejszą tkankę ich związku. Ona śpiewała, by uwolnić się z pułapki ciała, wymknąć się splotowi mięśni, wnykom nerwów, upływowi czasu.

On był na zawsze związany z wieczną słodyczą uzdrawiania w głębi mrocznego, nieznanego mechanizmu ciała – machiny odmierzającej śmiertelnikom czas.

*

Artis powiódł wzrokiem za zamaszystym gestem Juliana, obejmującym pola, bujne głogi pieniące się na zboczach, zbiegających ku ledwie widocznej nitce rzeki. Z okna domku na samym skraju posiadłości nie można było dostrzec ich końca.

Julian zaczął wypakowywać plecak.

– Zaczynamy lekcję. W szkole strzeleckiej dano mi taki żelazny zestaw. Papier był w dziesięć linii pionowych i cztery poziome. Wszystkie ołówki miały twardość HB. Nikt nie wiedział dlaczego.

Przypiął arkusz papieru do cienkiej deski i podał ją Artisowi.

– Ta żyłka, licząca dokładnie trzydzieści siedem centymetrów, jest przewleczona przez dziurę w desce. O, tak. Teraz, zanim przystąpisz do kreślenia, podnieś żyłkę do twarzy i zawiąż na supeł. W ten sposób zawsze będziesz miał pewność, że twoje oczy znajdują się w jednakowej odległości od papieru.

Artis łypnął spode łba na ołówek w wyciągniętej ręce.

– Trzymaj ołówek w wyprostowanej ręce na tle horyzontu – polecił Julian. – W ten sposób uzyskujesz przybliżone pomiary i proporcje terenu. Zacznij od rysowania linii horyzontu i zawsze kreśl teren w kierunku ku sobie.

Chłopiec naburmuszył się. Rozkazy.

– Byłeś zwiadowcą?

Julian pokręcił głową.

– Sporządzałem mapy terenów dla oddziałów inżynieryjnych, zanim jeszcze nadeszła piechota, kawaleria i czołgi. Stałem samotnie na drodze z ołówkiem i kartką i nie przychodziło mi do głowy, że to moje ostatnie niewinne spojrzenie na krajobraz. Rysowałem to, co jest ważne dla wojska – płoty, wzgórza i lasy. Kamienny mur, drzewo albo ruina mogą stać się kryjówką snajpera. Podczas bombardowania wszystko, co z taką pieczołowitością rysowałem, zostało zniszczone. Moje mapy prawie do niczego się nie przydawały.

Julian skwitował zdumioną minę chłopca wzruszeniem ramion.

– Pierwsza zasada: nie zwracaj uwagi na detale. Rysuj tylko linię horyzontu i zarys wzgórz.

Artis nie rozumiał, dlaczego detale nie są ważne.

Julian kazał mu zapomnieć o wszystkim z wyjątkiem zarysów.

– Weźmy na przykład moją twarz. – Narysował kółko, dodał dwie kropki jako oczy, wygiętą kreskę jako nos, prostą jako usta. Podniósł rysunek. – Brak szczegółów, ale rozpoznajesz moją twarz. Podobna?

Artis zabrał mu kartkę i pewną ręka narysował usta wygięte w uśmiechu.

– Słusznie. Ale okazałbyś się dokładniejszym kreślarzem, gdybyś wytarł lewą stronę mojej twarzy.

Artis zapatrzył się na niego w zdumieniu.

McCleary spał niewiele. Przez całą noc w domu i na zewnątrz rozbrzmiewały krzyki i trzaski drzwi ambulansów, potem zamieszanie przeniosło się do ciasnego wnętrza sali operacyjnej.

Doktor odetchnął, gdy udało mu się wymknąć z domu, nie spotykając po drodze żywej duszy. Każde spotkanie oznaczało prośby lub pytania. Ścigające go furie. Przekleństwo jego pracy. Nie wziął ze sobą nic, nawet papierów ani stetoskopu; jakoś mu się wydawało, że dzięki temu straszne wieści, które miał przekazać, staną się mniej prawdziwe. Oficjalne.

Otaczająca go zieleń stała się złowrogo klaustrofobiczna, zarośnięty trawnik jeżył się wokół drzew, ceglanych murów, marmurowej cembrowiny fontanny. Ławeczka z kutego żelaza prawie znikła w cieniu kasztana. Odgarnął zwisające łapy liści i usiadł.

Dotyk wytartego, okrągłego i ciężkiego zegarka z dewizką

sprawił mu ulgę, a blask wygrawerowanych słów na wewnętrznej stronie koperty był równie wyraźny, jak w pełnym świetle dnia: „Dla M od D. Nasza opera". Jego ukochana trzymała ten zegarek w stulonych białych dłoniach, zanim mu dała, jeszcze ciepły od jej dotyku.

– Doktorze...

McCleary otworzył oczy i ujrzał patrzącego na niego z troską Juliana.

– O, chyba zasnąłem. – Wyprostował się, usiłując nie stracić godności.

Julian pochylił się, przechodząc pod gałęziami, by usiąść obok. Niezdarnie przechylił się na lewą stronę. Chorą stronę. Tłumiąc odruch, by pomóc pacjentowi, McCleary strzepnął ze spodni brązowe zeschnięte gałązki, które spadły z kasztana.

– Ponieważ zajmuje się pan przywracaniem zdrowia... – Julian gestem uciszył protesty McCleary'ego – ...doceni pan moją analizę terenu. Jest całkowicie sztuczny, stworzony sto pięćdziesiąt lat temu. Te wzgórza usypano ludzkimi rękami. Jeziora przeniesiono, strumienie zmuszono do malowniczego biegu. Może zastanawia się pan dlaczego.

McCleary patrzył na niego w zamyśleniu.

– Projektant tego krajobrazu negował symetrię. Ponieważ linia prosta nie kryje żadnej tajemnicy. Oto, dlaczego – uśmiechnął się Julian.

– Ale ludzkie ciało jest symetryczne.

– Nie każde.

– Tak, nie każde. Moim zadaniem jest przywracać tę symetrię.

– Czy na studiach wyobrażał pan sobie, że to będzie pańskim celem?

McCleary pokręcił głową.

– To było bardzo dawno temu. Tamte wspomnienia już się zatarły.

– Wspomnienie mojej twarzy też się zmieniło – powiedział Julian cicho. – Oślepłem na swój widok. Jestem dla siebie czarną płaszczyzną. To nie ma sensu, ale spoglądam na inne twarze w nadziei, że odzwierciedlą moją. Że oddadzą mi mój wygląd. – Zaczął się nerwowo bawić krawatem. – Pielęgniarki starają się nie reagować na mój widok, ale nie mają wprawy w oszukiwaniu.

McCleary wyczuł, że Julian nie dokończył myśli. *Pozwól mi cię wysłuchać.*

– Moja twarz jest straszniejsza niż wspomnienia o wojnie, ponieważ nie mam przed nią ucieczki. – Zdrowe oko Juliana lśniło łzami jak mokry marmur. Odwrócił się sztywno do doktora. – Rozpoznaję pańską minę. Czegoś nie chce mi pan powiedzieć.

McCleary walczył z narastającym ciężarem w piersi. Dopiero po chwili zdołał się odezwać. Zaczął od wyjaśnienia.

– Doskonałość budowy ciała polega na tym, że początek i koniec mięśnia styka się z kością. Ale twarz jest inna. Niektóre jej mięśnie łączą się jedynie ze sobą. Jeśli się je uszkodzi, niełatwo jest odtworzyć to połączenie. Nic ich nie podtrzymuje.

– Czemu służy ta lekcja anatomii?

– Julianie, nie mogę nic więcej zrobić dla pańskiej twarzy. Na razie.

Zapadła ciągnąca się w nieskończoność cisza.

– Więc operacja poszła na marne? I rysunki?

McCleary usłyszał własny głos, wyjaśniający, że Anna rozpocznie nowe szkice jego twarzy. Zostaną wykorzystane do sporządzenia tymczasowego środka zaradczego. Zasłony na twarz. Maski.

– Maski?

– Będzie bardzo lekka. Trzeba ją wymodelować na podstawie fotografii pańskiej twarzy.

– Mojej dawnej twarzy.

Ostateczność tych słów przemknęła między nimi nagle i brutalnie jak strzała, która zraniła ich obu.

McCleary wyobraził sobie, jak blizny Juliana nabierają głębszego odcienia czerwieni, jak intensywność koloru rośnie niczym słupek rtęci w termometrze, aż w końcu *pars lacrimalis* – część łzowa – wyciska mu łzy.

Julian zakrył twarz rękami, jakby dotyk mógł ją uzdrowić.

– Szkoda, że nie rozerwało mnie na strzępy.

– Chirurgia pójdzie naprzód. Pojawią się nowe techniki, nowe sposoby leczenia. – McCleary z żalem usłyszał w swoim głosie ton wyższości. Przywilej lekarza.

– Proszę milczeć.

Między nimi zapadła cisza.

Na szyi Juliana pulsowała żyłka, poruszała cienkim, napiętym mięśniem.

– Czy ktokolwiek znajdzie odwagę... – zakrztusił się, jakby słowa stanęły mu w gardle. – Czy ktokolwiek znajdzie odwagę, żeby mnie pokochać?

Słowa pociechy były bezużyteczne. W oczach McCleary'ego malowało się współczucie, ale to nie wystarczało. Na próżno szukał czegoś, co mogłoby wchłonąć w siebie ból Juliana. Ponieważ własna wiedza wydała mu się niewystarczająca, zwrócił się do swojej kolekcji dzieł Platona i znalazł wzmiankę o *epôdê*, uroku najbardziej skutecznych słów i działań. Ale czy *epôdê*, „piękna dyskusja", jest możliwa między doktorem i pacjentem, w związku tak nierównym, naznaczonym zdradą?

Julian wstał gwałtownie i odszedł w stronę jeziora. Błękit jego ubrania stopniowo rozpływał się na tle krajobrazu, aż stał się ruchomą, niewyraźną plamą.

Wśród nowo przybyłych pacjentów znajdował się ranny w czoło kapral, który opowiadał z oburzeniem, jak wróg zniszczył ogromną i cenioną bibliotekę w Belgii. Spalono trzysta tysięcy książek, tysiąc inkunabułów i osiemset iluminowanych pergaminów, bezpiecznie zapakowanych w drewniane skrzynie. Z płonącej biblioteki uniosła się zawierucha iskier i ognistych strzępów; kapral widział, jak jedna paląca się stronica spływa ku niemu, a litery stopniowo stają się coraz jaśniejsze. Rozpadły się w pył, zanim zdążył odczytać słowa.

Brzemię opieki nad nowymi pacjentami i szeptane plotki, że wojna nie przybiera spodziewanego obrotu, odbiły się na personelu. Brownlow uparcie lekceważył regulamin; jego czarne włosy stały się zbyt długie i rozwichrzone, rzadko czyścił buty. Zwykle surowy i sarkastyczny, pod wpływem alkoholu stawał się dziwnie spokojny, nie odpowiadał nawet na najdrobniejsze słowa krytyki lub zarzuty, potrząsał tylko głową lub odchodził, drżąc z tłumionej wściekłości i zaciskając pięści.

Pewnego razu sanitariusz i pacjent znaleźli go, siedzącego bezwładnie pod ścianą. Z obawy przed jego gniewem zawahali się chwilę, zanim go podnieśli, oszołomionego eterem lub alkoholem, na równe nogi. Nie podziękował im, nawet nie zwrócił na nich uwagi. Oddalił się chwiejnie.

Pielęgniarka, biegnąca przed McClearym, była białą sylwetką w spódnicy łopoczącej jak skrzydła. Doktor spieszył za nią, odruchowo przytrzymując stetoskop w kieszeni kurtki.

– Kto to? Kto? – dyszał. Suche rzężenie raniło mu gardło.

Pielęgniarka nie odpowiedziała ani nie zwolniła.

Ktoś krzyknął z zagajnika przed nimi. Nagle cienki promień latarki agresywnie omiótł ciemności, ukazując szary pień drzewa; jego górne gałęzie pozostały mroczne, tak że wydawały się sięgać bardzo wysoko, niewyobrażalnie wysoko.

McCleary, ciągle zdyszany, spojrzał na człowieka siedzącego na gałęzi drzewa. Pacjent. Szybko oszacował, że przy skoku spadnie na miękki grunt. Przy odrobinie szczęścia złamie tylko rękę lub nogę.

Sanitariusz wyszarpnął pielęgniarce latarkę; światło zadrgało na sylwetce Juliana, jakby bało się go wywabić spomiędzy liści.

– Cofnijcie się! Zostawcie mnie.

McCleary miał wrażenie, że jego sercu jest za ciasno w piersi.

– Julianie, nie rób sobie krzywdy.

– Krzywdy? – Julian roześmiał się z niedowierzaniem. Chwycił gałąź i stanął na niej chwiejnie.

Niech moje słowa będą mu wsparciem, pomyślał modlitewnie McCleary. Niech moja mowa będzie mu drabiną.

– Nie ruszaj się – dodał błagalnie.

Oszalała twarz zakołysała się między gałęziami jak w oknie płonącego budynku. Julian szarpnął za bandaż, zerwał go, biały pasek spiralnie spłynął w dół, rozjarzony w świetle latarki.

McCleary skrzywił się; wiedział, że rany Juliana zaczną krwawić. Pielęgniarka chwyciła go kurczowo za ramię.

– Na Boga, niech pan coś zrobi!

Odepchnął ją. Czuł chłód, oddzielający go od tej sytuacji. Doświadczał tego stanu za każdym razem, gdy w sali operacyjnej patrzył na fragment rozdartej ludzkiej twarzy. Twarz jest przecież mała, ale ma znaczenie tak samo wielkie, jak cały świat.

– Julianie, zostań, gdzie jesteś. Słucham cię.

– Słuchanie mnie nie wyleczy. Słowa mnie nie wyleczą.

Wiatr poruszył jednocześnie liśćmi i czepkami pielęgniarek, jakby łączyła je jedna nitka.

McCleary czekał w zupełnym milczeniu, nie spuszczając z oczu nieruchomej sylwetki Juliana.

– Musisz dotrzymać warunków umowy ze mną. Ze mną,

swoim lekarzem – powiedział łagodnie. – To nie jest polecenie.

Nie słyszał płaczu Juliana, ale widział drżenie ramion.

Mijały minuty. Pielęgniarki, skamieniałe z napięcia, trzymały się kurczowo za ręce. Nie mogły odwrócić wzroku. Jak zaklęte.

McCleary znowu odnalazł głos.

– Julianie, jeśli skoczysz, możesz się nie zabić. Resztę życia spędzisz w łóżku. Zależny od opieki innych. Karmiony łyżką.

Julian pochylił się gwałtownie naprzód, a potem na poły zszedł, na poły ześliznął się z drzewa prosto w uniesione ramiona McCleary'ego. Sanitariusz upuścił latarkę i obaj mężczyźni znikli w ciemnościach.

McCleary ledwie zauważył brak światła; osłabł z ulgi, czując chude, kanciaste ciało Juliana w swoich ramionach. Jego dotyk koił.

– Nigdy więcej nie będziemy o tym mówić – szepnął.

Potem odnaleziono latarkę, wszyscy w milczeniu odsunęli się, a tamci przeszli między nimi. Na koszuli Juliana jarzyła się czerwona plama, wyzywająca jak heraldyczny krzyż na tarczy wojownika.

ROZDZIAŁ PIĘTNASTY

Kiedy Catherine się dowiedziała, że Julian bierze miarę na maskę, wsiadła w automobil i jechała tak długo, aż znalazła się w nieznajomej okolicy. Wyłączyła silnik. Ruszyła miarowym marszem, ale gdzieś w głębi czuła ból rozdzieranego ciała. W pozycji stojącej utrzymywało ją jakieś magiczne ciśnienie, napięcie, które nie pozwala się rozejść krawędziom pękniętej powierzchni.

Potykała się o kępy trawy i grudy ziemi, potem o gałęzie i korzenie, powykręcane i dziwnie ciemne, spalone lub mokre. W miejscu, gdzie uderzyła bomba, poczerniała ziemia utworzyła ogromny krater z brudną wodą na dnie. Zobaczyła w niej odbicie swojej przyszłości.

Anna opierała się o balustradę na piętrze. Jej twarz nad obcisłym koronkowym kołnierzykiem majaczyła niewyraźnie. Nie zwróciła uwagi na szybkie kroki w pokoju za plecami. Niech przejdą, pomyślała.

Ale kroki ucichły i jakieś palce ścisnęły jej ramię.

– Musisz natychmiast pomóc Julianowi – rzuciła Catherine bez tchu.

– Pomagam mu. Jest moim modelem. – Anna się odwróciła, wpatrzyła się w pejzaż.

– Zrób mu lepszą twarz. Zapłacę. Musisz mu dać wszystko, czego potrzebuje.

– Mam dla niego stworzyć twarz ze złota? Z błękitnymi szafirami w miejsce oczu?

Catherine się skrzywiła.

– Nie. Znam jego twarz. Wiem, jak powinna wyglądać. Lepiej będzie, jeśli...

– Widywałam już inne kobiety w twojej sytuacji – przerwała Anna. – Znasz go tylko jako rannego. Na froncie pielęgniarka poślubiła swojego pacjenta, dwudziestoletniego chłopca, oślepionego, bez rąk i nóg. Była starą panną, miała sześćdziesiąt lat. On się nie sprzeciwiał. Pewnie uważał, że ma szczęście.

– Nie kpij ze mnie.

Anna nie odpowiedziała. Nagle między nimi zaległa nieważka plama światła z sąsiedniego pokoju – oznaka obecności pielęgniarki. Cienki pasek cienia przesunął się po twarzy i szyi Catherine, prosty jak namalowana kreska.

– Proszę, zrób mu szklaną maskę. Albo nie, niech będzie

elastyczna i przejrzysta. Celuloidowa. Żeby mógł się uśmiechać.

– Czy naprawdę mu się przyjrzałaś? – Anna spojrzała na nią surowo. – Ta maska zostanie wymodelowana na podstawie jego zdjęcia z okresu, gdy jeszcze nie był ranny. Lepiej nie patrz na nie. Dalej trwaj w błogiej nieświadomości.

– Jesteś złośliwa. Nie nadajesz się do tej pracy.

– Nie możesz być aniołem Juliana – syknęła Anna.

Metalowa konstrukcja, wzniesiona na południowo-wschodnim krańcu posiadłości, już teraz była zbyt ciasna. Pobliski kościół kongregacjonistów użyczył swojej szkółki niedzielnej i sali wykładowej, w których urządzono szpital na trzydzieści cztery łóżka, a kościół metodystów pozwolił wstawić szesnaście łóżek do sal szkolnych. Obie instytucje były kierowane przez zarządzającą, lekarza i dyrektorkę.

Miejscowe dzieci zorganizowały towarzystwo zbierania jajek i pukały nieśmiało do drzwi kościołów, przynosząc swoje dary w koszyczkach. Na każdym jajku starannie wykaligrafowano ołówkiem: „Dla żołnierza".

Pomiędzy dworem i dwiema szpitalnymi filiami nie było połączenia telefonicznego, więc Artis i paru wybranych sanitariuszy pełnili role posłańców. Przewozili na rowerach i wozach medykamenty, pocztę, zdjęcia rentgenowskie, telegramy, pranie, a raz nawet bańki ze śmietaną.

Kobiety podjęły się roli pocztylionów i dwa razy dziennie robiły obchód z wózkiem pełnym paczek, telegramów, listów poleconych, depesz. Wymieniały także zagraniczne banknoty nowo przybyłym żołnierzom, a jedna szczególnie lubiła tasować ogromny plik kolorowych papierków, jakby wykonywała karcianą sztuczkę.

Posłany do kościoła metodystów, Artis postawił rower za krzakiem i zajrzał przez brudne okno opuszczonej ptaszarni, gdzie kwaterował Brownlow. Później mężczyźni w sali szpitalnej z zachwytem słuchali opisu tego, co tam zobaczył: perforowane metalowe kubki, prawdopodobnie przypinane do twarzy, skórzane paski, szklane pipety, kauczukowe rurki, papiery i bezkształtne czarne ubranie, rzucone byle jak na skromne krzesła i stół.

Po jakimś czasie Brownlow zaczął niemiłosiernie egzaminować chłopca, całkiem jakby wiedział o jego niedyskrecji.

– Powiedz, jaka oznaka fizyczna wskazuje, że operowany otrzymuje odpowiednią ilość tlenu.

– Kolor paznokci i warg.

– Co jest trzecią oznaką narkozy?

– Źrenica rozszerzona, oko suche i spokojne.

– Jak możesz pomóc nieprzytomnemu pacjentowi, który połknął swój język?

– Wysunąć jego żuchwę do przodu, by wyjąć język z gardła.

Artis dygotał pod krytycznym spojrzeniem Brownlowa, spodziewając się reprymendy. Tymczasem został nagrodzony krzywym uśmiechem.

– Bardzo dobrze.

Chłopiec pochylił się, czekając na następne pytanie.

– Masz tajemnice, młodzieńcze?

Artis zarumienił się, pokręcił głową.

– Wyjawię ci moją. Kiedy pacjent wyzwala się spod działania narkozy, widzi świat, lecz go nie poznaje. W tej chwili zamętu objawia kompletną niewinność. To najbardziej intymny moment. Pacjent nie wie, że jest obserwowany. Ale ja na niego patrzę.

Catherine skuliła się na trawie, mocniej otuliła żakietem, ściśle owinęła nogi spódnicą, żeby stać się mniej dostrzegalna z góry. Nastąpiła dziwna zmiana w jej postrzeganiu i nagle zobaczyła samą siebie, jakby z daleka – owalny słomkowy kapelusz, jasny trójkąt spódnicy.

Artis szedł ku niej od domu, machając grubą kopertą w rytm skandowanych słów, ważnych i tajemniczych: „Orbicularis oris, orbicularis oculi".

– Co cię tu sprowadza?

Zatrzymał się nagle, zaskoczony jej widokiem.

– Niosę to do pracowni. To dla Juliana. – Stanął nad nią, bawiąc się z zażenowaniem sznurkiem wokół koperty.

– Nie powinieneś przeszkadzać Annie, pracuje. Ja oddam Julianowi tę przesyłkę.

Artis dalej bawił się kopertą.

Catherine zdjęła kapelusz i oparła się na łokciach.

– Słyszałam wczorajszej nocy ambulanse. Bardzo wiele. Straciłam rachubę.

– Nowych rozmieszczono dopiero koło czwartej rano. Pomagałem doktorowi McCleary'emu. Nie spałem.

– To cudownie, że tak doskonale pomagasz doktorowi. Proszę, nie musisz stać.

Zażenowany, przykląkł czujnie.

– Daj mi tę kopertę, Artis.

Polne odgłosy – owadów, trawy, wiatru – nagle nabrzmiały wokół niej. Catherine wyciągnęła rękę na trawie, objęła Artisa jak kochanka. Czekała, aż podejmie decyzję, przyglądała się blademu różowi, napływającemu na jasne policzki i rozlewającemu się na szyję.

Artis z wysiłkiem odsunął się od niej i rzucił jej kopertę do stóp.

Powinna go zbesztać za tę impertynencję, ale tak bardzo pragnęła zbadać zawartość koperty, że kazała mu natychmiast odejść.

Spojrzenie Catherine błądziło po jej pokoju, szacowało umiejscowienie przedmiotów, cienie, ich zmienność. Wzór pnączy i liści na zasłonach łóżka wydawał się stanowczo za ciężki jak na przetarte płótno. Podnóżek został przestawiony.

Perfumy w kryształowej buteleczce wydawały się bardziej brązowe, gęstsze. Poduszka była pomięta. Czy lustro zmatowiało, pokryte nowymi plamami?

Stojące na biureczku portrety Charlesa za kwadratowymi i prostokątnymi szybkami były nieznacznie zmienione. Może wyraz jego twarzy z czasem uległ metamorfozie – tak powolnej, że jej nie dostrzegła. Spojrzała na zdjęcie Charlesa, zrobione w studiu Bassano; ciemne ziarno zdawało się jaśnieć i falować, rozpraszać przed jej oczami na ziarenka drobne jak piasek. Trzeba coś zrobić, żeby zapobiec tej stracie.

Nazwisko Juliana na kopercie było czarne, oficjalne. Przyjrzała się bezosobowemu charakterowi pisma, pozwoliła sobie na odrobinę wahania, po czym starannie rozcięła kopertę, ruchem nieodwracalnym jak skok z wielkiej wysokości. Wyjęła zdjęcie – papier wydawał się jej dziwnie lekki – i spojrzała na młodzieńca w mundurze. Julian z czasów, zanim wojna przeciągnęła mu po twarzy drutem kolczastym. Jego nieskalane rysy i beztroski uśmiech oślepiły ją tak, jak nagły, intensywny błysk zalewa siatkówkę bielą.

Charles miał podobne zdjęcie. Zbliżyła do siebie fotografie obu mężczyzn i nie potrafiła orzec, czy Charles i Julian naprawdę są podobni. Jej oszołomiony wzrok przenosił rysy jednego na twarz drugiego. Była między nimi pośredniczką, ich posłańcem.

Otuliła się w marynarkę Charlesa z wielbłądziej wełny, przyzywała wspomnienie intymnego dotyku jego ciała. Ale jej zmysły były nieposłuszne, a skóra nie pamiętała już rozkoszy, którą kiedyś dawał jej mąż. Ciało zapomina wszystko.

Ale był jeszcze ten malowany metalowy przedmiot, owal udający twarz. Maska Juliana. Płytka jama, którą miała wypełnić sobą. Musiała tylko tego zażądać. Jej gniew na Charlesa za to, że ją opuścił, skondensował się w ostrym kształcie, który utkwił w głębi jej ciała. Podjęła decyzję.

Szybko rozpaliła na kominku, jako podpałki używając podartej papeterii i bibuły. Kiedy ogień już trzaskał, spokojnie rozcięła jedwabną podszewkę dużego filcowego kapelusza z płaskim rondem. Nie patrząc na twarz Juliana, włożyła jego fotografię pod jedwab. Kapelusz schowała do pudełka i przykryła bibułką. Potem wyjęła zdjęcia Charlesa z ramek i po kolei upuściła je do ognia. Płomienie wykrzywiły jego twarz, polizały przezroczyste chemikalia. Zdjęcia zszarzały, a potem ich krawędzie zaczęły się zwijać i czernieć.

Płomienie rozbłysły, żar obmył jej obnażoną skórę. Szybki pustych ramek na podłodze odbijały pląsy pomarańczowych i czerwonych błysków.

To ceremonia pogrzebowa Charlesa, pomyślała. Jego stos. Pożegnanie.

Ostatnią ocaloną fotografię Charlesa zakleiła w kopercie adresowanej do Juliana.

O północy umieściła ją w woreczku i wyszła z domu do pracowni. Z każdym krokiem pierścień wokół jej serca zaciskał się coraz bardziej.

Pracownia jakby się skurczyła, powietrze było gęste i duszące. Catherine nie ośmieliła się zapalić latarki; zostawiła drzwi uchylone. Wpadało przez nie blade księżycowe światło. Kiedy kładła na stole Anny kopertę z fotografią Charlesa, nie mogła zaczerpnąć tchu, jakby znalazła się w próżni. Co ryzykowała? Wszyscy, którzy znali Charlesa, wszyscy służący, odeszli, na wojnę lub gdzie indziej. Tylko Artis mógł zobaczyć maskę Juliana i rozpoznać twarz Charlesa. Będzie obserwować tego chłopca, jakby podejrzewała go o zbrodnię. Był żyjącym zagrożeniem.

Trąciła słój, który rozprysnął się na podłodze. Trzask zawibrował w tysiącach muszelek na ścianach. Dziwne, że nie rozłupał ich cienkich wygiętych ścianek.

Ocknęła się już na zewnątrz. Dygotała, nie potrafiła odgadnąć godziny, ponieważ niebo ukryło się w mglistych ciemnościach. Ten niezmącony spokój był sztuczny; wyczuła zbliżający się bezgłośnie aeroplan, a może zeppelin, wibracje ich silników wkrótce staną się słyszalne, a potem lot bomby, spadającej płynnie i prosto.

Catherine stała się biegnącą, anonimową sylwetką na ziemi, celem, świadomym, że jego życie skończy się gwałtownie, bez świadków, w czarnej eksplozji, w tryskających z pola fontannach ziemi. Jej kości, białe krechy, przytrzymywane pod pewnymi kątami przez napięte mięśnie, czekały na broń, ranę, śmierć, które uwolnią je z ciała.

Catherine przyglądała się, jak Anna rozcina sznurek i rozwija kopertę ze zdjęciem Charlesa. Oparła ją na sztalugach i przyjrzała się jej w milczeniu.

Ostrze strachu przybrało inny kształt, zacisnęło się pierścieniem na gardle Catherine, przeszyło jej skórę jak nabijana kolcami obroża. Oko malarki z całą pewnością rozpozna oszustwo, odkryje winę Catherine. Minęło parę minut, zanim zaufała sobie na tyle, by się odezwać.

– Czy widzisz na twarzy Juliana jakieś przeczucie? Co widzisz?

– Był kiedyś przystojny. I wiedział o tym. O, proszę. Patrz.

Nie powinnam dotykać tej fotografii. Catherine niechętnie ujęła zdjęcie i przekonała się, że jest takie, jak zwykle, papier powleczony cienką warstwą obrazu. Czarno-biała twarz Charlesa. Oddała fotografię Annie. Ręka zlodowaciała jej od dotyku papieru.

Catherine spytała, czy maska Juliana będzie identyczna z fotografią.

– Zależy od obserwatora. Ufam, że Julian będzie przypominać to zdjęcie. Ale maska będzie tylko moją impresją na jego temat.

– Impresją? Przecież robisz maskę na podstawie portretu.

– Rozumiesz to zbyt prosto.

– Co to znaczy?

Anna wycisnęła pędzel w szmatę. Na materiale została plama w kształcie litery V.

– Portret jest wrażeniem, tak jak widziany z pociągu krajobraz. Nie można uchwycić czyjegoś absolutnego podobieństwa. Może tylko ja będę uważać, że maska Juliana przypomina tę fotografię.

– Bredzisz.

Anna spokojnie sięgnęła po ołówek.

– Mów, co chcesz. Julian będzie żyć pod moją maską.

Rozmowa dobiegła końca.

Anna powiadomiła Juliana, że jego zdjęcie zostało dostarczone do pracowni, ale kiedy się pojawił, usiadł na swoim zwykłym miejscu, nie pytając o nie. Nie chciał spoglądać wstecz, fotografia była wspomnieniem dawnego życia. Rysunki Anny stanowiły jedyne bolesne wizje, które przyjmował do wiadomości jakby mimochodem.

– Będę miał dość czasu, by podziwiać portret, gdy Anna go skończy. Moim darem dla artystki jest cierpliwość. A teraz wyjaśnij mi, jak powstanie maska.

– Zrobię gliniany model twojej twarzy, jak najbardziej podobny do fotografii, na ile umiejętności mi pozwolą – powiedziała Anna. – Ta gliniana twarz posłuży do uformowania twojej maski ze srebra i miedzi. Metalowa maska nie będzie ciężka i tak cienka, że rozgrzeje się od twojego ciała.

– Metalowa maska – powtórzył Julian. Wziął ołówek, przyjrzał się mu w skupieniu i odłożył ostrożnie, jakby ten ruch angażował wszystkie jego siły. – Jak możesz udawać, że sporządzanie sztucznej twarzy to nic takiego?

Anna odwróciła wzrok, by uszanować jego godność.

Od chwili oddania zdjęcia Charlesa, Catherine zmuszała się, by o nim nie myśleć. W ten sposób zerwie więź między nimi. Stanie się nieskalana, niewykrywalna, zupełnie przezroczysta, nikt nie zauważy ani nie odczuje jej wyrzutów sumienia.

Nie mogła spać. Przyszła do pracowni przed świtem i przeciągnęła palcem po pajęczynach, które pająki wysnuły przez noc w wejściu, nietrwała srebrna zapora. Nigdy nie patrzyła wprost na zdjęcie Charlesa, ale nieustannie czuła jego obecność, ikony, złośliwego ducha. Jego powierzchnia migotała, gdy Catherine przechodziła przez pokój, jakby chciała odbić wizerunek zdrajczyni.

Catherine pracowała jak oszalała. Kiedy odpoczywała lub zwalniała, zaczynał się ból. Tylko ruch przynosił jej ulgę. Miała wrażenie, że za chwilę się rozpadnie i zdumiewała się, że Anna wytrzymuje to nieustanne ciśnienie.

– Jak możesz ciągle pracować? – wydarło się jej. – Patrzeć na twarz Juliana, na te wszystkie twarze?

Anna nie zamierzała jej pocieszać.

– Zdobywam się na odwagę tak jak lekarze.

Jej słowa były niczym policzek. Catherine uznała, że są sobie równe. Kiedy zdjęcie spełni swoje zadanie i maska zostanie ukończona, bez trudu wykradnie je z powrotem.

By bronić się przed zdjęciem, Catherine obwarowała pamięć przed wspomnieniami o Charlesie, nie zgodziła się nawet śnić o nim. Do chwili, gdy Julian zacznie nosić twarz jej męża, postanowiła nie dostrzegać także jego. Ale śledziła go nieustannie, szła za znajomym zapachem jego ciała, otaczającym go jawnie i śmiało jak blask słońca. Nasłuchiwała jego głosu, była wyczulona na każdy ruch, więc gdyby dostrzegł zdjęcie Charlesa i zdemaskował podstęp, była gotowa na jego reakcję, oskarżenie o podstęp. Była gotowa uciekać.

Julian znajdował ją bezbłędnie – jak palec znajduje miejsce na mapie. Raz, gdy Anna była zajęta czymś innym, dotknął karku Catherine, delikatnie, przelotnie i potajemnie. Innym razem ich spojrzenia pobiegły ku sobie przez pokój i glina w jej rękach nagle stała się ustępliwa i ciepła, jakby zmieniła się w ciało Juliana.

Stopniowo wyczuwalna obecność fotografii ulatniała się z pracowni. Catherine płoszyła się na widok najmniejszego cienia lub niespodziewanego ruchu, kołującej sylwetki ptaka na niebie, złowieszczo suchego szelestu liści na wietrze, papieru toczącego się ścieżką.

Ale żadne przeszkody nie mogły jej odwieść od przygotowywania daru dla Juliana, jego ucieczki. Postanowiła, że po zakończeniu wojny, kiedy cały świat się zmieni, najlepszym sposobem przetrwania będzie nowa tożsamość. Julian włoży maskę – twarz Charlesa – i razem będą żyć w półmroku. Ocaliła go, gdy lekarze zawiedli, a on nigdy stąd nie odejdzie.

Nie zrobiła nic strasznego, zamieniła tylko jeden kamień na drugi. Za wszelkie zniszczenia odpowiada wojna.

Catherine wiedziała, że jeśli zaczeka, Julian w końcu pojawi się na tarasie. Minęło popołudnie, jezioro zmieniło barwę ze srebrnej na ołowianą szarość, nie tracąc swojej upiornej sztuczności na tle zielonych pól. Julian pojawił się tak niespodziewanie, jakby spłynął z nieba. Z wahaniem usiadł obok niej.

– Więc cię znalazłam – powiedziała, zdradzając tą próbą żartu, jak bardzo jest zdenerwowana.

Julian ścisnął jej dłonie; z ulgą przyjęła milczenie, które ich otoczyło, ponieważ dzięki niemu zapomniała o swoim podstępie.

Za otwartymi drzwiami tarasu za ich plecami przeszła szybko pielęgniarka z tacą. Potknęła się i przez trzask tłuczonego szkła rozległo się dźwięczne, delikatne „klik, klik, klik" igieł spadających na podłogę.

Dłonie Juliana zadrżały. Gwałtownie pochylił się do przodu. Wstrząsnął nim dreszcz. Catherine czuła, jak pod jego skórą buzuje strach. Zagapił się w przestrzeń, zapomniał o niej. Jej dłonie niosły ulgę, ale ta pieszczota była wyrachowana, odległa.

Zrobiła z niego uzurpatora mimo woli, oszusta. Wyrzuty sumienia narastały w niej powoli, twardniały jak lód.

Z powodu żaru odsunięto czerwoną zasłonę i pracownia znowu stała się przestronna. Catherine przesiewała przez sito suchy gips tak powoli, że bolały ją ręce i ramiona. Jednak mimo tej ostrożności pył rozpraszał się i wirował gwałtownie w powietrzu, bielił jej włosy i ubrania, tworzył na podłodze wirującą zadymkę. Wyczuła, że Julian na nią patrzy i po raz pierwszy poczucie winy przeszkodziło jej odpowiedzieć spojrzeniem.

– Catherine! – zawołała Anna. – Drugi raz proszę, żebyś nalała wody do słoika.

– Tak. Natychmiast.

Ton Anny był nietypowo ostry. Czy coś podejrzewała? Linie na rysunku wydawały się pogłębiać, wić w dzikiej plątaninie, zmieniały twarz Juliana w rozogniony szkarłatny gąszcz. Wszystko w pracowni zaczęło się domagać reakcji Catherine: czerń węgla, czerwień zasłony, nieprzepuszczalna, niewzruszona biel papieru. Pył kłębiący się w pomieszczeniu jakby wyssał z niego powietrze. Przyłożyła rękę do gardła.

Bała się, że ołówki same staną na grafitach, wypiszą oskarżenie – „Catherine jest złodziejką. Ukradła Julianowi twarz”.

Deszcz padał miarowo, malował poszarzałe, niewyraźne kształty domu i zewnętrznych zabudowań, fontanny, posągów z portlandzkiego kamienia, udowadniając, jak często zmienia się to, co wydaje się znajome.

Catherine otworzyła okna, usunęła wszelkie zapory dla dźwięku, żeby w porę się zorientować, kiedy odkrycie podstępu z fotografią zmąci taflę spokoju, wyskoczy w powietrze, zburzy kamienie i ceglane mury. Będzie to obserwować z okna, gdy ku jej pokojowi zaczną się zbliżać miarowe kroki. Przyjdą po nią żołnierze. A może zdradzony Julian.

Malutkie kwadratowe pakieciki leżały rzędem na stole w pracowni. Wydawały się tak delikatne, że Catherine spytała ze zdziwieniem, czy są puste. W odpowiedzi Anna powoli zerwała pieczęć na jednym i przechyliła go, ukazując cenną zawartość. Metal drżał w rytmie bicia serca Anny.

– Złote listki – szepnęła.

Pół tuzina paczuszek otworzono ostrożnie i położono na stole. Ich złocista zawartość migotała jak płomyki nad brzydkim drewnianym blatem.

Artis wszedł do studia i speszył się na widok ponurej Anny.

– Oboje stójcie bez ruchu – syknęła. – Nawet jedno tchnienie może rozproszyć złote listki. Są lekkie jak pył.

Artis usłuchał. Skamieniał w drzwiach.

Catherine znalazła się w pułapce. Czy chłopiec rozpozna zdjęcie Charlesa na stole? Czy ona zdoła zwrócić na siebie jego uwagę, próbując zatuszować sprawę?

Artis powiódł po wnętrzu leniwym wzrokiem i skupił go na stole, gdzie stała oparta o pojemnik fotografia Charlesa. Zmrużył oczy, jakby ze zdziwienia lub w zastanowieniu.

Czy zobaczył Charlesa? Catherine, dręczona niecierpliwością, stała nieruchomo, czekając, aż Anna rozpakuje paczuszki ze złotem.

Arkusz papieru zsunął się ze sztalugi kapryśnie, z suchym szelestem, wzburzył powietrze. Lekkie jak piórka płatki złota wzbiły się w górę.

Anna zaklęła. Artis skoczył jej na pomoc, a Catherine – ruchem szybkim jak mgnienie – położyła ukradkiem zdjęcie Charlesa na stole. Powoli pozbierano poszarpane strzępki złota – irytująco powolna czynność, gdyż ulotny materiał wzbijał się w powietrze przy każdym nieprecyzyjnym ruchu rąk.

Julian wszedł i cicho zdjął koszulę za czerwoną zasłoną.

– Szkoda, że pan nie widział, co się stało! Wszędzie fruwało złoto. Jak czarodziejski proszek! – Artis zawsze dzielił się swoimi radościami wyłącznie z mężczyznami.

Na polecenie Anny Julian położył się na stole. Artis wsunął mu klocek pod kark, by głowa leżała prosto.

– Bardzo to formalne – zauważył Julian poważnie.

– Na miłość boską, niech mu będzie wygodnie. – Catherine łagodnie uniosła głowę Juliana i wyścieliła klocek muślinem. Potem okryła jego dolną część ciała miękkim materiałem. Kiedy Anna i Artis zajęli się pracą, Catherine śmiało pogłaskała nagi kark i ramiona Juliana. Leżał nieruchomo, jedynie jego oko zareagowało na jej dotyk.

Anna wróciła i metodycznie rozłożyła akcesoria na stole.

– Zrobienie odlewu twarzy będzie proste. To nie boli, ale może pan odczuwać pewien dyskomfort. – Zauważyła smugi tam, gdzie zakurzone palce Catherine dotknęły jego skóry, ale nie skomentowała tego. Ot tak, jakby poruszył się element martwej natury.

Anna ostrożnie wzięła paczuszkę.

– Patrz. – Uniosła ją do ust i dmuchnęła; złote płatki obsypały ramiona i pierś Juliana, jak migotliwe konfetti.

– Oszalałaś? – krzyknęła Catherine.

Anna wzruszyła ramionami.

– Nie potrzebuję twojej pomocy. Możesz odejść.

Julian poruszył się niedostrzegalnie, śledząc odejście Catherine, tak jak się śledzi ruch słonecznego światła. Jego twarz wykrzywił ból, na czole pojawiły się zmarszczki, proste jak strzały.

– Musi pan rozluźnić mięśnie twarzy, żebym mogła zdjąć bandaże – pouczyła Anna. Sprawnie odwinęła gazę i oddała

Artisowi. – A teraz zrobię z pana takiego urodziwego młodzieńca, jak niegdyś. Spokojnie.

Zanurzyła mały pędzel w oleju i pomalowała brwi, rzęsy wargi, powiekę zamkniętego oka Juliana. W jamach, utworzonych przez rany, ułożyła watę.

Artis ostrożnie rozwinął paczuszki złotych listków i postawił je w zasięgu ręki Anny. Rozbawiła ją jego przesadna ostrożność.

– Co pani zrobi z tym złotem? – spytał.

– Złote listki osłonią skórę i watę przed gipsem. Proszę się nie ruszać. – Sięgnęła pincetą po złoty kwadrat i nagle znieruchomiała. – Tu jest za dużo światła. Razi mnie w oczy.

Artis pobiegł po papier, by zasłonić nim świetlik.

Julian westchnął ostrożnie.

– Może pan unieść ręce, jeśli zdrętwiały.

Julian przeciągnął się i napięcie, wyczuwalne w pracowni, znikło.

Artis manewrował arkuszem papieru nad głową Anny, by odpowiednio rozproszyć światło. Wszyscy wstrzymali oddech, gdy pinceta uniosła złoty płatek i złożyła go na wacie na policzku Juliana. Praca była misterna, po jakimś czasie złote listki zupełnie pokryły watę. Złoty pył oprószył też czoło, wargi i rzęsy, przylgnął do oleju.

– Gotowe.

Efekt był uderzający. Julian stał się nieruchomym, ślepym posągiem o częściowo pozłoconej twarzy. Wydawało się, że złoty płyn spłynął w jamy jego twarzy i tam zakrzepł.

Anna pochyliła się nad nim, gdyż uszy Juliana chroniły kłęby waty.

– Proszę nie otwierać oczu – pouczyła. – Zatkam panu nozdrza watą. Będzie pan oddychać ustami, przez dutkę gęsiego pióra. Krzepnący na pańskiej twarzy gips będzie bardzo zimny. Wszystko to szybko się skończy. – Włożyła mu dutkę w usta. – Proszę unieść rękę, jeśli poczuje się pan źle.

Mruknął aprobująco.

Artis gwałtownie wymieszał suchy gips w plastikowej misce. Stopniowo dodawano do niego krople wody i siarczan potasu, aż masa zgęstniała. Anna natychmiast nałożyła na szpatułkę pacynę gipsu i rozsmarowała go gładko po czole Juliana. Zacisnął dłonie, walcząc z odruchem, by ją odepchnąć. Warstwy stopniowo pokrywały jego rysy. Tylko stercząca rurka znaczyła miejsce, w którym znajdują się usta.

– Gips będzie się rozgrzewał w miarę, jak zacznie twardnieć.

Pierś Juliana poruszała się gwałtownie; usiłował oddychać; Anna mocno przytrzymała go za ramiona. Po chwili jego oddech odzyskał miarowość.

– Już niedługo – powiedziała głośno, by ją usłyszał.

Artis sięgnął pod materiał i uścisnął przelotnie dłoń Juliana.

Anna dotknęła gipsu na jego brodzie, oceniła stopień stwardnienia po elastyczności i temperaturze. Delikatnie wsunęła palce pod gruby gips z jednej strony; Artis powtórzył jej gest z drugiej.

– Ciągnij!

Zerwali gipsową masę z twarzy Juliana. Ten usiadł gwałtownie z bolesnym krzykiem; jego poczerwieniałą skórę znaczyły płatki złota i grudki gipsu, ramiona się trzęsły.

Anna spokojnie zaczęła obmywać mu twarz zmoczoną szmatą.

– Już. Nie ma ani śladu. Ani śladu. Nie ma się czego bać. – Wyżęła szmatę do kubła. Chlupot wody odbił się echem w położonej głębiej grocie, gdzie w zupełnych ciemnościach ciurkała woda.

Catherine odczekała, aż pracownia opustoszeje i dopiero wtedy weszła. Znalazła na stole to, czego szukała – biały, z grubsza ukształtowany owal, chłodny i ciężki. Obróciła go w drżących dłoniach; wewnątrz zobaczyła negatywowy odlew twarzy Juliana, odwrócony, jak ryte hieroglify. Palcem prześledziła rozgwiazdę linii, zaczynającą się w kąciku oka, ślady cierpienia na wargach, głęboki trójkąt nosa.

Trzymając odlew z namaszczeniem, wtuliła w niego twarz. Jej oddech poruszył lśniącymi metalicznymi płatkami, połyskującymi w jego wnętrzu. Zamknęła oczy, wyobrażając sobie, że ta gipsowa forma – twarz Juliana – jest drzwiami, przez które przeszła w chmurze złotego konfetti, osiadającego jednako na ich ciałach.

Most z piaskowca, kanciasty i toporny, biegł nad strumieniem płynącym do najmniejszego z jezior. Julian spał na porośniętym trawą zboczu w pozie świadczącej o zupełnym odprężeniu, z jedną ręką zgiętą, osłaniającą połowę twarzy.

Catherine przyglądała mu się bez pośpiechu i ostrożności, jakby pozował specjalnie dla niej. Nie miała poczucia, że wtargnęła na cudzy teren, ponieważ Anna i lekarze od dawna odebrali mu prywatność. Cienkie bandaże lśniły sterylną bielą na skórze, podkreślały jej kolor, tak że wydawał się płonąć w gorączce.

Obudził się i sennie spojrzał na nią nieskazitelnie błękitnym okiem. Wziął jej dłoń i odwrócił, jakby znalazł rzadką muszlę. Catherine zamknęła oczy. Jego dotyk stał się misterniejszy, palce tkały i zadzierzgiwały węzły, więziły ją w sieci.

Zdołała ukryć prawdę o fotografii, ale teraz wyrzuty sumienia odbierały jej dech, rozpływały się we łzach w jej oczach, zmuszały dłonie do szorstkich, fałszywych pieszczot.

Nagle Julian odepchnął ją gniewnie.

– Nie dotykaj mnie tak.

– Co ja takiego zrobiłam?

– Dotknęłaś mnie z litością. Jak pielęgniarka.

Rozzłościła się, że ją krytykuje i odsuwa.

– Wyobraźnia cię ponosi – prychnęła zimno.

ROZDZIAŁ SZESNASTY

Zdając sobie sprawę z własnej rosnącej paniki, McCleary przebiegł przez magazyn i korytarze na pierwszym i drugim piętrze, nie odpowiadając na pytania dwóch zaniepokojonych pielęgniarek i jednego sanitariusza.

Otworzył drzwi niebieskiego salonu, zaskakując rysującego Kazanjiana. Ołówek stoczył się ze stołu, Kazanjian chwycił go w powietrzu, w pół drogi do odbicia krzeseł w zwierciadle podłogi.

– Wspaniały test. Refleks mam nadal w porządku.

– Ja swojego nie jestem już pewien – odpowiedział McCleary.

Kazanjian taktownie się z nim nie zgodził.

Jego życzliwość rozjątrzyła rozpacz McCleary'ego. Nie pozwalając się jej rozrosnąć, wspomniał ogólnie o problemach z przełożoną pielęgniarek. A kiedy Kazanjian chciał zadać kolejne pytanie, dodał:

– Zdradziły mnie moje emocje. Zacząłem się litować nad pacjentami. To dla doktora wyrok śmierci. – Złamany, czekał na reakcję Kazanjiana.

– Jest pan zbyt surowy.

– Nie. Zbyt szczery. Chciałem – zakładałem, że mi się to uda – odejść z zawodu pewien swoich zdolności. Ale ten luksus nie został mi dany.

– Tutaj każdy dzień jest egzaminem. Każda godzina. – Kazanjian przyjrzał mu się uważniej. – Ach! Coś się wydarzyło.

– Julian chciał sobie zrobić krzywdę. Przeze mnie.

– Wystarczy dopilnować, żeby nad nim lepiej czuwano.

McCleary oparł się o stół, jakby chciał zmiażdżyć swój smutek.

– Ale nie to jest najgorsze. Najbardziej niepokoi mnie, że rozumiem decyzję Juliana.

– Może się zdarzyć, że pacjent nam się wymyka. Lecząc nos pacjenta, nie leczymy jego umysłu. Na to nie ma lekarstwa. Niech pan sobie nie robi wyrzutów.

Tracę kontrolę, pomyślał McCleary. Pod powiekami widział ciepły kolor, szkarłatną wilgoć. Miał pełną świadomość, że Kazanjian nie da się zwieść obojętną miną, jaką zdołał zachować. Stopniowo zapadła między nimi kojąca cisza.

– Już bardzo późno.

– Dobranoc, przyjacielu.

Olśniewającym świtem McCleary wędrował bez celu po mokrej trawie. Mankiety jego spodni przemokły, kurtka nie chroniła przed chłodem oczu przełożonej pielęgniarek, która obserwowała go z daleka z tajoną troską.

Doktor stanął przed posągiem Diany i Akteona. Jego skazy – ziarnistość kamienia, dziobatego i szorstkiego jak kamień polny – były w tym świetle wyraźnie widoczne. *Dlaczego zawędrowałem aż tutaj, by gapić się na zniszczone kamienne głowy? Widzę tylko twarze.* Nocami w jego snach pojawiały się tłumy twarzy o oczach gniewnych i wymagających, bardziej niepokojących niż oczy prawdziwych pacjentów.

Może powinien wypocząć. Spędzić cały dzień w muzeum na przyglądaniu się bezcennym szczątkom. Albo greckim amforom z rzędami zastygłych w ruchu postaci. Twarzy bez oczu, które by na niego patrzyły.

Wrócił do swojej kwatery i powoli przygotował się do snu. Słońce spłaszczało cień żelaznego wezgłowia, zmieniało go w kolczaste czarne kształty na ścianie, dodawało poszwom i prześcieradłom olśniewającej bieli. Dostrzegał każdy ścieg na materiale, jakby spoglądał w lustro odbijające pokój wyraźniej, niż mogą go zobaczyć ludzkie oczy.

Poczucie ulgi po rozmowie z Kazanjianem znikło, jego słowa zmieniły się w bezsensowne brzęczenie, coś pulsowało w zawiłości ucha McCleary'ego, w ślimaku, spiralnym przedsionku, wyłożonym masą nerwów.

Muzyczna fraza przyniosła mu ulgę, słowa, które śpiewała jego ukochana. „Ich bin der Welt abhanden gekommen", „Jestem stracona dla świata". Gustaw Mahler. Kiedy usłyszał to po raz pierwszy, był pewien, że ukochana śpiewa wyłącznie dla niego, że te słowa są aluzją do ich bliskości. W jej głosie brzmiały uczucia. Nie istnieją słowa dokładnie oddające miłość, tak jak nie ma precyzyjnego opisu cierpienia.

Zamknął oczy. Minęły minuty, a może godziny, zanim supeł świadomości rozluźnił się we śnie. Gdyby został obdarzony większą wyobraźnią, ujrzałby, że sen unosi się nad nim jak mgła. Albo aureola.

Catherine weszła cicho do gabinetu McCleary'ego.

– Zapukałam – powiedziała przepraszająco.

Zarumieniony McCleary spytał, czy czegoś szuka, i wziął stetoskop, jakby wybierał się do pacjenta. Miał nadzieję, że to ją spłoszy. Włożył ręce do kieszeni i czekał.

– Nie podobają mi się zmiany w moim domu, ale są ciekawe. – Jej spojrzenie nerwowo omiotło pokój, szybkie jak mgnienie. – Światło jest takie samo, choć wszystkie meble wyniesiono. Ale to nieważne. – Podała mu małą kopertę. – Jestem tutaj w pewnej sprawie. Artis jest tu jedyną żywą duszą, która znała mojego męża Charlesa. Chciałabym zrobić coś dla zachowania jego pamięci. Zapłacę co tydzień dodatkową kwotę, by Artis mógł panu towarzyszyć przy badaniu pacjentów.

– To piękny gest. – Nie było sensu wspominać, że chłopiec może zostać zaciągnięty do wojska i odmawiać mu tych dodatkowych pieniędzy.

– Lepiej, żeby Artis przebywał w domu, nie w pracowni. Czasami przeszkadza Annie. Młodzieńcy potrafią być tacy nieostrożni.

– Artis nie jest.

Catherine zmarszczyła nos, uniosła brwi, sygnalizując

swoje niezadowolenie. McCleary szybko zaproponował, że oprowadzi ją po gabinetach.

Weszli do spiżarni, przerobionej na gabinet diagnostyczny.

– Pani pozwoli, że wyjaśnię – powiedział, wskazując z dumą masywną aparaturę i wyściełaną leżankę. – Pacjenci kładą się tutaj, a aparat rentgenowski odwzorowuje obraz ich ciał, całkiem jak aparat fotograficzny.

Na korkowej tablicy wisiały sztywne, jakby zamrożone, czarno-białe klisze.

– Czy mogę spojrzeć?

Nie czekając na odpowiedź, uniosła jedną do światła. Przed jej oczami ukazała się czaszka, wyraźna i jasna jak księżyc w pełni. Jej wnętrze wypełniała jakaś szara materia. Catherine krzyknęła.

– To głowa, tak? Czy to trup?

– Nie. Człowiek sfotografowany przez aparat rentgenowski. Możemy zajrzeć w głąb żywego ciała, nie otwierając go w sali operacyjnej.

– To dziwnie piękne. Mózg jest mgłą w otoczeniu kości. – Spojrzała na niego ponad kliszą. – Czy to, co widzę, jest wiernym obrazem?

– Widzi pani nietrwałą naturę tożsamości. Nos, usta, oczy – całe ciało znika. Zostają tylko kości.– McCleary przypomniał sobie słowa Kazanjiana, że kości to najszlachetniejszy materiał, z jakiego składa się ludzkie ciało. *Kości, nasz mistrz*. Palcem dotknął małego, nieregularnego kształtu, zawieszonego w czaszce. – To tutaj to szrapnel. Przyczyna obrażeń. Ta ciemna linia to pęknięcie.

Co jeszcze potrafi ujawnić ta machina? Fale emocji w mózgu? Jej potajemne pragnienie Juliana, jej kłamstwa, jej pragnienie, by Artis odszedł z posiadłości? Czy potrafi zajrzeć w jej zdradliwe czerwone serce, oplecione żyłami, ukryte w jamie jej ciała, która już niczego nie kryje? Klisza wyśliznęła się z jej palców na stół.

– Żałuję, że to widziałam. Kości pod skórą.

Doktor zrozumiał jej wstrząśnięte spojrzenie.

– To szokujące. Jakby trawę odarto z zieleni. Kiedy po raz pierwszy zobaczyłem zdjęcie rentgenowskie, w jednej chwili zrozumiałem, jak niedokładna była moja dotychczasowa wiedza o ciele.

– Dziś nic już nie jest takie samo. Cenię sobie co innego. Wszystkie moje suknie i klejnoty poszły w odstawkę. – Głos jej zadrżał. – Ale mam cel, jak wszyscy tutaj. Nie tak, jak poprzednio.

Czy spodziewała się jego błogosławieństwa?

Chciała powiedzieć McCleary'emu, że to, co uważała za niezmienne, było złudzeniem. *Pan też o tym wie, pan też to czuje.*

Wyraz jego twarzy złagodniał, jakby w reakcji na jej niewypowiedziane myśli.

– Jestem starym człowiekiem i mogę się spodziewać wyłącznie zmian.

– Ale koniec wojny już widać. To już niedługo. Gazety piszą, że z każdym tygodniem jesteśmy bliżej przebicia się przez linie wroga.

Zlekceważyła jego smutek, ale to go wzruszyło, nie obraziło. Chciał się z nią podzielić pocieszeniem, które niedawno znalazł.

– Owidiusz twierdzi, że nic na świecie nie ginie. Wszystko odnawia się w zmienionej postaci i żyje dalej. Ja w to bardzo wierzę.

– Ale pan jest doktorem. Spodziewa się pan zmian.

– Lekarze dzięki swojemu wykształceniu widzą, jak życie stopniowo podupada, i starają się robić wszystko, by zatrzymać ten proces. – Jego słowa brzmiały poważnie, ale w intonacji krył się ton pytania, które wymagało krzepiącej odpowiedzi. – Nie chciałbym mówić otwarcie, ale powinna pani pozwolić, żeby ktoś panią pocieszył.

Patrzyli na siebie przez chwilę. Potem Catherine nagle się pożegnała.

Po jej odejściu McCleary myślał o niej z czułością, której odmawiał sobie samemu. Tę kobietę naznaczyło cierpienie. W innych okolicznościach jej związek z Julianem obudziłby jego litość lub dezaprobatę, ale teraz wszelkie obiekcje wydawały się mało znaczące. Milcząco poradził jej, żeby zbierała chwile szczęścia jak kamyki, szukała odbitego w wodzie spokoju chmury, drzewa, ptaka – w całej ich chwilowej doskonałości.

McCleary prowadził Annę przez szpital; pacjenci szeptali lub witali się z nią gestem, gdyż w kitlu z szarego samodziału była łatwo rozpoznawalna. Doktor uciszył wszystkich, prosząc ich o powitanie pani Coleman, której powierzono zadanie naszkicowania portretów paru pacjentów dla celów poszerzenia wiedzy medycznej.

Ledwie skończył, a pacjenci zaczęli głośno spierać się, kto powinien być modelem pani Coleman. Głębia ich nudy była niezmierzona.

Pierwszym modelem Anny został dryblas o barach atlety. Jego szczękę przytwierdzono drutami do ebonitowych łubek, przywiązanych do głowy rzemieniami. Jego nos przebijał delikatniejszy srebrny drucik o końcach zabezpieczonych ołowianymi kulkami, rozwierającymi nozdrza. Kiedy pielęgniarka sprawdzała opatrunek, przez chwilę ukazał się rozjątrzony szkarłat jednej z ran na policzku, a ciało dryblasa stężało z bólu.

Pacjenci zdolni do poruszania się o własnych siłach obstąpili szkicującą Annę i nawet zabiegane pielęgniarki i kobiety ze służb pomocniczych zwalniały kroku, mijając to małe zgromadzenie. Stopniowo co odważniejsi zaczęli zaglądać malarce przez ramię i żartobliwie komentować powstający stopniowo szkic.

Anna prosiła o ciszę.

– Proszę się trochę odsunąć. Niech model ma czym oddychać.

– Ależ od takiego powodzenia zakręci mu się w głowie. Spuchnie mu jeszcze bardziej niż teraz.

– My tylko dbamy o jego zdrowie.

Dryblas wydał głośne stęknięcie, co zdaniem jego kolegów oznaczało, że jest ulubionym modelem Anny.

– Nie mam ulubieńców – uśmiechnęła się.

– Co, to nie będzie prezentów na Gwiazdkę?

– Masz bezwładną rękę, staruszku, a zębami też paczki nie otworzysz, bo ich nie masz – odpalił inny pacjent.

Wszyscy parsknęli chętnym śmiechem; obraźliwe żarty i niemiłosierne przytyki były w salach szpitalnych codziennością. Poczucie humoru stanowiło pancerz ochronny pacjentów, dumnych, że ich docinki nigdy nie ranią do krwi. Zdrowi nie mieli prawa do tej rozrywki; wstrząśnięte, niedoświadczone młode pielęgniarki nieodmiennie, a bez sukcesu apelowały do chorych, żeby się nawzajem przepraszali.

Parę dni później podczas sesji jakiś pacjent zaczął prosić Annę, żeby jak najszybciej skończyła pracę.

– Dlaczego, co panu przeszkadza? – Z szacunkiem złożyła dłonie na kolanach. – Czy poza jest niewygodna?

– Nie wiem. – Model był wyraźnie nieszczęśliwy. – Zanim poszedłem na wojnę, oficerowie zrobili mi pierwsze zdjęcie w życiu. Zatrzymali je. Teraz pani rysuje moją twarz. Byłem kościelnym. Nikt nie zwracał uwagi na mój wygląd. – Zwiesił głowę i dodał szeptem. – Z wyjątkiem mojej narzeczonej.

Anna dotknęła jego dłoni.

– Kiedy lekarze zrobią panu wszystkie operacje, obiecuję, że namaluję portret, który zabierze pan do domu. To będzie nasza tajemnica. – Złamała zasady McCleary'ego, ponieważ wszystkie ukończone rysunki miały być zamknięte w aktach i żaden pacjent nie miał prawa ich zobaczyć.

Wiele dni spędziła w szpitalu i przyzwyczaiła się do twarzy pacjentów, twarzy zasłoniętych najróżniejszymi łubkami, bandażami i przyrządami utrzymującymi na miejscu kości czaszki. A jednak nigdy nie pozbyła się wrażenia, że każdy z nich, okaleczonych na dramatycznie różne sposoby, jest personifikacją konkretnej wady lub choroby, tak jak przedstawiające szaleńców rzeźby w szpitalu Bethlem. Jedynie nieustanne szuranie jej kredy trzymało to chaotyczne szaleństwo w ryzach.

Gdy portrety zostały ukończone, Anna kontynuowała zamysł McCleary'ego w pracowni. Twarze tuzina pacjentów, oddzielne szkice przedstawiające ich rany – brodę, nos i górną wargę, ucho z fragmentem żuchwy, oko w wyizolowanym kawałku policzka – odciskano w gipsie. Na ścianach pracowni zawisły maski niczym makabryczne trofea. Albo maski pośmiertne o rysach skurczonych konwulsyjnie, jakby w niewypowiedzianej zgrozie.

Pewien pacjent, czekający na zrobienie odlewu maski, wyznał z wahaniem McCleary'emu, że ten szereg wiszących twarzy jest niepokojącym widokiem.

– Ciekawe, dlaczego pana denerwują po tym wszystkim, co pan widział – odrzekł McCleary.

Pacjent, mężczyzna w średnim wieku, najwyraźniej zażenowany, że skarży się doktorowi, cicho wyjaśnił, że te maski wyglądają gorzej niż prawdziwe twarze. McCleary natychmiast zrozumiał, że niemiłosierny biały gips jest pozbawiony wielu tuszujących właściwości skóry.

– To kostnica nadziei – wymamrotał inny pacjent, stojący cicho w głębi pracowni.

Kazanjian powiódł wzrokiem po gipsowych twarzach.

– Gorgona. Jaskinia Meduzy – mruknął i zamilkł, pogrążony w zamyśleniu.

Anna reagowała nadmierną drażliwością, gdy krytykowano ją w pracowni, ale pozostawiła ten komentarz bez odpowiedzi. Od czasu ich rozstania Kazanjian zachowywał się zaskakująco dwornie, choć spodziewała się, że zareaguje na odtrącenie gniewem lub zimną obojętnością. Czasami pragnęła jego towarzystwa i natychmiast czuła do niego jeszcze większą urazę, jakby jego władza nad nią znowu znalazła potwierdzenie.

Podejrzewała, że ta jego cierpliwość jest uparta i nieskończona, choć niełatwo było przeniknąć jego myśli. Był cudzoziemcem.

Parę tygodni wcześniej Kazanjian i McCleary leczyli ciężko rannego żołnierza, którego szrapnel pozbawił nosa. McCleary – jakby odcieleśniony, skupiony w samym spojrzeniu, zastanawiał się nad miejscem przyszłego przeszczepu, ze wszystkich stron oglądając jamę na twarzy pacjenta. Przewidywał delikatne ściąganie skóry przez szwy, opór tkanek, proces rekonwalescencji rozłożony na dni i tygodnie.

Jedną z możliwości była metoda opracowana przez Dieffenbacha. W zabiegu tym uniesioną rękę pacjenta umieszcza się w pobliżu głowy i przymocowuje skórzanymi pasami i gipsem. Długi, wąski pas skóry wycina się ze spodniej strony ramienia, naciąga na miejscu, gdzie znajdował się nos i przyszywa koniec. Ten skórny „most" wraz z ramieniem pacjenta zostają w tej pozycji przez parę tygodni, dopóki nie przyjmie się przeszczep. McCleary wahał się, wiedząc, że pacjenci panicznie boją się tak długotrwałej terapii.

Szukając porady u Mondeville'a, McCleary znalazł jedno zdanie: „Każdy, kto uważa, że to samo jest skuteczne dla każdego, jest wielkim głupcem, ponieważ leczy się nie cały rodzaj ludzki jako taki, lecz pojedynczych osobników".

Zbadał pacjenta po raz drugi i postanowił zrekonstruować jego nos za pomocą płatów rurowatych, metody przeszczepu opracowanej na podstawie pochodzących sprzed stuleci technik indyjskich. Kazanjian przygotował serię rysunków, które szczegółowo ukazywały kolejne etapy operacji.

W jej trakcie z czoła pacjenta wycina się wąski płat skóry; zszywa się go w formie rury i czeka na zagojenie. Po czternastu dniach drugi koniec „rurki" układa się na miejscu, gdzie niegdyś znajdował się nos pacjenta, i przyszywa jedwabnymi nićmi chirurgicznymi do górnej wargi i policzków. Dopóki świeży przeszczep się nie przyjmie, płat skóry pozostaje nieodcięty od czoła, by krew mogła krążyć. Aby nowy nos się nie skurczył, wykłada się go skórą przeszczepioną metodą Thierscha.

Pacjent znosił ból bez skargi, choć blizna na jego czole była szkarłatna i pulsująca. Jeśli nowy nos się nie przyjmie, pozostaje jeszcze przeszczep Dieffenbacha, choć także bez gwarancji sukcesu. Innych opcji nie było.

Odtwarzanie części ciała to cały proces; potrzeba kilka operacji, oddzielonych od siebie czasem o rok, zanim nowy nos zyska odpowiedni kształt, jego grzbiet zostanie wzmocniony autoprzeszczepem chrząstki, a pacjent będzie mógł oddychać przez niego bez trudu. Nowe brwi tworzy się, przeszczepiając owłosioną część skóry zza uszu. Delikatny masaż, łagodne ogrzewanie i nakłuwanie igłami wspomagają rekonwalescencję.

Od przeszczepu minęło już wystarczająco wiele czasu, by można było go ocenić. McCleary pochylił się nad pacjentem i spojrzał mu odważnie w oczy. Strapiona mina chorego – mięsień marszczący brwi – wygładziła się. McCleary zawsze odbierał wyczekujące spojrzenia milczących obserwatorów wokół pacjenta jako presję. Zerknął na zaglądającego mu przez ramię Artisa – poważnego i zatroskanego – i rzucił mu najbledszy z uśmiechów.

Starannie, powoli odwijał bandaże, wyczulony na najsłabszy odór, zdradzający obumarcie tkanek. Uniósł ostatnie krzyżujące się pasy gazy. Ukazał się bardzo prymitywny, nieco opuchnięty nos, lśniący ciemnoróżowym kolorem zdrowej skóry. Jednocześnie wśród widzów rozległ się pomruk ulgi.

– Na razie nie może pan zobaczyć swojego odbicia, ale proszę mi wierzyć na słowo: operacja powiodła się doskonale.

Pacjent nie mógł mówić z powodu ran, ale ulga odzwierciedliła się w całym jego ciele, a wdzięczność wyraziły odwrócone wnętrzem do góry dłonie – gest błogosławieństwa.

Nagle McCleary poczuł, jak przez całą salę przechodzą fale radości i emocji, jedna za drugą, jakby aktorzy w filmie bezgłośnie zareagowali na coś, co wydarzyło się w ich tajemniczym czarno-białym świecie, coś niedostrzegalnego dla widzów z krwi i kości.

McCleary poczuł cichą przyjemność, kiedy profesor z miejskiego szpitala poprosił o rysunki i modele, ilustrujące metody chirurgiczne, jakie opracował podczas swojego pobytu w posiadłości. Rozumiał, że jest to hołd złożony jego pacjentom, uświęcający ich wkład w wielką historię chirurgii.

Nie miał złudzeń co do długodystansowego znaczenia jego wkładu w naukę. Przewidywał, że będzie równie nietrwały, jak ciało. Czas obmywa twarz, zmienia ją, tak jak woda zmienia kamyk lub muszlę. Wszystko może się zużyć, zniszczyć. Wszystko jest tymczasowe. Był świadkiem pięknej i przelotnej delikatności ciała, znał kąty, pod którymi może się złamać kość, znał wytrzymałość skóry, okrywy cienkiej jak papier. Dla Kazanjiana czas przebiegał w innym tempie, odmierzany przez powolne, niewidoczne zmiany w kościach. Ukryta wiedza.

W przyszłości chirurdzy zyskają niemal boską moc, ich wzrok i zręczność dłoni wspomogą precyzyjne przyrządy, twarze będą leczone fantastycznymi metodami i materiałami. Skórę zacznie się uprawiać łatwo jak mech, poza ciałem, albo przeszczepiać z jednej twarzy na drugą tak łatwo, jakby przyszywało się płat jedwabiu. Sama barwa i tekstura skóry się zmieni. Kości i zęby będą rosnąć jak koralowce w lagunie ust. Infekcje zostaną opanowane, żyły i nerwy będzie się zszywać nićmi cieńszymi od pajęczyny, będzie można nawet odtworzyć misterne mięśnie odpowiedzialne za uśmiech czy wręcz dołeczki w policzkach.

Medycyna jest nauką dziwnie osobistą, a jednak anonimową. Choć każda chirurgiczna procedura ma swojego wynalazcę, bardzo niewielu chirurgów rozsławiło swoje nazwiska. McCleary zdał sobie z tego sprawę jako student, kiedy pokazano mu rzadką i cenną książkę autorstwa Ackerknechta. Były w niej przykłady wszystkich szwów, znanych do osiemnastego wieku. Każdy z nich prezentowano na przyklejonych do stron zszytych nitką kawałkach skóry, ale twórcy tych szwów nie zostali wymienieni. Niektóre ze szwów były nadal w użytku, przeznaczenia innych nie sposób było odgadnąć, a plątanina ścisłych nitek była niezrozumiała jak nieznany język.

Te szwy powstały po setkach godzin mozolnych obserwacji i prób, a ich twórcy pozostali anonimowi jak budowniczowie wielkich katedr.

McCleary starannie zorganizował plan zajęć, wygospodarował połowę dnia i wieczór w środku tygodnia i zaznaczył je w kalendarzu czerwonym zerem. Żadnych nazwisk, żadnych szczegółów. Na spotkanie, o którym nie powiedział nikomu, pojechał do miasta pociągiem.

Cztery godziny później, siedząc na czerwonej sofie pod obitą aksamitem ścianą, wymienił się uprzejmościami z panem Geddesem, dystyngowanym dyrektorem komisji wojskowej i znajomym swojego chrześniaka. Po długim posiedzeniu przy kolacji zbadali możliwość posiadania wspólnych znajomych i porównali wieści z frontu.

W końcu McCleary nerwowo wyłożył argumenty przemawiające za zrobieniem dla Artisa wyjątku w sprawie służby wojskowej. Trudno jest znaleźć opiekunów dla pacjentów rannych w twarz, gdyż niewielu lekarzy i niewiele pielęgniarek wytrzymuje ten widok. Ten młodzieniec już udowodnił, że jest zdolny do usługiwania pacjentom, dla których prawie nie ma nadziei na powrót do świata. McCleary z zaskoczeniem usłyszał drżenie własnego głosu.

– To na nic. – Geddes powoli odłożył widelec. – Sanitariusze, asystenci, praktykanci, pielęgniarze – nikt z nich nie jest niezastąpiony. Potrzebujemy każdego żywego ciała.

– Czy nie można by przenieść tego młodzieńca do innego szpitala, na przykład do pracy urzędniczej?

– Obecnie rozkazy wymagają, by nawet żołnierzy z chorobami nerwowymi rehabilitować, zwalniać ze szpitali i wysyłać na front. Najtrudniejsze przypadki leczy się wstrząsami elektrycznymi. Proszę mi wierzyć, żołnierze wkrótce dochodzą do wniosku, że wolą wrócić do walki niż kontynuować takie leczenie.

Poczucie godności i dystansu gwałtownie opuściły McCleary'ego, który nagle chwycił dłoń Geddesa.

– Błagam pana. Ten chłopiec jest dla mnie jak syn.

Geddes odsunął się, oparł na sofie. Od dawna przyzwyczaił się do odrzucania próśb.

McCleary przez parę chwil wpatrywał się w niego nieruchomo. Był przekonany, że patrzy na twarz człowieka, który skazał Artisa na śmierć. Wreszcie, ze sztuczną pewnością siebie, skinął na kelnera po rachunek.

Palce i oczy McCleary'ego nie mogły się pozbyć napięcia po operacji, choć już dawno wyszedł z sali. Nie zawiódł podczas pracy, jego ręce były zręczne i sprawne jak dłonie tkaczki, każdy szew był linią jaskrawej krwi, zwięzłą jak włókno. Teraz nie umiał już czerpać ani ulgi, ani zadowolenia z wykonanej pracy. Widział przed sobą niekończący się szereg rannych, sztywnych i obcych sylwetek niczym wojownicy z arrasu.

Wyprostował się z wysiłkiem, i dla odwrócenia uwagi spojrzał na mięsiste fałdy lnianych ręczników na szafce. Na dworze spękane chmury wydawały się cięższe od wysokich okien, które zamykały je w swoich ramach. Przez chwilę słaby zapach eteru i butelkowozielony mrok tapety znikły, a doktor uniósł się w stronę kłębiastego, fiołkowego zachodu słońca.

Kazanjian zawołał do McCleary'ego z sąsiedniego pokoju i razem przeszli przez zaniedbany korytarz, którym niegdyś chodziła wyłącznie służba. McCleary był w takim nastroju, że gdy boleśnie uderzył stopą o nierówne deski podłogi i musiał iść schylony pod niskim sklepieniem, uznał, iż budowa tego korytarza jest afrontem obmyślonym specjalnie dla niego.

W jadalni McCleary usiadł przy stole, czekając na pozbawiony smaku posiłek.

– Nie poruszajmy ważnych tematów. Nie mam dziś do nich zdrowia.

Kazanjian zerknął na niego, jakby szacując jego wytrzymałość.

– Nie będzie miał pan zdrowia, jeśli kucharz i te bestie rozdzielające żywność dalej będą się tak zachowywać.

– Chwalić Boga, herbaty nie wykreślono z jadłospisu – mruknął McCleary.

– Herbata niedługo znajdzie się na liście towarów racjonowanych. W mieście wprowadzono nowe restrykcje. W restauracjach wolno podawać mięso tylko dwa razy w tygodniu. Brandy za specjalnym zezwoleniem. Podczas ślubów nie rzuca się ryżem. Karmienie gołębi karze się grzywną.

– Zgadzam się co do karmienia gołębi. Te ptaki urażają gust każdego smakosza. Dobrze choć, że racjonowanie żywności nie dotyczy naszych pacjentów. Jajko dziennie i tyle śmietany, ile zdołają wypić.

– Jadają lepiej niż personel. Choć nawet nie przyszłoby mi do głowy narzekać. – Kazanjian uniósł przykrywkę z rondla na stole, spod którego buchnął obłok mdłej pary. Nalał zupy do talerzy.

– Dobre wino znacznie poprawi smak. – McCleary przestał się zmuszać do jedzenia. – Dla zaostrzenia naszych apetytów odtworzę z pamięci menu pewnego doniosłego posiłku w Ritzu sprzed lat. A zatem... Na przystawkę był kawior. Potem *boudin grillé. Ailerons de voilaille à la tzar.* Nie, cofam to, ja zamówiłem kotlet z cielęcia karmionego wyłącznie mlekiem i żółtkami. Pamiętam, że mięso było białe jak płótno. Sos był ciemny od trufli z Perderaux.

Zastanowili się wspólnie nad wyborem win: Corton 1878, Romanée 1887. Kazanjian zaproponował dwa szampany: Moët Brut 1884 i Grande Fine Champagne des Tuileries. Godny sommelier, za dnia występujący w szarym surducie, a wieczorem w czarnym smokingu, miał zawsze gotowe ulubione roczniki doktora McCleary'ego, nawet jeśli od jego ostatniej wizyty upłynęły lata.

Ich łyżki szczęknęły o puste talerze.

– Oto koniec uczty – powiedział Kazanjian.

– Słowa i wspomnienia muszą nam wystarczyć, bo najwspanialsze zagraniczne restauracje zostały zamknięte. Całe pokolenie kucharzy padło w boju. Kolega z Neuve Chapelle powiedział mi, że zamknięto Maison Doreé, a personel przeniesiono do restauracji na Île de Jarre w pobliżu placu pojedynkowego. – McCleary uśmiechnął się gorzko. – Nigdy nie przypuszczałem, że będę tęsknić za *duel à volonté.* Kolejna zapomniana sztuka.

McCleary szukał Artisa, chcąc go zapewnić, że zajmuje się sprawą jego powołania. Nie było sensu mówić mu o braku sukcesu; determinacja, by zatrzymać chłopca na terenie posiadłości zagłuszyła jego wątpliwości co do przekazywania półprawdy.

Dni mijały, a on nie mógł porozmawiać z Artisem sam na sam. Nieustannie odwoływano go do nagłych wypadków. Czas uciekał. McCleary uciął tę ostatnią myśl gładko jak nić chirurgiczną.

Przypominając sobie, że Artis ma w zwyczaju wypraszać od kucharzy dokładki, McCleary wszedł do kuchni. To ogromne pomieszczenie było cieplejsze niż reszta domu, gdyż w ogromnym piecu nieustannie palił się ogień. Ciepło rozluźniało; doktor powiódł wzrokiem po zwykłych, domowych przedmiotach: łyżkach, sitach, miskach. Wydawały się jakieś dziwne, jakby pochodziły z innego świata. Zaledwie parę drzwi dalej, na drugim końcu korytarza, szczękały lekarskie przyrządy, a w sali operacyjnej syczały pompy anestezyjne.

Minął wiszącą pod sufitem baterię rondli, z przyjemnością patrząc na ich lśniące obłości – pęk miedzianych kształtów. Stara pompa stała na dwóch głębokich kamiennych zlewach; ciurkająca od dziesięcioleci woda wyżłobiła w granicie rowek, tak jak noże stopniowo nacinają deskę do krojenia. Dźwięcząca cisza pomieszczenia została nagle przerwana dobiegającą ze spiżarni kłótnią kucharza z kwatermistrzem.

Na zewnątrz McCleary zapalił papierosa z Brownlowem; zauważył, że jego ręce się trzęsą i otacza go chmura eteru, znajoma jak zapach trawy. Spytał o wiadomości o Artisie.

– Kiepsko sobie radzi – odpowiedział Brownlow. – Kiepsko i bez przekonania, jak każdy żółtodziób, wezwany na front.

– Wstawiłem się za nim u władz, by pozwolili mu służyć w szpitalu. Nie dostałem odpowiedzi.

– Mógłby powiedzieć, że jest wariatem.

– Jak my wszyscy.

– Mógłby pracować w szpitalu w Maghull. Tam przynajmniej pacjenci by go nie szokowali, to zwyczajni szaleńcy.

– Na tym etapie wiele by trzeba, żeby zaszokować Artisa. – McCleary zastanawiał się przez chwilę. – Brownlow, poproszę pana o przysługę. Proszę nie wypuszczać Artisa na wojnę. Nie zniosę kolejnej ofiary.

Brownlow obejrzał się przez ramię na dom. Jego zamglone oczy otrzeźwiały.

– Niech Bóg go broni przed posłaniem w te cholerne okopy.

– Uruchomiłem wszystkie swoje znajomości w wojsku. Nikt mi nie pomógł. Boję się, że nic nie zrobią. – McCleary wiedział, że Brownlow jest powiernikiem tajemnic, pośrednikiem handlowym, może nawet zamieszanym w czarny rynek. Zawsze przymykał na to oko. Myśl o wejściu z nim w bliskie kontakty wydała mu się niepokojąca, ale nie miał wyboru.

– Jak to można zrobić?

– Zostawiam to w pańskich rękach. Ten chłopiec musi być bezpieczny, ma nigdy nie opuścić tego miejsca. To musi wyglądać na wypadek. Chyba się rozumiemy?

– Zgoda. – Pozbawiony wesołości uśmieszek Brownlowa był skierowany nie do McCleary'ego, lecz do jakiegoś tajemniczego wydarzenia w przyszłości.

– Życzę panu powodzenia. Wszystkim nam życzę powodzenia.

W długiej drodze do swojej kwatery McCleary postanowił pozbyć się troski o Artisa. Teraz polegał wyłącznie na Brownlowie.

Na polach niedawno znowu postawiono słupy telegraficzne, a zwisające między nimi druty łączyły dwór z punktami sanitarnymi, stacjami kolejowymi, polem bitwy. Może to waga wieści, pędzącej tymi cienkimi drutami, nie pozwalała słupom się przewrócić.

Zaskoczony cichym odgłosem, podszedł do słupa i przyłożył do niego ucho. Czy naprawdę coś usłyszał? Jakiś brzęk, wibrację? Czy te druty śpiewają?

Zmarszczył brwi, potrząsnął głową, by pozbyć się tego wrażenia, ale było ciągle wyczuwalne, zapadło mu w kości, ujawniało się w każdym ulotnym, zmiennym obłoku oddechu.

ROZDZIAŁ SIEDEMNASTY

Lęk przed zdemaskowaniem rósł, nie miał granic, był zamglony jak nieostre zdjęcie. Catherine bardzo mało jadła, posiłki nie miały nic wspólnego z głodem, ubranie drażniło skórę. „Jestem lunatyczką, która boi się wieczoru", powiedziała Julianowi, kiedy wyraził swoją troskę. Pozwoliła mu się pocieszać, nie dodając nic więcej.

Osamotniona w swoim oszustwie, szukała McCleary'ego, który wydawał się bardziej kruchy niż dotąd, i wyświadczała mu drobne uprzejmości: zostawiała pudełka świec, butelki wina, humidor z drewna owocowego, zrobiony na zamówienie męża. Pakowanie tych prezentów sprawiało jej ulgę.

Pewnego wieczoru zastała McCleary'ego samego w pokoju jadalnym.

– Musi pan oddychać swobodniej, kiedy zapada cisza.

Przestraszony, podniósł głowę znad herbaty.

– Tak, na Boga. Proszę mi wybaczyć. Zbyt dużo dziś widziałem. – Uprzejmość była ponad jego siły. – Jeszcze jeden obchód i sen. Dziś jestem bardzo zadowolony, że przełożona przyćmiła światło lamp. Moja praca staje się przez to łatwiejsza.

– Łatwiejsza? Dlaczego?

– Biorę pacjentów za ręce, daję im fizyczne ciepło, żeby wiedzieli, że jestem przy nich. Moją twarz kryją ciemności. –

Jego głos ochrypł. – Czasami, gdy jestem zmęczony, nie mam wątpliwości, że błyskawicznie odczytują moje emocje.

Catherine spytała, czy pacjenci wyczuwają jego uczucia dotykiem.

– Gdy badam pacjenta, darowuję mu się. Jestem świadkiem. – McCleary nie odpowiedział na pytanie, a jego słowa wydawały się wzięte jakby z innego dialogu. – Gdy pytam o ich samopoczucie, zapewniają, że jest wspaniałe, ale wiem, że kłamią. Człowiek może się uśmiechać, ale jego oczy pozostają smutne. To dziwne, ale przekonałem się, że górna połowa twarzy jest bardziej subtelna i prawdomówna niż wargi.

Rozmowa o takich rzeczach z kobietą – cywilem – nie leżała w charakterze McCleary'ego. Zdziwił się sobie, że zmodyfikował drastyczność tematu, żeby jej nie razić. A może, żeby nie razić siebie? Przyjrzał się Catherine.

Nie odpowiedziała. Wyglądała przez okno, na światło letniego słońca, ciągle w pełni swojej intensywności.

– Jest pan doktorem, ale pańskie słowa mnie nie pocieszyły.

– Słusznie. Stałem się niezdolny do pocieszania kogokolwiek. Utraciłem dar kłamstwa. Prawdę mówiąc, nie mogę nawet uratować Artisa, choć próbowałem.

– Pójdzie na wojnę?

– To tylko kwestia czasu. – McCleary zauważył, że policzki kobiety lekko nabrzmiały, mimowolna reakcja, zdradzająca ulgę.

Przez okno przyglądał się, jak Catherine opuszcza dom. Gdy jej postać utraciła wyrazistość, nabrał wrażenia, że spodziewała się ataku. Bała się. Nieba czy obcych ludzi? Rąk sięgających po pistolet czy cegłę? Mężczyzn. Wrogów. Intruzów.

*

Ranni przybywali do szpitala coraz liczniej, bolesne świadectwo kolei wojennych losów. Każdej nocy na trawniku koło głównych drzwi kładły się prostokąty światła, rozświetlone dywany, po których poruszały się cienie, spieszące do wyładowanych automobili, ambulansów, ciężarówek.

Każdy zakątek domu tętnił ruchem, nawet opuszczone zachodnie skrzydło, gdzie za grubymi, nierównymi szybami piętnastowiecznych okien poruszały się światła latarni odkrywców podbijających nowe terytoria dla pacjentów.

Zaadaptowano stary browar i chatkę ogrodnika; łóżka wnoszono przez wąskie drzwi, manewrowano nimi niezręcznie w ciasnych pokojach. Nad nimi zwisały – kruche i nietykalne – pęki ziół, które ogrodnik związał linką i powiesił pod sufitem do wyschnięcia.

Szczupły dobytek Juliana – scyzoryk, akcesoria do pomiarów, szkicownik, kompas, kieszonkowa powieść Wellsa, wydrukowana na indyjskim papierze – pospiesznie spakował znękany sanitariusz o czerwonej twarzy, który oznajmił, że Julian przenosi się na górę. Wcisnął chaotyczne zawiniątko w ramiona Juliana. Miłego dnia.

Miejsce dla Juliana znajdowało się w służbówce na najwyższym piętrze – małym, zakurzonym pokoiku ze stareńkim kalendarzem na ścianie, pustymi kuframi i jaśniejszymi kwadratami na podłodze, gdzie niegdyś stały nieznane meble.

McCleary dyskretnie poprosił kwatermistrza o przeniesienie Juliana, wyjaśniając, że jest on już sprawny, a łóżek brakuje. Nie wspomniał o mroczniejszej możliwości, że jeśli zdrowie Juliana się pogorszy, straszliwie przygnębi to innych pacjentów. Lepiej było go izolować.

Catherine obudziła się o szarym świcie, sparaliżowana, ze sztywnymi mięśniami, jakby pogrążyła się w wodzie i nie mogła pływać, by ratować życie. Dokładnie nad nią, na podłodze strychu leżały lustra płaskie jak kartki papieru na stole albo pokrywa lodu na jeziorze. Ich powierzchnie lśniły złośliwie. Znowu wróciło czekanie.

Nie potrafiła wrócić do pracowni. Dni upływały jej w samotności, jeśli nie liczyć przypadkowych nic nieznaczących rozmów z pielęgniarkami lub sanitariuszami. Pewnego popołudnia pielęgniarka rzuciła jej w przelocie, że wizytujący urzędnicy rozmawiali z paroma pacjentami; być może ma to coś wspólnego z ich rentami. Catherine założyła, że Julian znajdował się w tej grupie. Szczerze mówiąc, nie spieszyła się do spotkania z nim.

Z jednego z magazynów wyniesiono cenny chiński parawan. Rozłożono go. Stanowił dla Catherine nowy obiekt obserwacji. Szklista laka była czarna jak lawa, a ozdobne stawy i pagody pozłocono tak hojnie, że zniekształcone odbicie Catherine lśniło na trzech połączonych ze sobą panelach, zapewniając ją, że nadal istnieje, nadal rzuca cień.

Ośmielona, zaczęła szukać towarzystwa. Przez parę godzin siedziała na korytarzu gobelinowym, zwijając bandaże wraz z rozdygotaną dziewczyną ze służb pomocniczych, która nieustannie paplała, jak bardzo pragnie mieć nowy kapelusz i jak tęskni za cukrem od czasu, kiedy jest racjonowany. Catherine nigdy nie znajdowała wytchnienia w towarzystwie kobiet, więc zdziwiła się swoją reakcją na gadaninę dziewczyny.

Catherine krążyła po ścieżce wokół pracowni, nie mogąc się zdobyć, by wejść do środka. Była pewna, że lada chwila Artis rozpozna w masce rysy Charlesa. W tym przekonaniu utwierdzała ją każda gałąź, która chwytała ją za suknię, każdy kamień, który zatrzymywał jej stopy. Wszystko starało się nie dopuścić do tej konfrontacji. Na próg pracowni stąpnęła ostrożnie, jakby miał się pod nią załamać.

Zabrała się do pracy, kryjąc się w cieniu, za zamaszystymi

ruchami szczotki, szmaty i pędzla. Artis asystował Annie, a Catherine skupiła na nim całą swoją siłę woli; chciała usztywnić jego ręce, kark i ramiona, oślepić go, odwrócić jego uwagę.

Odlew twarzy Juliana został mozolnie wyrzeźbiony i skorygowany, by przypominał fotografię Charlesa. Następnie zrobiono gliniany odlew pozytywowy. Artis i Anna ostrożnie przytrzymali gipsową formę, pełną płynnej gliny, i umieścili ją między dwoma klockami na stole. Anna z ostentacyjną pewnością siebie ułożyła na nim nakrytą płótnem deskę, szybko odwróciła ją wraz z odlewem i położyła na stole.

– Jeśli glina była zbyt gęsta lub rzadka, albo zawierała powietrze, pęknie przy wyjmowaniu. – Stuknęła rękojeścią noża, by odlew oderwał się od formy.

– A teraz odsłońmy twarz, którą stworzyłam.

Obiema rękami delikatnie potrząsnęła formą, by oderwać glinę; twarz powoli, ciężko wysunęła się na zewnątrz.

Catherine zdusiła krzyk.

Na stole leżała szara, gliniana twarz Charlesa, jakby wynurzyła się z blatu. Prawe oko było przymknięte, jakby spał. Tam, gdzie zranioną część twarzy Juliana kryła wata, glina była bezkształtna, nieregularna, jakby ktoś zerwał ze ściany tapetę.

– Czy mogę spojrzeć? – odezwał się Artis z drugiego końca stołu.

– Podejdź.

Catherine czekała z ustami zaciśniętymi w cienką kreskę. Napięcie usztywniało jej twarz i ręce, aż wreszcie nie wytrzymała.

– Co widzisz? – spytała.

Artis przyjrzał się spokojnie glinianej twarzy, nie zwracając uwagi na obie kobiety. Mógłby ją zniszczyć najdelikatniejszym naciskiem palca. Jego dłoń zawisła nad nią, jakby przygotowując się do ciosu.

– Ta maska jest niedobra.

– Co się stało? – zabrzmiał przerażony głos Catherine.

Artis był wyraźnie zaskoczony.

– Nie sądziłem, że Julian będzie tak wyglądać.

– Sądzę, że każdy z nas ma własne wyobrażenie o prawdziwej twarzy Juliana – odezwała się Anna.

Ale Artis nie dał się przekonać. Odwrócił się i spojrzał pytająco na Catherine. Nie odpowiedziała, skamieniała. Wzruszył ramionami.

Catherine wodziła wzrokiem od Artisa do Anny, wstrząśnięta, niedowierzająca. Maska oszukała ich oboje. Charles był bezpieczny. Zdała egzamin.

Otaczająca maskę aura niebezpieczeństwa ulotniła się, znikła jak wytarta gumką. Maska stała się płytkim owalem, przedmiotem użytkowym, jak metalowa łyżka, którą podnosi się do ust. Narzędzie pełniące funkcję twarzy.

Catherine nagle zapragnęła roześmiać się głośno, zmącić powagę tych dwojga, ich uroczyste zamyślenie. Nagle usłyszała własny drżący głos, zapraszający ich oboje na kolację w sali paradnej. Otworzy najstarsze wina z piwniczki, podaruje obojgu szczególnie cenne srebrne przedmioty.

Wszystko to, by świętować podstęp.

Każda marynarka Charlesa była uszyta po dwunastu miarach u krawca w Poole; mierzono lnianą podszewkę, przymocowywano fastrygą poduszki i zaprasowywano materiał, by ciało nabrało idealnych męskich proporcji.

Catherine rozpakowała pelerynę Charlesa i wtuliła twarz w fałdy materiału przy kołnierzu. Spodziewała się poczuć eau impériale, jego ulubioną wodę kolońską. Wełna. Tylko zapach wełny. Jej palce potarły szew na kołnierzu, jakby znajdował się w nim ukryty szyfr.

Zaniosła ubranie Charlesa w walizce do nowej kwatery Juliana i stanęła w progu, zaskoczona brakiem światła i nielicznymi meblami. Nie było nawet zamka w drzwiach, choć tak niedawno w tym pokoiku mieszkała służba. Zarzuciła kilka marynarek na oparcie jedynego drewnianego krzesła, aż omal się nie przewróciło pod ich ciężarem. Na słupku łóżka powiesiła kapelusz od Truefitta. Laski, znoszone haftowane kapcie i para oficerek stanęły w rzędzie pod małym, wysokim okienkiem. Nawet jeśli Julian się domyśli, że to ubrania jej męża, nigdy nie zada tego pytania i będzie je nosić, by sprawić jej przyjemność. Mężczyzna powinien zmieniać odzienie z większą swobodą niż kobieta.

Kiedy skończyła, z dumą spojrzała na manifestację swojej hojności: marynarki na wieszakach, balansujących na gzymsie kominka, jeszcze noszące lekkie zarysy ciała innego mężczyzny.

Anna nie znosiła miejsca, w którym rządził Kazanjian oraz jego obcesowości. Całą kolekcję jego materiałów – bezbarwne płyny, kubki i przyrządy, przypominające kruche zabawki – wniesiono do jej pracowni. Umieściła te przedmioty w kategorii darów, mających ją udobruchać. Męskie drobiazgi. W odpowiedzi przeniosła własne przyrządy na drugi koniec stołu. Chciała w ten sposób pozbawić się przyjemności oglądania go przy pracy, gdyż jego ręce były zwinne i pełne gracji.

Z kolei Kazanjian obserwował jej manewry bez słowa, w jej obecności zachowywał się wyraźnie oficjalnie i ze skrępowaniem. A jednak, uprzedzając ją, przesuwał po stole ołówek, pędzel lub szpachelkę, by znalazły się w jej zasięgu. Kiedy zrobił to po raz pierwszy, Anna przez chwilę nie wiedziała, co począć z rękami. Spojrzeli na siebie; jej oczy zamgliły się zażenowaniem.

Gliniany model twarzy Juliana jeszcze raz odciśnięto w gipsie i pokryto żółtawą parafiną – przygotowanie do ostatniego etapu, posrebrzania. Woskowa warstwa złagodziła ostre krawędzie gipsowej twarzy, nadała im miodową gładkość, upiornie upodobniła do ciała.

Pędzelek z cienkiego wielbłądziego włosia lekko zadrżał w dłoni Anny, oprószającej gipsową twarz Juliana sproszkowanym grafitem. Strząśnięte z pędzelka nieważkie cząsteczki unosiły się w powietrzu wokół niej, falowały niczym wodorosty w morzu. Pyłek spływał w dół, osiadał na rękach i ramionach Anny jak czarne, fantastyczne porosty.

Cofnęła się o krok, by ocenić maskę – nos, kości policzkowe i brodę lśniące od brązowego proszku, dzięki któremu wydawała się zrobiona z materiału o wiele odporniejszego niż gips.

Artis niechętnie usunął się z drogi, gdy dwaj sanitariusze postawili na ławie nieporęczną metalową skrzynię i akumulator, a potem podłączyli ją do prądnicy. Dali mu opryskliwie do zrozumienia, że nie jest im potrzebny, więc zbliżył się do Anny i Kazanjiana.

– Dziś zrobicie srebrną maskę?

Zajęci przy zagraconym stole, skinęli tylko głowami. Ponieważ widać było, że Artis czeka na bardziej szczegółową odpowiedź, Kazanjian oznajmił, że gipsowy model twarzy Juliana zostanie zanurzony w ołowianym tyglu.

– Tylko żebyś go nie dotykał. Płyn, który się w nim znajduje, to kwas siarkowy.

Kazanjian włożył efektownym gestem grubo watowane rękawice; wydawało się, że z jego przegubów wyrastają ręce olbrzyma. Choć były tak niezdarne, zręcznie zanurzył zawieszoną na drutach twarz w kwasowej kąpieli i zawiesił ją na haku katodowym. Anna podejrzewała, że ten misterny rytuał miał wywrzeć na niej wrażenie.

Artis zbliżył się ostrożnie; Kazanjian zwrócił mu uwagę na dwa migoczące czerwonozłote metalowe kwadraty, zanurzone w tyglu koło gipsowej twarzy.

– Te dwie blachy miedziane są połączone drutami

z anodą. Akumulator tworzy prąd elektryczny, który nanosi miedź na maskę.

Anna dołączyła się do wyjaśnień:

– Wosk się stopi i maska Juliana pokryje się miedzią. Warstwą cienką jak skorupka jajka. Ostatnia warstwa srebra będzie niemal nieważka. Doda masce połysku.

Parę dni później Kazanjian rozpuścił czyste srebro najpierw w kwasie azotowym, potem w wodzie destylowanej, dwie części na dwadzieścia osiem. Kiedy do kolby dodano cyjanek, płyn zawrzał jak za dotknięciem czarodziejskiej różdżki i stał się nieprzejrzysty. Pokrytą miedzią maskę zanurzono raz jeszcze.

Do obserwowania ostatniego etapu procesu zaproszono McCleary'ego. Usiadł zgarbiony na stołku, oparłszy stopy na szczeblu między drewnianymi nogami. Od razu zauważył napięcie między Anną i Kazanjianem oraz to, że zwracała się do niego napastliwie.

Kazanjian zaczepił hak o maskę w tyglu i uniósł ociekającą twarz, jak ściętą głowę. Złożył ją na kamiennym blacie; spłynęła z niej kałuża kwasu. Maska stała się twarda, w jej blasku zginęły wszystkie cechy charakterystyczne.

– Ten przedmiot ma jakąś dziwną urodę – powiedziała cicho Anna.

Cisza zaczęła ciążyć McCleary'emu; ulżyło mu, gdy Kazanjian przyjrzał się przedmiotowi, jakby pośrednio zaspokajając jego ciekawość.

– Wygląda jak wyrzeźbiona w srebrnej kości – zauważył. – Bliska pańskim zainteresowaniom, doktorze. – Mocniej splótł ręce na piersi; mięśnie wokół oczu dyskretnie mówiły o jego trosce. – Jak Julian utrzyma ją na twarzy?

– Według moich obliczeń jest tak lekka, że na twarzy utrzymają ją okulary – odpowiedział Kazanjian. – Można ją też przywiązać cienką wstążką.

Anna przyjrzała się z bliska masce; jej twarz widać było przez otwory na oczy.

– Pod kapeluszem będzie nierozpoznawalna.

– Nie dla noszącego ją człowieka.

Szybko wyprostowała się, gotowa do obrony swojego dzieła.

– To najlepsze, co mogliśmy osiągnąć.

– Oczywiście. Nie chciałem sugerować, że jest inaczej. – McCleary przywykł do tymczasowych opatrunków; ta nieprzepuszczalna, bezkrwista, bezszwowa maska nie odpowiadała jego definicji wyzdrowienia lub lekarstwa.

Był spragniony samotności. Pożegnał się i odszedł, choć nie uciekł przed strapionym spojrzeniem Kazanjiana.

Przed zrobieniem odlewu maski Juliana Anna wyobrażała sobie, że będzie ona przylegać do jego twarzy ściśle jak skorupka do jajka. Zewnętrzna powierzchnia będzie gładka jak olej albo malowana porcelana, której delikatne arabeski były nieskończenie subtelne, niemal żywe.

Julian będzie mówił, wypowiadał jej imię, a maska w magiczny sposób stanie się miękka, płynna jak łzy. To samo słone ciepło, ten sam znany dotyk. Nie. Maska będzie osłaniać kości Juliana, jego mięśnie, będzie sztywna, nieruchoma, fałszywa. Tylko czary mogłyby przywrócić mimikę jego twarzy.

W młodości Anna studiowała w Rzymie; jej kroki rozbrzmiewały w galeriach, których kamienne posadzki były zimne nawet w lipcowe popołudnie. W jednym muzeum dość długo krążyła wokół posągu Apolla i Dafne.

Marmurowy Apollo wyciągał ręce, by schwytać Dafne, ale ta mu umykała; jej palce zmieniały się w gałązki, włosy w liście, skóra stawała się twardą korą. Przybrawszy postać drzewa, Dafne uciekła przed Apollem, uniknęła gwałtu. Talent rzeźbiarza zdumiał Annę. Jakim zuchwalstwem jest oddanie płynnego aktu przemiany w twardym kamieniu, ukazanie Dafne w chwili, gdy jej miękkie ciało nabiera twardości drzewa!

Anna musiała odbyć parę sesji, żeby znaleźć odpowiedni kolor skóry Juliana. Stworzyć odcień ciała – z bieli, czerwieni, brązu, żółcieni. Obliczała w myślach proporcje, zestawiała kolory. Ilość farby, jej lśnienie, blask werniksu, wszystko to miało naśladować naturalny połysk skóry.

Naniosła gamę kolorów na kawałki srebrnego metalu i każdy z nich przykładała do policzka Juliana, dopóki nie znalazła identycznego. Na drugiej stronie kawałka widniały cyfry – zapis proporcji barw.

Anna słuchała z fascynacją wyjaśnień Kazanjiana, że złoto nie daje się zespawać ze złotem. Jednak stopione ze śladowymi ilościami srebra, cynku lub miedzi zyskuje na twardości i odporności, można nim scalać kości szczęk, otoczyć palec w postaci obrączki.

Organizm nie odrzuca złotych zębów ani szklanych oczu. Złotą folią można okręcić zranioną skórę, by się nie przemieściła. Kości można transplantować i łączyć ze sobą. Brakowało jej niezwykłej wiedzy Kazanjiana. Jego niekonwencjonalnych rad. Jej smutek zmienił się w gniew i właśnie z powodu tego gniewu skrytykowała Catherine w obecności Juliana.

– Jest egoistką. Zepsuło ją bogactwo. Dziwne, że sama unosi łyżkę do ust. Nawet glina na jej dłoniach czuje się nie na swoim miejscu.

Julian trzymał twarz zwróconą w stronę świetlika.

– Nie potrafię oceniać Catherine – powiedział z prostotą. – Mam szczęście, że żyję. Ta świadomość nie pozwala mi krytykować.

Wydawał się bardzo młody. Anna odjęła pędzel od maski, zasłuchana.

– Tak niewiele zdziałałem w życiu. Na uniwersytecie uważano, że noc spędzona pod gołym niebem albo wędrówka, gdy ma się przy sobie tylko kompas, to wielka przygoda. Kiedyś zaszedłem samotnie do Myddleton Lodge, by obejrzeć labirynt, zbudowany na planie krzyża. Przez dwa dni nie zamieniłem słowa z żywą duszą. Czułem się wielkim śmiałkiem. – Uśmiechnął się melancholijnie. – A teraz nie czuję się bezpiecznie na otwartej przestrzeni. I nigdzie indziej.

Jego błękitne oko żarliwie domagało się uwagi.

– Nie mam lustra. Nie pytam, jak wyglądam. Lekarze oglądają swoją pracę, nie twarz. Ale pani przygląda mi się codziennie. Co pani widzi?

Jej palce zesztywniały, pędzel stał się bezużytecznym patykiem.

– Nie wiem, jak będzie wyglądać pańskie życie. Czy o to mnie pan naprawdę spytał?

– Jestem wdzięczny za brak zapewnień, że wszystko będzie dobrze.

– Kiedy rysuję lub maluję, każdy ruch mojej ręki jest prośbą o pańskie wyzdrowienie. – Wypełnił ją smutek, tak jak światło wypełnia lampion.

Milczenie stało się bolesne, napierało na ściany, wylewało się na dwór, gdzie ginęło, zwyciężone przez ptasie głosy.

Catherine wróciła do pracowni pewna, że zastanie ją pustą, niestrzeżoną. Stoły zmieniły się pod jej nieobecność, ubrudzone węglem, kredą i gipsowym pyłem. Nie potrafiła się zmusić, by czegoś dotknąć. Przypomniała sobie, jak pewnego razu w dzieciństwie zbierała kwiatki, a jej palce ubrudził czarny węglowy pył z dalekich fabryk srebra.

Obeszła pokój, unikając kontaktu z czymkolwiek, jakby to, co w sobie nosiła, mogło się rozlać przy zbyt szybkim ruchu. Szła wyprostowana, pewna siebie. Nie spocznie, aż wszystko będzie gotowe, glina sucha, papier gładki, krajobraz w chłodnym cieniu, wskazówki zegara na jednej linii. Nie ma pośpiechu. Jeszcze nie. Chwila działania nadejdzie.

Zdjęcie Charlesa stało na stole Anny, otoczone słoikami z farbą. Catherine spokojnie położyła je, przewróciła słoik i gęsta czerwona farba powoli, nieubłaganie rozlała się na fotografii. Przyglądała się temu przez chwilę, potem starannie wytarła farbę szmatą, rozsmarowała emulsję na fotografii, rozmazała rysy Charlesa tak, że stał się ledwie rozpoznawalny.

– Zrobione – powiedziała głośno.

W tej fali szczęścia nie było skazy ani końca. Rozejrzała się po pokoju pewna, że nic już nie sprawi jej bólu. Ale wtedy jej spojrzenie padło na pomalowaną do połowy maskę Juliana, obły kształt o czarnym oczodole, który spojrzał w jej serce, przeniknął wszystkie uczucia, jakie się w nim kryły.

ROZDZIAŁ OSIEMNASTY

Mahoniowy kredens w pokoju śniadaniowym pozostał na swoim miejscu, nie wiadomo dlaczego przeoczony wśród białych praktycznych metalowych szafek i stolików. McCleary cieszył się tym wspaniałym meblem, jakby stanowił jego własność.

Odsunął pojemniki tłoczące się na blacie kredensu i delikatnie zrolował materiał, by odsłonić powierzchnię drewna z inkrustowaną sceną przemiany w trzcinę uciekającej przed zalotami Pana nimfy Syrinks. Jej udręczona postać została złożona z kawałków jasnego drewna gruszy i drewna żółtodrzewu, *Chloroxylon swietenia*, w girlandzie drewna ostrokrzewu, barwionego na zielono tlenkiem miedzi. Wypolerowane drewno odbijało światło jak złota misa; zadraśnięte nożem wydzielało aromatyczną woń.

Podczas wielomiesięcznego pobytu w posiadłości McCleary starannie obejrzał kredens i uznał, że mógł wyjść spod ręki Seddona lub Adama. Jego wrażliwe palce dotykały powierzchni, zdumiewały się jej zupełną gładkością, doskonałością spojeń, brakiem nierówności i pęknięć. Odór środków dezynfekujących znikał na chwilę, szczękanie wózków inwalidzkich milkło, gdy przyglądał się intarsjowanej scenie, sekretnej i potajemnej jak intymny kontakt ćmy i płomienia, ryby schwytanej przez promień słońca.

Wystarczył cichy odgłos za plecami, a doktor zasłonił kredens materią. Do pokoju wpadła zdesperowana przełożona pielęgniarek.

– Proszę szybko za mną! – krzyknęła. – O Boże, ona jest ranna!

McCleary zawołał Brownlowa i razem popędzili na górę w ślad za tęgą przełożoną o twarzy purpurowej z wysiłku. Drzwi do pokoju były uchylone, na parapecie siedziała młoda kobieta. Światło księżyca kładło się pasami na połowę jej ciała, barwiąc je szarością ciemniejszą i jaśniejszą. Kiedy się odwróciła, McCleary zobaczył czarne krechy na jej ramieniu i ciemną plamę na spódnicy. Wielokrotnie się zraniła.

Zostaną blizny, pomyślał McCleary z troską; nagle przypomniał sobie, jak przezroczystą skórę i rude włosy ma ta młoda pielęgniarka. Dał znak Brownlowowi, żeby nie wchodził.

– Witaj, Margaret. Jesteś smutna?

Głos McCleary'ego wniósł do pokoju falę spokoju. Doktor powoli szedł w stronę dziewczyny. Zdawał się niemal płynąć w powietrzu.

Margaret patrzyła na niego w milczeniu do chwili, gdy pod jego stopą skrzypnęła deska. Wówczas w jej dłoni błysnął srebrny kształt; uniosła go nad nadgarstkiem.

Mężczyźni znieruchomieli.

– Ani kroku dalej. On odszedł. Wiem. Odszedł – powiedziała bezbarwnym, zrezygnowanym głosem.

– Kto? Powiedz mi.

– Mój narzeczony.

– Maggie, powiedz, co się stało. – McCleary wyciągnął dłonie wewnętrzną stroną do góry, na dowód, że jest nieuzbrojony. Lekko pochylił się w jej stronę, zrobił jeden krok, opuszczając ręce, żeby jej nie płoszyć.

– Oddaj mi skalpel – rozległ się rozkazujący głos Brownlowa.

– Nie! – Szybko podniosła ostrze i ciemna linia rozpłynęła się we krwi.

McCleary wpadł na stojak z miednicą, który przewrócił się z łomotem. Pielęgniarka odwróciła na chwilę wzrok; wykorzystali to, przytrzymując jej zakrwawione ręce. Brownlow chwycił ją za kark; jej głowa zachwiała się i osunęła na jego ramię; pielęgniarka padła mu w objęcia jak omdlała kochanka.

Podano jej znieczulenie, obandażowano i położono do łóżka. Następnie McCleary odbył na korytarzu cichą rozmowę z przełożoną.

– Proszę mi powiedzieć, czy wiedziała pani, co się dzieje z tą młodą kobietą?

– Margaret odwiedziła swojego rannego narzeczonego w miejskim szpitalu. Powiedział jej, że jego rana jest niegroźna, ale Maggie jest pielęgniarką. Obejrzała go i znalazła zieloną plamę na bandażu wokół klatki piersiowej, poczuła zapach i zrozumiała, że to gangrena. Nie ma dla niego nadziei. Umrze. Udała, że wszystko jest dobrze i pocałowała go na pożegnanie. – Przełożona z trudem zachowywała spokój. – Wróciła tutaj i wtedy podcięła sobie żyły. Powiedziała, że chce umrzeć razem z narzeczonym. Ale nie chciała, żeby widział jej zdenerwowanie. – Walczyła ze łzami, ale zachowała zwykłą surowość.

McCleary wszedł do gabinetu, zamknął drzwi na klucz i rozejrzał się dziko, szukając schronienia. Ta pielęgniarka była gotowa umrzeć za swojego ukochanego. Beznamiętność własnego życia doprowadziła go do rozpaczy. Żadnej bliskości, nikt nie dotykał go z miłości. Ale jego ręce wyzwalały od bólu lub śmierci tych, którymi się opiekował.

Cyceron, Seneka i Plutarch byli zwolennikami starożytnej tradycji *consolatio*. Dręczące namiętności i troski łagodzone rozsądną, pocieszającą radą, filozoficznymi traktatami.

Jego wewnętrzne widzenie wyostrzyło się i ujrzał własne ciało – nagie, z odsłoniętymi nerwami, w sieci pulsujących włókien. Tak samo jak ranni, on także potrzebował *consolationes*.

Spotkanie Brownlowa w jadalni dla personelu było rzadkością, gdyż na ogół nie utrzymywał kontaktów z kolegami. Wolał zabrać kanapkę albo miskę zupy i zjeść samotnie na tarasie lub za spiżarnią, jakby czas spędzony na czym innym niż czuwanie nad oddechem nieprzytomnego pacjenta był czymś wstydliwym. Tego popołudnia usiadł do obiadu z paroma znudzonymi sanitariuszami i zaczął ich pouczać głosem ściszonym, lecz gwałtownym.

– Sto lat temu Chauliac podawał podczas operacji gąbki namoczone w soku z sałaty, który był środkiem nasennym. Sok z psianki i cykuty także powoduje utratę przytomności. Tynktury z lulka czarnego, *Hyoscyamus*, bluszczu i mandragory były znane wiedźmom. Środki nasenne i łagodzące. – Podniósł głos. – A jednak niektórzy sprzeciwiali się znieczulaniu kobiet podczas porodu. Twierdzili, że losem kobiety jest cierpienie. Królowa Wiktoria zgodziła się na znieczulenie chloroformem podczas rodzenia księcia Leopolda i to załatwiło sprawę.

Słuchacze Brownlowa zaczęli się wiercić, ale ciągle jedli, gdyż zostawienie resztek na talerzu było przestępstwem podlegającym karze.

– Wyznawanie kultu Morfeusza jest dowodem geniuszu.

Pytam dlaczego? – syknął, wodząc wzrokiem po grupie i nie czekając na odpowiedź. – Ponieważ Morfeusz nie rozpoznaje stanu szczęścia i smutku. Zna tylko sen. – Wyczerpany tyradą, padł na krzesło, a sanitariusze wyszli pospiesznie.

Następnego dnia Kazanjian znalazł Brownlowa i Artisa, siedzących z otępiałymi minami pod ścianą zrujnowanej chińskiej świątyni. Na zwietrzałej posadzce wokół nich leżały waciki i butelka z przezroczystym płynem, która wytoczyła się z bezwładnej ręki Brownlowa. W powietrzu unosił się charakterystyczny gorzki odór, a ślady małych czarnych kulek pozostały na żelaznej płycie nad małym piecykiem.

– Ty młody idioto! – Kazanjian wściekle potrząsnął Artisem, który rozkleił powieki i zagapił się zmętniałymi oczami na rozgniewanego, stojącego nad nim mężczyznę. Otworzył wyschnięte usta.

– Widziałem takie rzeczy... Biel, która chce być kolorem – wyrzęził.

Następnego ranka wezwany do gabinetu Kazanjiana chłopiec przysiągł, jąkając się, z czerwonymi oczami, że nigdy więcej tak nie postąpi. Będzie się trzymać z dala od Brownlowa. Dał Kazanjianowi słowo honoru, a doktor z kolei obiecał, że zatai ten wybryk przed doktorem McClearym.

W osiemnastym wieku wiedziony kaprysem właściciel posiadłości kazał zbudować pseudogotycki pawilon dokładnie pomiędzy porośniętym trawą amfiteatrem i kępą kalin. Pawilon miał niegdyś dość obszerne wnętrze, a ogromne łukowate okna po wszystkich czterech stronach w pewnym sensie dodały mu zaciszności, ponieważ widać było przez nie z daleka każdą zbliżającą się osobę. Rozpad od dawna bywał potajemnym i regularnym gościem w pawilonie; rozbijał szkło i kamień, odrywał ornamenty, które spadały z murów w wysoką trawę.

– Co to było? – Brownlow, Hunt i inny sanitariusz zamilkli, siedząc po turecku na poczerniałej podłodze pawilonu. Przez wybite okna wpadały dźwięki z pola. Po chwili w oszklonym wnętrzu znowu rozległy się głosy.

– To się nam należy. Mężczyznom. Przynajmniej tyle nam się należy w zamian za tę cholerną wojnę. – Hunt splunął na podłogę.

– Nie zgadzam się. Nie do nas należy decyzja o losie Artisa. – Sanitariusz odchylił się, jakby chciał się znaleźć poza ich kręgiem.

– Chcemy oszczędzić temu chłopcu cierpienia – warknął Brownlow. – To jedyna możliwość.

– Nie chcę mieć z tym nic wspólnego. Władze się do nas dobiorą.

– Kto się podejmie zaszczytu? – spytał Brownlow sarkastycznie.

Światło słoneczne oblało pawilon, rozjarzyło zardzewiały żyrandol o ramionach powykręcanych jakby porywistym morskim wichrem. Nikt się nie poruszył. Wszyscy unikali nawzajem swojego spojrzenia.

– Doskonale. Panowie, będziemy rywalizować o udział w tym zadaniu. Jak mówią: trudno, zagramy fair. Przygotuję losy.

Każdy wyciągnął jedną słomkę, schowaną w pięści Brownlowa. Potem doktor otworzył dłoń, ukazując ostatnią słomkę – dowód, że to on wygrał. Przez jego twarz przemknęło przelotne przerażenie, szybko zamaskowane.

– Nie ma się czego bać. Potraktuję chłopca łagodnie. Żadnych błędów. Bóg jest litościwy.

McCleary zamierzał osobiście dopasować maskę do twarzy Juliana; przestraszył się, widząc, że Anna i Kazanjian już przygotowują się przy stole.

Anna zerknęła na niego przelotnie.

– Dobrze. Skoro pan jest, możemy zaczynać.

Włożyła fartuch na kitel; McCleary zauważył, że schudła. Julian, siedzący plecami do nich na podeście do pozowania, odwijał bandaż z twarzy.

Maska leżała wypukłą stroną do dołu na samodziałowym materiale, odsłaniając wklęsłe srebrne wnętrze. Wydawała się jakoś ostateczna, jak forteca. Z jakiegoś powodu McCleary nigdy dotąd nie pomyślał, że ta maska zakryje całą twarz Juliana.

Spojrzał uważnie na usta maski, złączone bez zarzutu. Zbiornik i sączek w okolicy brody cechowała funkcjonalna precyzja zegarka. Coś nie pozwoliło mu dotknąć maski. Szacunek dla Juliana? Litość? Źle pojęte poczucie prywatności? Pragnienie, żeby maska znikła?

– Rzęsy są z najcieńszego miedzianego drutu. – Anna ujęła maskę i przesunęła paznokciem po miękkich rzęsach. – Powieka jest znacznie cieńsza od obrączki. Dzięki temu łatwo będzie ją nosić. – Jej mina zniechęcała do krytyki.

Kazanjian włożył szklane oko w oczodół maski, nieprzezroczystą kulę; spoczęła wygodnie jak groszek w strąku, zwieńczona powieką.

McCleary położył ręce koło malowanej twarzy na stole, skóra przy sztucznej skórze.

– Nie widać ani jednego pociągnięcia pędzla. – Z wahaniem uniósł maskę; palce mu zadrżały od jej niespodziewanej lekkości. – Godne podziwu. Jest lżejsza od liścia. Wspaniała praca – powiedział, licząc, że w jego głosie zabrzmiał odpowiedni entuzjazm.

– Dziękuję, doktorze.

Anna powiedziała ze skrępowaniem, że maska jest gotowa. Czy Julian chce ją zobaczyć?

– Może wolałby zostać sam – powiedział cicho Kazanjian.

– Nie, nic mi nie jest – odpowiedział Julian. – Ale nie

chcę na nią patrzeć. Przecież nikt nie ogląda swojej twarzy, nim nie zostanie stworzona.

Jego głos brzmiał tak cicho, że McCleary musiał natężyć słuch, jakby usiłował usłyszeć echo. Zrozumiał, że dzieli ich dystans – ich, uzdrowicieli, kółka potężnej machiny, i Juliana, samotny podmiot ich wysiłków. Spojrzał na Kazanjiana i ujrzał w jego oczach własny strach i dziwny wstyd.

Anna wzięła maskę, dotykając jej tak delikatnie, jak McCleary swoich pacjentów.

Przez całą tę scenę Kazanjian trzymał się na uboczu, ale kiedy Anna uniosła maskę na wysokość oczu, położył jej rękę na ramieniu. McCleary dostrzegł jego spojrzenie, przeznaczone tylko dla Anny i nagle – wstrząśnięty i zdumiony – zrozumiał, że ta para jest w sobie zakochana.

Anna podeszła do Juliana i z ogromną czułością włożyła mu w dłonie maskę zewnętrzną stroną skierowaną do podłogi.

Julian ujął malowany przedmiot, nie patrząc na niego, odwrócił się od nich i założył na głowę gumkę, przytrzymującą maskę.

McCleary już wcześniej przygotował słowa podziwu, ale gdy Julian się odwrócił, poczuł, że nagle stracił mowę. Nie mógł nawet oddychać.

Zamarł ze wzrokiem wbitym w maskę, zimną metalową twarz ze szczeliną zamiast ust, dziwnie sztywną, choć w kolorze ciała. Była pułapką, więzieniem. Jego porażką. Julian będzie ją nosił na twarzy jak tarczę.

– Czy jest niewygodna?

– Nie bardziej niż rękawiczka.

W stłumionym głosie brzmiał fałszywy ton. Ten głos dziwnie raził, gdy wydobywał się z ust nieruchomej twarzy. Julian obrócił głowę, jakby szukając światła.

McCleary delikatnie zbadał jego twarz, zauważył uderzający kontrast między malowaną maską i rozjątrzoną czerwienią nagiej szyi. Dotknął krawędzi maski na policzku Juliana. Nie była ostra, nie naciskała. Poczuł na palcach wilgoć i zrozumiał, że spod maski wymknęła się łza.

Julian przycisnął ręce do piersi, jakby chciał powstrzymać tłukące się serce.

– Ta maska jest twarda w porównaniu ze skórą.

McCleary nie odpowiedział, ale nagle ogarnęła go litość, gwałtowna i nieproszona jak burzowa chmura.

Hunt, którego kędzierzawe włosy przylgnęły do głowy, mokre od potu, wyjął butelkę alkoholu, którego już skosztował, i podał sanitariuszowi, rozwalonemu na zasłanej słomą podłodze stajni. Brownlow przyglądał się im beznamiętnie, podwijając rękawy koszuli – jedyne ustępstwo na rzecz upału. Choć minęła ósma, w pomieszczeniu unosił się duszący zapach nawozu i siana, zmieszany z ostrzejszymi wyziewami benzyny z automobili, najnowszych lokatorów stajni.

Hunt, rozzuchwalony alkoholem, zwrócił się głośno do Brownlowa:

– Bardzo pan milczący. Nie będzie pan zdradzał żadnych tajemnic?

– Nie mogę zatkać uszu, jeśli ktoś za bardzo się rozgada.

– Pańskie opary wszystkich zmuszają do mówienia. Wie pan o różnych sprawkach – ciągnął Hunt, nabierając pewności siebie. – Pewnego dnia zacznie nas pan szantażować.

– Myślałby kto, że jesteś taki cholernie interesujący, żeby cię szantażować. Na razie w twoim życiu nie wydarzyło się nic wartego dwóch pensów. – Brownlow, nie tracąc rezonu, rozprostował długie ręce. – Wolę, żeby pacjent wołał mamusię pod wpływem narkozy, niż płakał z bólu. Lepiej się o tym opowiada. To bardziej dochodowe.

– Nie jestem maminsynkiem – zaprotestował Hunt. – Poza tym słowa nie świadczą o charakterze.

– Podobnie jak twarz – dodał drugi sanitariusz.

– O tym nie przekona nas żadne lustro, mój przyjacielu. Niektórzy przeżyli walkę, by spotkać coś o wiele gorszego.

– Nie powinien pan tak mówić – odezwał się Artis z kąta.

– Nie wypowiadaj się w sprawach, o których nie masz pojęcia, młodzieńcze. Dobrze wyjdziesz na okazywaniu innym szacunku.

W toczącej się rozmowie było jakieś drugie dno i Artis je wyczuwał.

– Ten chłopak wkrótce się o tym przekona na własnej skórze. Jutro ma się zgłosić do wojska.

– Hej ho, w okopy by się szło.

– Pożegnajmy go jak należy. Masz tu butelkę.

Artis, zmuszony przez Brownlowa, pociągnął z butelki i natychmiast upił się jak dziecko.

– Gdzie to nasz dobry doktor? – spytał sanitariusz. – Dziwne, że tak się spóźnia.

– Myślę, że taka sytuacja raczej nie budzi jego entuzjazmu.

– Doktor McCleary tu będzie? – zaniepokojony Artis oparł się o belę siana.

– Będzie nadzorować konsumpcję napojów – zachichotał Hunt.

Wysoka postać McCleary'ego zasłoniła nieregularne światło brudnych latarni. Zebrani wstali chwiejnie, jakby siedzenie w obecności doktora było niegrzeczne.

Artis zatoczył się na coś twardego i potknął o worek z piaskiem.

– Co to?

– Proszę, proszę. – McCleary popatrzył na chwiejącego się chłopca i położył mu rękę na ramieniu. – Obiecałem ci pomóc w sprawie powołania do wojska. Prosiłem paru dostojników. Nic z tego.

Otrzeźwiały Artis słuchał, nie mrugnąwszy okiem.

– Tak jest, panie doktorze.

– Mogę załatwić ci pozostanie w szpitalu, gdzie będziesz pomocnikiem. Tak będziesz spłacać swój obowiązek wobec kraju. Co ty na to?

Artis zagapił się zdumiony na McCleary'ego i otaczających go mężczyzn.

– Chciałbym zostać – powiedział wyraźnie. – Co muszę zrobić?

– Zaufać mi. Zaufać, że ci pomogę, choć będzie bolało. Ale przejściowo. – Doktor wyprostował się; jego spięte ramiona zdradzały, jak bardzo jest zdenerwowany.

Nakrapiana plama światła z latarni zamigotała; sanitariusz przykucnął, żeby poprawić knot.

– Wypij to. – Brownlow przyłożył kubek do warg chłopca, który po chwili osunął się na worek z piaskiem. Jego jasne włosy rozpostarły się na szorstkim płótnie niczym aureola.

Brownlow i Hunt bez trudu podnieśli go na nogi i delikatnie przywiązali cienkim sznurem do słupa, nie krępując jedynie prawej ręki.

– Co robicie? – wybełkotał chłopiec, szarpiąc za sznur.

McCleary przyglądały się tym przygotowaniom bez komentarza, z ustami zaciśniętymi w ponurą linię.

Hunt dźwignął worek z piaskiem, położył go na stercie siana. Przycisnął do niego wyprostowaną prawą rękę Artisa i przywiązał liną. Brownlow, coraz bardziej ożywiony, ukląkł, wyjął strzykawkę z małego zestawu – srebrny kształt, dziwnie niepasujący do tego wnętrza.

– Przytrzymajcie go.

Artis skrzywił się i stężał, gdy Brownlow przetarł jego rękę ciemnym płynem i strzykawka znalazła właściwy punkt na otwartej dłoni.

Po twarzy Brownlowa spływały strumienie potu.

– Tu jest za ciemno. Panowie, proszę o światło.

Pozostali w pośpiechu przenieśli latarnię w pobliże Artisa;

szerokie pasmo światła rozbieliło ich rysy, rozjarzyło postaci, nawet bele siana jakby przemieniły się w litą masę.

Hunt podał Brownlowowi coś owiniętego w materiał. Lekarz starannie rozwinął mały przedmiot, kanciasty kształt, dobrze pasujący do dłoni. Światło latarni wyłoniło z ciemności grubą lufę pistoletu.

– Artis, nie zamykaj dłoni. Rozumiesz? – Brownlow uniósł brodę chłopca i zajrzał mu w oczy. – Odwagi. – Przyjrzał się przelotnie pistoletowi, odstąpił o parę kroków, odbezpieczył i wymierzył w Artisa. Ręka mu się zatrzęsła, opuścił broń. – Moje oczy...

McCleary wyciągnął dłoń po pistolet.

Zawstydzony Brownlow udał, że go nie dostrzega i z tym samym skupieniem, z jakim asystował przy operacji, spojrzał przez celownik na Artisa i pociągnął za spust. Odrzut szarpnął jego ręką. Artis krzyknął.

ROZDZIAŁ DZIEWIĘTNASTY

O czwartej rano światło wpadające przez otwarte drzwi gabinetu miało brązowawy odcień zieleni, jakby zabarwiło się od trawy.

Kazanjian wsunął do kieszeni złoty ołówek i otworzył szkicownik na studium swoich trzymających okulary dłoni, zrobionym przez Annę w czasie podróży pociągiem. Twierdziła, że tu najlepiej uchwyciła jego podobieństwo.

Uśmiechnął się w zamyśleniu i popatrzył na siedzącą po drugiej stronie stołu Annę.

– Łączy nas historia przedmiotów. – W jego głosie brzmiało życzliwe poczucie humoru, maskujące władczość tych słów.

– Uderza mnie, że jest pan człowiekiem, który dostrzega przydatność przedmiotów. – Jej spojrzenie świadczyło, że mają wspólne doświadczenia. Ich intensywne rozmowy w szpitalu polowym toczyły się, dopóki ćmy i nocne owady nie zaczynały zbyt gęstymi chmarami krążyć wokół małej latarni i ich cieni na ścianie namiotu. Wówczas Kazanjian odprowadzał Annę do kwatery, niosąc latarnię. Twierdził, że jest to atrybut prawdziwego dżentelmena. Ich szyfr.

– Pańska latarnia zawsze nam towarzyszyła. – Tym razem uśmiech Anny nie znikł tak szybko, a Kazanjian spuścił głowę, by ukryć wyraz twarzy.

Anna zajęła się robieniem pasteli; wolała wytwarzać je sama, ponieważ te kupowane w sklepie płowiały. Ich ulotny kolor pochodził z barwników smolnych. Jej szkice rannych musiały zachować wierne odcienie, być trwałym odwzorowaniem, wiecznym wspomnieniem, prawdą i wrogiem.

Guma arabska, kleik owsiany i czerwień kadmowa zostały wymieszane na gęstą masę. Parę kropel miodu miało przeciwdziałać kruszeniu się masy, by kredki ślizgały się po papierze, nie łamiąc. Anna, palcami i dłońmi poczerwieniałymi od barwnika, wyglądającymi na obolałe, ugniatała jaskrawą masę na małe kulki. Popatrzyła na ten kolor i zaczęła opowiadać Kazanjianowi historię.

– Jakiś czas temu pewna starsza pani zamówiła u mnie portret swojego sześcioletniego wnuka. Szkicowanie jego twarzy szło mi z trudem; był bardzo nieszczęśliwy. Rozdygotany nawet wtedy, gdy nie pozował. Obserwowałam go uważnie, starałam się zrozumieć. Jego tajemnica nie dawała mi spokoju. Pewnego razu odłożyłam pędzel, podeszłam do chłopca i zaniosłam go na sofę. Pozwolił mi zdjąć sobie kurteczkę i koszulę. Na plecach miał siniaki. Nie chciał o tym mówić. Pozwoliłam mu przez całe popołudnie spać w hamaku pod drzewami.

Prosiłam męża, żeby coś zrobił, by położyć kres temu złemu traktowaniu, ale zlekceważył mnie. Powiedział, że chłopiec mógł na coś wpaść. Dzieci ciągle się przewracają, powiedział. Nie mogę nic zrobić. Dowiedziałam się, że rodzina chłopca jest bogata. Pomogła ufundować szpital, w którym pracował mój mąż.

Przy najbliższej wizycie starszej pani z wnukiem zabrałam ją na dwór i powiedziałam, że ktoś umyślnie robi mu krzywdę...

Anna spojrzała Kazanjianowi w oczy.

– Babka powiedziała, że nigdy nie przypominał innych dzieci. Szydziła ze mnie. Odwróciła się, a ręce tak bardzo się jej trzęsły, że nie mogła otworzyć parasolki. Biedny chłopczyk pobiegł za nią ulicą. Już nie wrócili.

Jakiś czas później chłopiec trafił do szpitala ze złamaną ręką. Ale nie miał już ani jednego siniaka. Mąż mi o tym powiedział, żeby mi udowodnić, iż miał rację.

Kazanjian wymamrotał coś pod nosem.

– Powiedziałam mężowi, żeby nigdy więcej nie wspominał o tym chłopcu. Schowałam portret, ale o dziecku nie mogłam zapomnieć. Kiedy zgłosiłam się do pracy na froncie, do męża czułam już lodowatą furię.

Otworzyła dłoń i pokazała zebrany w niej szkarłatny pył, mniej brudzący niż krew.

Kazanjian dotknął jej ramienia, musnął zabrudzoną rękę, czerwone wnętrze, czerwony przegub, ujawnił swoją wiedzę o niej, swoje ręce równie sprawne, jak jej.

Przestała widzieć, kalkulować, reagowała bez strategii, dotykała jego twarzy, otaczając go zapachem terpentyny, którym przesiąkła jej skóra.

Ukląkł i wtulił głowę w jej spódnicę.

W tej chwili mogliby się znaleźć na suficie wspaniałego pałacu, przemienieni w malowane postaci, mitycznego boga i boginię w miłosnej pozie, w draperiach jedwabiu, z nieskazitelnym ciałem na tle nieskalanego kobaltowego nieba.

– Wybacz mi – powiedziała Anna, odchodząc od niego.

*

Catherine była złakniona odosobnienia, osłony, gałęzi nad głową, łuku sklepienia. Nieustanna presja spojrzeń rannych, ukradkowe zerknięcia ich opiekunów, nieustające śledzenie postępów rekonwalescencji zdominowały atmosferę domu. Nonszalancja Juliana sprawiała jej ulgę, a on zachowywał się tak beztrosko, jakby był w szpitalu tylko przechodniem, niepotrzebującym żadnej pomocy. Nie korzystał z luksusu pokoju Catherine i jej bogactw, przez co tym gwałtowniej starała się zwiększyć swój wpływ na niego.

Szybko przeszła za oknami i ruszyła do położonego niżej sadu, częściowo zasłoniętego starym murem. Wiele dziesiątków lat temu te drzewa brzoskwiniowe zostały przyciśnięte drutem do rdzawobrązowych cegieł, uładzone w horyzontalne linie za pomocą tortury, która odebrała gałęziom trzeci wymiar. O pewnych godzinach słońce ukazywało napięte druty, krępujące żywe gałęzie, ujawniało nagły błysk cienkiego metalu wrzynającego się w korę.

Na końcu biegnącej wzdłuż muru ścieżki pojawiła się znajoma sylwetka Charlesa. Szedł ku niej, a drzewa rzucały na jego szarą kurtkę fioletowy cień. Przestraszona, wmawiała sobie, że to musi być zjawa z jej najgłębszych pokładów wspomnień, a jednak nie potrafiła kierować jej ruchami, zmusić, by się zatrzymała. Charles był duchem.

Na dźwięk – stukanie jego laski – ta zjawa w biały dzień znikła, a na jej miejscu zjawił się mężczyzna o owiniętej bielą twarzy, który stanął przed nią i – ze wstydliwą, skrępowaną dumą – śmiało włożył dłoń w kieszeń świetnej marynarki, która niegdyś należała do jej męża.

Catherine objęła Juliana z ulgą, nie rozczarowaniem.

Ruszyli razem; Julian unosił gałęzie, które mogłyby zaczepić o jej słomkowy kapelusz. Popołudnie było wyjątkowo upalne, słońce raziło tępym żarem jej policzki i szyję, wyciskało pot na ramiona.

– Spójrz, jaka piękna. – Gałąź o wąskich listkach zatrzęsła się, kiedy zerwał brzoskwinię i wsunął ją do kieszeni Catherine.

Owoc był rozgrzany od słońca, przyległ miłym ciężarem do biodra. Zamilkli; on był roztargniony, spoglądał nieuważnie na drzewa, ona obserwowała go trwożnie. Kiedyś tak samo patrzyła na twarz niewidzącej matki, wyczulona na najdrobniejsze drgnienie rysów. Czuła się równie bezradna, jak teraz. Tylko jego słowa i dotyk mogły złagodzić napięcie między nimi.

Zatrzymał się i położył ręce na jej ramionach. Spojrzeli sobie w oczy.

– Muszę ci to powiedzieć. Włożyli mi maskę na twarz, jakby mnie koronowali. A ona była zimna, sparzyła mi skórę.

Chcąc złagodzić jego ból, przejęła na siebie ten chłód metalu. Jej nic nie sparzy. Przycisnęła jego dłoń do piersi, ale nawet ten kontakt nie rozluźnił jego spiętego ciała.

Zaczęła się bać, że maska odsunie go od niej. Ich szczęście pryśnie, zanim Julian przejdzie kolejną operację lub zostanie wyleczony. Ścieżką, która do niego prowadziła, szła po omacku.

– Zrobię ci łódź, tratwę, statek, który cię zabierze – szeptał kojąco Brownlow, pochylając się nad Artisem. Chłopak był nieprzytomny, jeszcze dochodził do siebie po operacji. Jego obandażowane ramię ze wszystkich stron podtrzymywały zrolowane ręczniki. Kula przeszła dokładnie przez środek dłoni.

Pielęgniarka krzątała się przy łóżku, gwałtownie otulała chłopca kocami, dając Brownlowowi do zrozumienia, że tutaj rządzi ona. Jej naburmuszona, zaczerwieniona twarz stanowiła ostry kontrast z nieskalaną bielą czepka.

– Chłopiec wyzdrowieje, ale na razie nie może rozmawiać. Proszę go teraz nie niepokoić.

– Oczywiście, siostro.

Brownlow cofnął się chwiejnie i wpadł na doktora McCleary'ego. W pospiesznej wymianie zerknięć McCleary'emu wydało się, że w oczach Brownlowa mignęła pogarda. A może to spojrzenie współspiskowca? W tym stanie brał wszystko za krytykę.

Siostra w pozie pełnej szacunku stała nieopodal, niezauważona, gdy McCleary mierzył spokojną ręką puls oszołomionego chłopca. Artis lekko krzywił się z bólu, jego rysy były zamknięte, uproszczone jak rysunek w komiksie, górna warga unosiła się w grymasie, brwi się ściągały.

McCleary pogładził jego skroń, gdzie rysował się zawijas błękitnej żyłki, znikający w gąszczu włosów. Wargi Artisa były zabarwione najbledszym różem; zdrowa krew jeszcze nie napłynęła.

– Wybacz mi. Powiedz coś – szepnął McCleary, chcąc ocenić stopień przytomności chłopca i otrzeźwić go.

Nazywanie części ciała jest zaklęciem przeciwko nieprzewidzianemu załamaniu zdrowia; McCleary zaczął recytować z pamięci mięśnie ręki: *abductor digiti quinti, abductor pollicis longus, extensor carpi radialis brevis, extensor carpi ulnaris.*

Wyobrażając sobie to, czego nie mógł zobaczyć, wśliznął się w rękę chłopca gładko jak glissando, pomiędzy ostre odłamki kości; nici z jedwabiu i końskiego włosia bezpiecznie zszywały smukłe, sprawne włókna mięśni. Piękna zwartość wnętrza ciała.

Wyczuł, że gojenie przebiega pomyślnie, choć każde obrażenie i medyczna procedura wiązały się w ryzykiem i nawet po zadraśnięciu mogła rozwinąć się sepsa, wstrząs, zakażenie krwi. W przypadku infekcji powszechnie używano roztworu Dakina, ale był to zawodny środek antyseptyczny. Na wszelki wypadek każe pielęgniarce posmarować rękę Artisa olejem balsamicznym, aromatycznym, znanym od wieków lekarstwem.

Szczegóły dotyczące tego przypadkowego postrzelenia

przedstawiono innemu chirurgowi, który, zbadawszy ranę chłopca, potwierdził diagnozę McCleary'ego. Jednak teraz McCleary zdał sobie sprawę, że zwrócił się o konsultację, by odciąć się od tego wypadku i uciec przed wszystkim, co się z nim łączyło.

Stało się jasne, że Artis nigdy nie odzyska w pełni sprawności dłoni. Trzymanie łyżki, bagnetu lub skalpela będzie mu sprawiało trudność. Chłopiec został uratowany przed wojną, ale jego marzenie o zostaniu chirurgiem legło w gruzach. To mu się wyjaśni, kiedy odzyska siły. McCleary dopilnuje, by chłopiec nie miał w przyszłości żadnych trosk materialnych. Jego prawnik opracuje stosowne dokumenty.

Doktor pochylił się nad Artisem, zmuszając się do uśmiechu.

– Zajmę się twoją rekonwalescencją, młody człowieku, obiecuję.

Artis zapadł w głębszy sen.

McCleary otrząsnął się, przypomniał sobie, że Artis jest tylko jednym z wielu pacjentów. Inni ranni także go potrzebują. Nagle poczuł niespodziewaną woń eteru.

Brownlow niezauważalnie wszedł do sali.

– Stracił pan swojego ucznia – syknął. – Ale z pewnością wyzdrowieje. – Jego źrenice były malutkie jak łebki od szpilek, zwężone nieznającą litości agresją.

McCleary nie ufał sobie na tyle, by odpowiedzieć.

– Nie przypuszczam, żeby chłopiec chciał dalej uczyć się od pana, skoro to pan kazał go okaleczyć, choć w dobrej wierze. Ale mogę go wykształcić na anestezjologa. Doskonała zręczność nie jest w tym zawodzie niezbędna. – Brownlow oblizał wargi; jego palce drgały w kieszeniach marynarki.

– Nie jest w nim także konieczny bezruch dłoni, czego nieustannie pan dowodzi.

– W porównaniu z panem jestem głazem. Nie płaczę, nie użalam się nad moimi pacjentami.

– Proszę ciszej. Artis nie ma zdolności do zawodu anestezjologa. A ja nie mam ochoty przyglądać się bezwolnie. – McCleary gniewnie przestąpił z nogi na nogę; jego stopę trąciło coś, co wytoczyło się spod łóżka. Butelka eteru. Zrozumiał, o co chodziło Brownlowowi.

– Nie chciałem nic złego – rzucił pospiesznie anestezjolog. – Chłopiec obudzi się i będzie cierpieć. Pomogę mu na swój sposób.

McCleary podniósł zimną jak lód butelkę.

– Odprowadzam chorych w nicość. Ale sam nie mogę zaznać ulgi – mamrotał Brownlow o twarzy ściągniętej bólem.

Jego samotność była zbyt wielka, by McCleary mógł go pocieszyć. Doktor zaczekał na chwilę ciszy.

– Nie należy się łudzić, że możemy mieć towarzyszy. W naszej pracy jesteśmy samotni.

Po podjeździe otoczonym cieniami biegła ku domowi nieznana kobieta, potykająca się o własną spódnicę. Sanitariusz skradał się tuż za nią, bezszelestnie stąpając po trawie.

Catherine była widzem tego spektaklu. Przyglądała się obu postaciom, biorącym udział w bezgłośnej, nieznanej grze.

– Stać!

Kobieta zlekceważyła krzyk sanitariusza. Nie zwolniła kroku.

Sanitariusz skoczył, chwycił ją za ramię, strącił jej z głowy kapelusz – czarny, z szerokim rondem i piórami. Kobieta upadła z krzykiem na ziemię.

– Nie wolno pani wchodzić na teren szpitala. Gościom wstęp wzbroniony. – Sanitariusz pomógł jej wstać, niedowierzającej i urażonej.

– Co pan wyprawia? – Catherine pociągnęła sanitariusza za rękaw i nie puszczała, dopóki nie zostawił kobiety, która cofnęła się, łkając, zasłaniając twarz dłońmi w rękawiczkach.

W trawie leżał zgnieciony bukiet, pewnie podarunek dla ukochanego, syna albo męża.

Catherine i sanitariusz spojrzeli na siebie z jednakowym zdziwieniem. Jak ta kobieta przedostała się przez bramę?

Nieznajoma wyminęła ich i biegiem pokonała schody do domu.

– Zatrzymać ją!

Kobieta wdarła się do domu i popędziła korytarzem, omiatając pospiesznym spojrzeniem wszystkie napotkane twarze w poszukiwaniu ukochanego.

– Richardzie! Richardzie! – wołała. – Gdzie jesteś?

Jej twarz wyrażała tak dotkliwy ból, że zdumione pielęgniarki, lekarze i sanitariusze ustępowali z drogi, nie mając odwagi zapytać o cokolwiek. Kobieta odepchnęła z drogi metalowy wózek; cichy brzęk instrumentów zasygnalizował zderzenie ze ścianą.

Kobieta wpadła do sali; pacjenci grający w warcaby przy stole z przerażeniem spojrzeli na zdyszaną postać z rozsypującymi się na ramiona ciemnymi włosami i suknią ubrudzoną na zielono na kolanach i rąbku spódnicy. Człowiek w masce z czarnego drutu wyprostował się. Kobieta spojrzała w jego jedyne oko, otworzyła usta ze zdziwienia, po raz pierwszy ujrzawszy z bliska twarz rannego. Jej krzyk był bezlitosną zapowiedzią tego, czego mogą się spodziewać okaleczeni poza bezpiecznym schronieniem szpitala.

Młody pacjent o grubo obandażowanej głowie, z oczami jak szparki w czerwonej, opuchniętej skórze, szarpnął stołem w porywie gniewu. Warcaby z grzechotem spadły na podłogę i zawirowały na niej. Ich klekot zabrzmiał głośno w nagłej ciszy zwykle gwarnego korytarza. Tłum obstąpił kobietę, która zemdlała.

McCleary szedł zdecydowanym krokiem za Kazanjianem, Huntem i Brownlowem po wąskiej ścieżce. Długie łodygi budlei, które trącał po drodze, drżały, sypiąc dokoła spłowiałymi, podobnymi do ziaren, niemal fosforyzująco szarymi kwiatami. Suchość zdawała się promieniować z brązowiejących źdźbeł skoszonej trawy na pastwisku; kolące ściernisko przygotowywało się na pierwsze przymrozki.

McCleary nie brał udziału w żartobliwej rozmowie towarzyszy; wydawała mu się frywolna, niepotrzebna. Dlaczego nie umieją rozkoszować się ciszą, ogromną przestrzenią spokoju? Coraz bardziej łaknął samotności. Dziesięć kroków dalej cieszył się już z hałaśliwego towarzystwa, gdyż znowu opadł na niego ciężar, który obezwładniał nogi, przygarbiał ramiona, gasił głos i błysk w oku. To chorobliwe uczucie nie miało źródła wewnętrznego, które mógłby znaleźć patolog, anatom lub niezwykłe, nieomylne oko aparatu rentgenowskiego. Sala operacyjna stała się jedynym miejscem, w którym czuł się prawdziwie bezpieczny, gdzie czas odmierzało się biciem serca. Ciała były terenem bezpiecznym i znajomym, o podziemnym rysunku mięśni, żyłach jak rzeki, kościach tkwiących w ciele niczym kamienie w ziemi.

Ciężki koszyk wrzynał się w jego palce, choć osłaniały je rękawice z grubej jeleniej skóry. Doktor zawsze dbał o dłonie, ale tym razem prawie nie dostrzegał tej niewygody, jakby stracił kontakt z własnym ciałem.

Dotarli do celu wędrówki – oranżerii, w której brakowało wielu szyb, a metalowy szkielet dachu przeżerała rdza. Dziwaczny kształt w środku okazał się pozostałościami fontanny. Wielkie kamienne donice, w których niegdyś rosły delikatne rośliny tropikalne – indyjski jaśmin, palmy, cytrony, rzadko spotykane pnącza z Sajdy i Smyrny – zostały odsunięte pod ściany. W lecie rozpanoszyły się tu chwasty, teraz splątane, wyschnięte kłęby, przebijające się przez kamienną posadzkę. Brownlow, jak zwykle złośliwy, rozdeptał je.

Mężczyźni jednocześnie zdjęli kurtki, krępujące przypomnienie o służbie. McCleary otrzepał ławkę zwiniętą gazetą i usiadł ostrożnie.

Koszyki od Fortnuma i Masona były podarunkiem dla pewnego pacjenta, który następnie sprzedawał je Brownlowowi, obecnie szybko rozpakowującemu puszki z piklami, groszkiem i szynką, sery, czekoladki Charbonnel, ciasto z kandyzowanymi owocami. Nad małą lśniącą puszeczką zatrzymał się na dłużej, szeroko uśmiechnięty.

– Panowie doktorzy, los się do nas uśmiechnął. Oto pasztet z dziczyzny. Widelce w dłoń!

– W tej chwili nie potrafiłbym się podpisać nawet krzyżykiem. – McCleary rozprostował obolałe, zdrętwiale dłonie. Chciał zostawić dla Artisa jakiś przysmak, może kawałek ciasta, ale poczucie winy szybko zdusiło tę myśl.

– Kieliszek wina nie zaszkodzi. – Brownlow sprawnie odkorkował butelkę i nalał do kubków, pełniących rolę kieliszków. – Doskonałe margaux, uprzejmy dar naszej gospodyni.

– Na świeżym powietrzu zaczyna pan bredzić. – McCleary podsunął mu kubek, usiłując przy okazji zajrzeć Brownlowowi w oczy i ocenić jego stan. Anestezjolog stawał się coraz bardziej chwiejny w nastrojach i miał zwyczaj raczej zapominać niż wybaczać tym, którzy często się z nim sprzeczali.

– Zbójcy z łupami – powiedział uroczyście Kazanjian. Hunt prychnął śmiechem.

– Jak w *Wyspie skarbów*.

Wznieśli toast za byłego właściciela koszy oraz ekipę dostawczą od Fortnuma, dwie przysadziste kobiety w zielonych fartuchach ze znakiem sklepu.

Gdy kubek dotknął warg McCleary'ego, dobiegła go słaba woń jodyny z poplamionych palców, niepozwalająca ani na chwilę zapomnieć o pracy. Ten gorzki zapach znikł po pierwszym łyku; doktor poczuł złożony smak, zaskoczony, że jeszcze nie stracił wrażliwości na takie doznania. Błysnęło wspomnienie, złociste światło, srebrne lichtarze, czarna suknia z falbankami. Usiłował dopasować do siebie te rozpryśnięte obrazki. Restauracja, kolacja z ukochaną. Co wtedy mu wyszeptała? A może zaśpiewała jakąś frazę? Haendla? *Ombra mai fu?* Albo może zagrała to orkiestra...

McCleary, przeszyty smutkiem, uświadomił sobie, że gapi się na Kazanjiana, który miał szczęście znaleźć miłość w tym nieprawdopodobnym otoczeniu. Szukał w jego twarzy oznak przemiany, blasku, błogosławieństwa Kupidyna, ale flegmatyczna twarz doktora nie zdradzała niczego. McCleary uśmiechnął się, postanowił z nim porozmawiać, podzielić jego szczęście. A może lepiej nie poruszać tak prywatnych spraw? Trudno było mu prowadzić rozmowę na ulotne tematy. Wolał coś bardziej konkretnego.

Brownlow i Kazanjian rozmawiali o dwóch pacjentach, coraz głośniej i z większym przejęciem, niemal się kłócąc. Kazanjian przelotnie dotknął ramienia rozmówcy, by podkreślić swoje słowa; tamten wzdrygnął się i cofnął, wyraźnie nie mógł znieść kontaktu fizycznego.

– Nawet maski Anny Coleman nie zwrócą życia pacjentom. Równie dobrze mogliby nosić na głowach doniczki. – Oczy Brownlowa stały się czarne, wielkie, błędne, a jego uśmiech ostrzegał każdego, kto chciałby się z nim nie zgodzić. Nikt się nie odezwał, wiedząc, że dyskusja nie ma sensu, gdyż Brownlow zawsze lekceważył cudze zdanie.

– Dobrze mówi – mruknął Hunt.

– Wielkie dzięki. – Brownlow zasalutował w jego stronę. – Podsłuchałem, jak dwaj pacjenci namawiają trzeciego, żeby pomyślał życzenie, ponieważ były jego urodziny. Zgadnijcie, czego chciał? – Nie czekając na odpowiedź, podjął: – Ten biedny kretyn życzył sobie ślepoty, żeby nie widzieć reakcji innych na swoją zdeformowaną twarz. Pozostali się z nim zgodzili. Sam także pomyślałem: tak, ślepota nie jest złym pomysłem dla kogoś z tak paskudnym pyskiem. Wyobraźcie sobie, co to za ulga.

Hunt gwizdnął ze zdziwieniem, słysząc taki brak szacunku.

McCleary nie mógł ścierpieć lekceważenia swojej pracy.

– Istnieje wiele dróg do wyleczenia. Maski przyspieszą proces zdrowienia.

– Problem z panem polega na tym, że zawsze jest pan taki święty. Jakby pan błogosławił pacjentów.

– Pan jest pijany, Brownlow.

– Nie, jestem wizjonerem, psiakrew. Na tyle trzeźwym, by wiedzieć, że w głębi serca cieszymy się z naszych całych twarzy. Nasze dumne wargi potrafią całować. Nasze oczy mrugają. Nie uważamy tych rannych za równych sobie. Nie, są dla nas maszkaronami, i w ten sposób kończymy to, co zaczął wróg.

Słowa Brownlowa przejęły McCleary'ego zimnem, które rozeszło się po ciele, odrętwiło go. W tych słowach była prawda. Także wstyd. Mętnie zdał sobie sprawę, że pozostali patrzą na niego, czekając na odpowiedź.

Odzyskał głos.

– A jednak nawet, gdy twarz jest zniszczona nie do poznania, tożsamość człowieka się nie zmienia. Nawet po śmierci coś pozostaje. Możecie to nazywać, jak chcecie, ale wszystko na świecie podlega temu prawu. Owidiusz o tym wiedział i wspaniale opisał. – Jego dźwięczny głos nabrał siły; doktor zapomniał o otoczeniu, a słowa popłynęły gładko, z pamięci:

Wszystko się w świecie zmienia, nic się nie zatraci.
Duch się błąka i różne przejmuje postaci.
To raz przechodzi w ludzkie, to w zwierzęce ciało
lecz nic nie masz takiego, co by zginąć miało.
A jak łatwy do zgięcia spod tworzącej ręki

coraz odmienną postać przyjmuje wosk miękki,
a tym samym jest przecie; tak dusza człowieka
jest tą samą, choć różne kształty przyobleka*.

Pozostali milczeli. Wydawało się, że wąskie metalowe rusztowanie dachu oranżerii kurczy się, obniża jak spadająca sieć.

– Nie kupuję tego. – Brownlow chwiejnie stanął na ławce i zwrócił się do nich jak kaznodzieja. – Nasze duchy przechodzą wyłącznie w umysłach. Potem światło gaśnie. Widzę dowody tego codziennie na stole operacyjnym.

– No, pięknie. Niech trochę wytrzeźwieje – powiedział Hunt. – Prawie majaczy. Nawąchał się tych oparów, że z uszu mu dymi.

Brownlow skoczył na niego z rykiem i razem potoczyli się po posadzce.

McCleary nie pamiętał, w jaki sposób uwolnił Brownlowa i starł ciemną strużkę krwi z jego ust. Wykonał ten gest odruchowo. Przytrzymał rękę Brownlowa, który spojrzał na niego ze zdziwieniem, zdyszany.

McCleary przypomniał sobie pewną noc w Heidelbergu, kiedy podczas pojedynku zadał przeciwnikowi cios szablą i, ku swemu wstydowi, nie potrafił zatamować krwi opatrunkiem z podartej koszuli. Ktoś pomógł mu wtedy tak, jak on teraz Brownlowowi – wziął go za ramię i odprowadził, nieświadomego, że i on ma ranę na twarzy. Czy jego praktyka lekarska zawsze miała związek z agresją?

Poczuł pulsowanie blizny na twarzy i puścił Brownlowa z gwałtownością, która zaskoczyła ich obu.

– Dość tego.

Brownlow odwrócił się; wyraz jego twarzy był dziwnie bliski płaczu.

---

* Tłum. Bruno Kiciński.

ROZDZIAŁ DWUDZIESTY

Dania, które przysłano Catherine do pokoju, były zimne pod metalowymi przykrywami. Zupa w wyszczerbionej wazie, tłusty kotlet na grubym fajansie ze szpitalnych zasobów. Catherine stanęła nad małym stolikiem, z serwetą osłaniająca suknię, ale zgrzyt łyżki, talerz, chrupanie chleba, sama czynność jedzenia budziły w niej wstręt. Nie potrzebowała jedzenia. Upuściła łyżkę, która upadła z brzękiem na talerz.

Z płaszczem na ramionach wyszła pospiesznie z domu, ubrana na spotkanie z Julianem. Długie trawy muskały jej suknię szeleszczącymi, regularnymi falami, jakby chodziła po wodzie.

Kamienne i szklane mury pawilonu rysowały się mgliście, szare pod szarym księżycem. Pewnego letniego wieczoru w tym pomieszczeniu, wtedy pełnym tancerzy, jakiś skrzypek grał fokstroty i tanga. Kobiety wychodziły na zewnątrz, szukając chłodu, a ich jasne jedwabne suknie roztaczały wokół siebie rozproszone światło świec jak kwiatowy pyłek, sunęły z nim w mrok pól, gdzie czekali służący z kieliszkami szampana na srebrnych tacach, pełnych rozmigotanych odbić.

Teraz ta scena wydawała się jej nadmiernie jaskrawa, fantastyczna, jakby nawet to wspomnienie było skażone przez wojnę.

Poczuła dziwny zapach; wiedziała, że napłynął zza Kanału. To był odór strachu i rozpaczy, zwiastun bitwy, wysyłającej rannych do tego zacisza w jej posiadłości. Była to oznaka pewna jak grawitacja, zimna jak rtęć; przy najbliższym przypływie, obrocie planety, wróg wskaże palcem na mapę, trawa nagle zwiędnie, ukazując nagą, bezbronną ziemię, a niebo się rozedmie, stanie się wielkie i straszne.

W pawilonie jej kroki odezwały się zimnym echem niezamieszkanych wnętrz. Czujnie, odruchowo, znalazła otwarte okno, drogę ucieczki. Zbyt przestraszona, by iść powoli, oparła się o ścianę, trzęsącymi się rękami zapaliła świecę; w jej wątłym płomyku ujrzała rozbite szkło, podłogę zasłaną kamykami i rozwichrzony chaos ptasich gniazd pod sufitem. Zimno otoczyło jej odsłoniętą skórę, pustą powierzchnię, czekającą na zapisanie.

Julian wkrótce przyjdzie. W wyobraźni ogołociła jego twarz z rysów, tak jak wiatr ogołaca drzewo z liści. Ciemność zakryje to, czego nie chciała oglądać. Na polu bitwy wszystko jest skupione w jednym punkcie: na celu. Czy ciało kochanka nie jest celem, który należy znaleźć w ciemnościach?

Hałas na dworze.

Strach zatrzepotał jak materiał na wietrze, szarpnął ją ku człowiekowi wyłaniającemu się z ciemności za drzwiami. Rozmigotane światło świecy rozproszyło złudzenie, zalśniło w intensywnym, żywym błękicie oka w masce, która przedstawiała twarz Charlesa.

Jej oczy patrzyły z okrucieństwem, niebezpieczne jak broń, nóż do ćwiartowania. Nie mogła oderwać wzroku od tego człowieka. Nie był Charlesem. Nie był Julianem.

– Więc zaczynamy. – Jego słowa były stłumione, wydobywały się z maski, wypowiedziane obcym głosem.

Zbliżył się na wyciągnięcie ręki, ale ona odwróciła głowę. Nie mogła na niego patrzeć.

Niezrażony tym odtrąceniem – a może nie dostrzegając go – łagodnie rozgiął jej palce, wcisnął w dłoń małą muszelkę, gładką i nieskalaną jak ptasie jajko. Szczelina między dwoma połówkami była wygięta niczym usta.

– To dla ciebie, Catherine. Trzymaj ją szczeliną do góry. Będę dotykać tej muszli jak twojego ciała. Patrz, myśl o sobie.

Podniosła głowę i przez jedno mgnienie jego maska zdradziła swoją nieruchomość, prymitywne naśladownictwo skóry, powierzchnię malowaną delikatnymi muśnięciami pędzelka, subtelnego jak ptasie piórko.

Ich ciała się dotknęły; on ujął jej dłoń, jego palec powoli

obrysował krawędź wąskiej szczeliny muszli. Rytmiczny szmer jego oddechu, cichy świst, pod maską brzmiał głośniej; wydawało się, że cała jej powierzchnia wciąga i wydycha powietrze, stopiona w jedno z ciałem.

Catherine usiłowała się cofnąć, ale jej nie puścił; jego palce przestawały się poruszać, kiedy drżała. Ale nie było się czego bać, bo jego dłoń tylko pieściła. Nie wiedział o jej podstępie, o swojej mimowolnej pozycji uzurpatora. Zamknęła oczy, by sobie wmówić, że to Charles trzyma ją w objęciach.

Julian przyglądał się jej twarzy, czekał cierpliwie, potem zaczął znowu wodzić palcami po muszelce, jego oddech brzmiał coraz szybciej, głośniej, intymniej.

Poczuła, że cienka skorupka muszelki przejmuje ciepło jej skóry; zapragnęła wśliznąć się do niej, rozładować tę chwilę trwania w zawieszeniu. To pomieszczenie, jego obecność, napięcie jej ciała znikły, a ona poczuła, że na jego skinienie staje się to cięższa, to lżejsza. Łańcuch doznań skończył się, kiedy odepchnęła go na oślep, rzuciwszy bez tchu:

– Kim jesteś?

Światło świecy nabrało jasności, stało się ognistą smugą, która legła na masce, lśniącej w miejscach, gdzie w chwili namiętności zadrasnęła ją paznokciami.

Sanitariusz poprawił okulary i rzucił na stół kopertę zaadresowaną do pani Coleman.

– Co to jest? – Anna przyjrzała się jej. Oficjalne powiadomienia w czasie wojny rzadko bywają mile widziane.

– Będzie to pani czytać? Mam zaczekać na odpowiedź?

– Nie teraz. Nie. – Natychmiast zapomniała o sanitariuszu i zaczęła sprzątać stół, powoli przykryła miskę z gliną, wytarła ręce w ścierkę, włożyła list do kieszeni i opuściła pracownię.

Weszła do infirmerii. Nie zdawała sobie sprawy, że szuka Kazanjiana, dopóki go nie znalazła.

– Miło panią widzieć.

Kazanjian był oficjalny i daleki, jakby w odruchu obronnym. Pielęgniarka podała mu jakiś dokument; odpowiedział szybkim skinieniem głowy, nie zwracając uwagi na Annę.

Stała, muskając rąbkiem sukni półki z akcesoriami. Nie lubiła tej swojej dotkliwej potrzeby, by go zobaczyć, tego błagalnego wyrazu twarzy, który usiłowała mozolnie zamienić w gniew.

Gdy pielęgniarka zamknęła za sobą drzwi, Kazanjian złagodniał, jakby zauważył, że ubranie Anny jest zabrudzone gliną, że zapomniała zdjąć kitel.

– Coś panią zaniepokoiło.

– Dostałam urzędowe pismo.

Kazanjian wyciągnął ręce, ujął jej dłonie.

– Proszę usiąść. Przygotuję dla pani miejsce.

Podłoga dziwnie chwiała się pod jej niezdarnymi stopami, gdy prowadził ją do wykuszowego okna z widokiem na jezioro. Jej ciało sztywno znieruchomiało na ławeczce. Siedzieli obok siebie jak dwie kolumny po dwóch przeciwnych stronach mostu, ze złowrogim pasmem wody między sobą. Anna czuła, że gdyby Kazanjian jej dotknął, zadrżałaby z ulgi.

Wyjął list z jej kieszeni.

– Mogę otworzyć?

Skinęła drętwo głową.

List w jego ręce wyglądał sztywno jak tabliczka. Kazanjian przebiegł go wzrokiem, po czym cicho przeczytał, że jej mąż umarł. Ostrzał nieprzyjacielski. Potem następowały oficjalne słowa kondolencji. Nie wspomniano o szczegółach. Ochotnicy postawili biały drewniany krzyż, znaczący jego miejsce spoczynku na obcej ziemi.

Smutek był zimną, dojmującą pustką, która nagle wypełniła się po brzegi. Anna przyjęła ją z gorzkim płaczem, który rzucił ją na ramię Kazanjiana.

*

W dniach, które nastąpiły po wiadomości o śmierci męża, Anna zamykała się w pracowni, nie chcąc się z nikim widywać. Sanitariusz przynosił jej świeżą wodę, jedzenie, brom w brązowej buteleczce. Catherine przyniosła kwiaty w wiaderku i butelkę wina, które zostawiła potajemnie na progu.

Anna odtrąciła Kazanjiana. Pozwolił na to. Zostawił jej świece i emaliowany kubek, który zabrał z mesy szpitala polowego, pamiątkę ich wspólnie spędzonych dni. Kiedy mógł, wymykał się ze szpitala i stawał pod pracownią, nasłuchując kroków Anny. Nigdy się nie narzucał.

Pewnego popołudnia Anna otworzyła wreszcie drzwi i wpuściła go.

Była blada, szczuplejsza, miała podkrążone oczy. Choć tak długo przebywała w pracowni sama, wnętrze było zaniedbane. Glina w pojemnikach popękała, farby wyschły na pędzlach, zakrzepły w nieregularnych grudach na paletach. Kurz zebrał się na blatach stołów.

Anna przyglądała się bezczynnie, jak Kazanjian w milczeniu sprząta pokój. Raz cicho poprosiła, żeby wrócił do własnej pracy, ale najwyraźniej nie spodziewała się odpowiedzi. A on zakręcał słoiki i tubki z farbą, szorował stoły, opłukiwał miski, pędzle i narzędzia rzeźbiarskie, wylewał ciemne płyny do kubła. Polał palety terpentyną i wyczyścił je. Na szmacie w jego zaciśniętej ręce pojawiła się szkarłatna plama.

– Nigdy nie pozwalałaś, żebym ci pomagał. Nawet w szpitalu polowym.

– To było w innym życiu.

Kazanjian, niewzruszony jak butelki na półce za jego plecami, przyjrzał się jej uważnie, tak jak przyglądał się badanym pacjentom, choć tym razem nie potrafił przewidzieć przyszłości.

– Nie umiem się przed tobą bronić.

– Nie mogę.

Zawahał się, jakby chciał coś powiedzieć, wziął szkicownik i wyszedł.

Więc to pożegnanie?

O wschodzie słońca McCleary siedział na łóżku, zbyt zmęczony, żeby się ubrać. Co dziwne, nadal był ożywiony, mógł chodzić, rozmawiać, a ciało nie odpadało od kości jak śnieg od gałęzi. Schludnie złożone ubranie, okulary, dzbanek z wodą, gazeta na odsuniętym aksamitnym fotelu wyglądały dziwnie obco, jakby zostawił je tu przed wieloma tygodniami, nie wczorajszego wieczoru. Artis. Przypomniał sobie, że chłopiec jest bezpieczny i przez chwilę ogarnęło go miłe poczucie sukcesu.

Był zmęczony do szpiku kości, zesztywniały tak, że nie potrafił się odprężyć. Kazanjian miał rację. Kości są tworem sekretnym, niedostrzegalnym, nieustępliwym. Skarb jego ciała. Maszt. Rusztowanie. Podpora. Skóra jest słabą, cienką osłoną nerwów, mięśni. Miejsce kontaktu i bariera, którą może naruszyć igła, drzazga, cudza ręka. Okrutne słowo.

Stanęła mu przed oczami wizja własnych bladych palców w sali operacyjnej, robiących szwy katgutem i wygiętą igłą, a potem igła rozmnożyła się w las zielonych włóczni – nie, to była jedwabista trawa, porastająca umarłych. Wyobraził sobie, że żołnierze powstają z tych pól, gdzie padli lub zostali pochowani z czułością. Nie będzie żadnej różnicy między tymi, którzy mieli nienaruszone ciała, i rannymi, których leczył. Wszystkie ciała są równe sobie. Ciała o promiennej skórze.

Przypomniał sobie cytat: „Lecz ja wiem: Wybawca mój żyje, potem me szczątki skórą przyodzieje i ciałem swym Boga zobaczę"*.

Słyszał nieustanny, jak mżenie bólu, szum powietrza nad

---

* Za *Biblią Tysiąclecia*, wydanie piąte, Poznań 2000.

poruszającym się przedmiotem, jak bomby zbliżającej się do celu, życia zbliżającego się do końca. Przycisnął palcami skronie; ich pulsowanie zlało się z tym pulsowaniem poza zasięgiem jego słuchu. Śpiew, czy to ktoś śpiewa? Kiedy ta myśl rozeszła się po naprężonej siatce ciała, poczuł rozluźnienie; żyły w czarodziejski sposób wyśliznęły się z jedwabistych mięśni i zakotwiczających kości, a on umościł się w kołysce swojego unoszącego się w powietrzu ciała, przejęty głęboką wewnętrzną wibracją, jednocześnie całkowicie spodziewaną i zupełnie zaskakującą.

Kazanjian zgłosił się na ochotnika i został przyjęty do szpitala polowego nr 15, po czym w końcu przeniesiono go do punktu opatrunkowego na froncie, ponieważ chciał się znaleźć jak najbliżej pola bitwy. Warunki były przerażające. Przez wiele miesięcy na jego oczach umierali niezliczeni żołnierze. Gdy skończyły się zapasy morfiny, kazał pielęgniarkom podawać najpoważniej rannym zastrzyki ze sterylnej wody jako placebo. Bomby padały tuż koło szpitalnego namiotu, ale on był niewzruszony. Pracował w okopach i w nich się pogrzebał.

Sanitariusz dostał łapówkę, by nalać do wolseleya benzyny z zapasów i zawieźć Catherine i Juliana do miasta. Ta wycieczka była jej darem dla Juliana. Spodziewała się, że maska w obcym otoczeniu stanie się bardziej podobna do twarzy.

Julian zgrabnie otulił ją kocem na tylnym siedzeniu automobilu. Podczas jazdy rozmawiali niewiele, gdyż podwozie klekotało przeraźliwie. Zrobiło się zimno, wszędzie zapanowała szarość, a z wolna ciemniejące dalekie, śniegowe chmury wlokły się za nimi przez całą podróż przez na poły zamarznięte bite drogi.

Zmierzchało, gdy przybyli na miejsce, ale było dość światła, by dostrzegli zmiany, jakich doznało miasto. Jeziorko w parku St. James zostało osuszone, a na otwartej przestrzeni stały wojskowe namioty. Nad National Gallery rozpostarto ochronną metalową sieć, którą zarzucił najwyraźniej jakiś olbrzym. Czołgi i ogromne karabiny na obrotowych platformach stały w kwadracie przed Museum Library. Wojna była tu bliżej. Najbardziej szacowne budynki wydawały się prowizoryczne, sztuczne, jakby to gruz i roztrzaskane cegły stanowiły prawdziwe kości tego miasta, niegdyś ukryte, teraz odsłonięte.

Gdy Catherine i Julian weszli pod zieloną markizę Berkeley Hotel, na ich twarze padło światło lamp. Catherine spodziewała się, że odźwierny drgnie na widok obandażowanej twarzy Juliana. Poczuła, że jej ramię tężeje.

Złote guziki na uniformie starego odźwiernego błysnęły, białe rękawiczki poruszyły się, tworząc zamgloną linię, znudzony wyraz twarzy się nie zmienił. Człowiek w bandażach nie stanowił już osobliwości. Julian szybko wsunął mu w dłoń gwineę.

Recepcjonista z równą obojętnością czekał, aż wpiszą się do księgi gości. Catherine nie zapomniała włożyć obrączki, ale Julian zażądał oddzielnych pokojów. Zaskoczona, bez protestu przyjęła jego decyzję i poszła za dziarską młodą kobietą w uniformie chłopca hotelowego.

Dziewczyna bez trudu wniosła pudło na kapelusze i dwie ciężkie skórzane walizki Catherine do windy.

– Zimno jak na tę porę roku, prawda? – zagadnęła.

Catherine, wytrącona z równowagi decyzją Juliana, nie zbeształa dziewczyny za impertynencję.

– Na wsi wydawało się, że jest cieplej.

– Mówią, że bomby zmieniają pogodę. Na Romney Marsh roi się od srok. A w Westmorland mają plagę ciem.

Catherine nie odpowiedziała.

Tego wieczoru kolację zjedli osobno, każde w swoim pokoju. Catherine nie mogła zasnąć; stanęła przed oknem, a zimne powietrze przenikało przez szczeliny szyb prosto w jej wyciągnięte ręce.

W futrze narzuconym na cienką koszulę nocną zapukała do drzwi Juliana i czekała w strasznie szerokim, zimnym korytarzu. Nikt nie odpowiedział, w pokoju było cicho. Wróciła do łóżka jak lunatyczka.

Następnego ranka udała się na zakupy dla Juliana do Fribourga i Treyera. Z ulgą ujrzała, że wytarty dywan i ciemne, zadymione wnętrze sklepu są takie jak dawniej. Zamówiła odpowiednie proporcje tytoniu tureckiego i hawańskiego, który następnie zmieszano, leżakowano i ręcznie zwinięto w bibułki. U Briggsa kupiła dwa parasole z trzcinową rączką, a w Asprey srebrną papierośnicę z monogramem. Umówiła Juliana na przymiarkę koszul u Budda. W każdym sklepie brakowało personelu, ponieważ można było zatrudniać tylko kobiety.

Catherine sama wzięła wszystkie paczki. Naręcze darów. Skręciła za róg i przed jej oczami otworzyła się ulica, skrząca się okruchami zbitego szkła, jak szron w słonecznym blasku. Z budynku, a raczej tego, co z niego zostało, unosił się dym. Gruz raniący ciało, oślepiający pył. Ogarnęła ją znana panika; spojrzała w puste niebo.

Julian delikatnie dotknął jej ramienia, pozbierał rozsypane paczki i zaprowadził ją do hotelu. Przez cały czas szedł za nią.

Niepokojąco uroczysty maître d'hôtel wprowadził Catherine do Savoya pomiędzy ogromnymi palmami w donicach, koło orkiestry Meyera van Praaga w ciemnych frakach, obok szefa kuchni, krzątającego się wśród lśniących miedzianych saganów. Wymuszony uśmiech, który rzuciła swojemu przewodnikowi, niezdarny ruch zbyt mocno ściskanego wachlarza zdradziły jej zdenerwowanie.

Julian się spóźniał, a ona czekała. Okrągły brylant na jej palcu lśnił zimno w świetle lampy. Nerwowo przyglądała się przedmiotom na stole jak godzinom na tarczy zegara. Wszystko zdawało się mieć znaczenie, wszystko było znakiem zapowiadającym szczęście, przybycie Juliana.

Maître d'hôtel z wolna podszedł do jej stolika. Z wyrazem powściąganego napięcia skłonił się lekko i ustąpił miejsca wysokiemu mężczyźnie w nieskazitelnym fraku. Charles. Jego twarz zamgliła się i znowu się scaliła, jakby przeszła po niej fala. Julian za maską Charlesa.

– Czuję się jak intruz. – Jego głos wydobywał się trochę stłumiony przez szczelinę ust.

– Ależ skąd. – Złudzenie, że Julian jest Charlesem, trwało, dopóki się nie odezwał. Zamiast przelotnej radości, jakiej się spodziewała, poczuła kamień w sercu.

Czarna sylwetka kelnera zmaterializowała się obok nich.

– Madame, Monsieur? Zechcą państwo złożyć zamówienie? *Crème de laitues, pilaf de volaille à la Turque* są doskonałe.

Catherine chciała oszczędzić Julianowi zażenowania, gdyż jego słowa wydobywały się zza maski zniekształcone i szybko szepnęła, że oboje będą polegać na zdaniu szefa kuchni.

Julian usiadł w cieniu, gdzie dostrzegała tylko zarysy jego twarzy. Kiedy spoglądał w inną stronę i milczał, był kompletnie nieodgadniony, zagadka, człowiek zamknięty w pancerzu twarzy Charlesa. Pochylił się ku niej, światło świec zalśniło na jego twarzy, odarło ją ze złudnej cielesności. Catherine dostrzegła jego niepokój, przetłumaczyła go z napiętych mięśni karku i ramion.

Uwierający złoty krąg klejnotów na jej szyi, nachylenie butów na wysokich obcasach, kłujący rożek wykrochmalonej serwetki na kolanach – wszystko to wytrącało ją z równowagi. On chyba potrafi odczytać wyraz jej twarzy, już wie, że coś przed nim ukryła. Oczywistość niezdolnej do kłamstwa skóry. Z trudem się powstrzymała, by nie chwycić w panice ramienia Juliana.

Julian wyciągnął rękę; na ciepły, znajomy dotyk w jej oczach stanęły łzy.

Zaraz zacznie go błagać, żeby zdjął maskę.

– Pan pozwoli...

Talerze ustawiono sprawnie na stole. Catherine uśmiechnęła się do kelnera, by odwrócić jego uwagę od siedzącego obok niej mężczyzny. Dania były wyśmienite. Julian mógł sączyć płyny przez otwór w masce, ale jedzenie było wykluczone. Catherine w milczeniu piła wino, zupa na jej talerzu stygła nietknięta.

Sommelier wtrącił się pomocnie i pochylony dyskretnie nad stołem zapytał o przyczynę braku apetytu. Zauważył dziwny bezruch twarzy Juliana i skamieniał, ale zaraz się opanował i dał znak kelnerowi, by zajął się kieliszkami.

Catherine poczuła ukłucie litości. Julian zauważył jej spojrzenie i przez chwilę jego zdrowe oko zamgliło się smutkiem. Pomiędzy nimi powstała rysa.

Wstał gwałtownie; kobieta przy sąsiednim stoliku podążyła wzrokiem za zdziwionym spojrzeniem swojego męża – prosto jak po linijce. Goście obserwujący odchodzących Catherine i Juliana wyczuli, że między nimi coś się zepsuło. Sprzeczka kochanków. Zawsze chodziło o wojnę.

Julian usiadł w automobilu wyprostowany jak struna. Nie dotykał Catherine. Chciała zacząć rozmowę, ale podniósł rękę, zatrzymując jej słowa. Wolał w milczeniu jechać na Cranbourne Street. Gniewał się? Był smutny? Wszystkie jego zachowania rozumiała jako oskarżenia przeciwko sobie. Ta maska była środkiem tymczasowym. Można ją było zdjąć, zapomnieć o niej. Przewina, a po niej wybaczenie. Pomiędzy malowaną maską i ciałem Juliana rysowała się linia, szczelina. Tam trzeba go szukać.

Nikt w gwarnym tłumie w teatrze na Drury Lane nie

zwrócił uwagi na Juliana. Żyrandol w holu dawał niewiele światła, a maska była prawie niedostrzegalna w cieniu kapelusza. Julian poprosił, by Catherine sama poszła na ich miejsca w pierwszym rzędzie, wyjaśniając, że zaraz do niej dołączy.

Ostry, papierowy szelest kartek programów rozdrażnił nerwy Catherine. Spojrzała na widownię w dole, masywne, surowe czoła mężczyzn, nagie ramiona kobiet, wyłaniające się zza zaokrąglonych oparć foteli. Biła z nich aura zdrowia fizycznego. Ta ich zarozumiałość, pewność, że ich ciała nigdy nie zostaną naruszone, była dla niej odrażająca.

Jej gniew rozpłynął się w niespodziewanej tęsknocie za chorymi, ich wrażliwością, wdzięcznością za wybawienie od bólu. Za prawdą ich chudych, cierpiących ciał.

Kurtyna się uniosła, ukazując przedstawienie pełne bezsensownego zamieszania. Palce Catherine zakrzywiły się jak szpony, wachlarz opadł na kolana. W tej chwili – kiedy wszystkie twarze odwróciły się w stronę sceny – poczuła, że Julian jest na widowni. Powiodła wzrokiem po rzędach i lożach, po szeregach siedzeń między wysokimi kolumnami. Znajdzie Juliana, zmusi go, żeby się jej ukazał.

Widzowie zaczęli bić brawo. Ruch ich białych dłoni, dziwnie odkształconych, gdy się je oglądało pod tym kątem, wydawał się osobliwie powolny. Samotna postać w loży naprzeciwko odwróciła się powoli w stronę Catherine i w półmroku sali zaczęły się dziać czary: Charles wrócił pomiędzy żywych.

Catherine otworzyła szeroko oczy, odwróciła je i spojrzała znowu. Przy każdym spojrzeniu wstrząsała nią świadomość, że to on, a potem powolny dreszcz niedowierzania, zmieniającego się w radość. Gdyby jej ciało było ze szkła, przepływające przez nią emocje byłyby jak musujące kolory. Ale kiedy wzrok przyzwyczaił się do maski, złudzenie znikło i ukochana twarz Charlesa stała się sztywna, nieruchoma niczym portret trumienny. To nie było zmartwychwstanie. Nie mogła go uzdrowić ani ocalić.

Gwałtowne oklaski zasygnalizowały koniec przedstawienia. W chwili, gdy odwróciła wzrok, Julian zniknął. Catherine zbiegła po schodach.

Nad tłumem w holu wznosił się sufit o misternych złoceniach. Goście rozmawiali, przytrzymywali się za fraki. Jakiś pan szukał na podłodze upuszczonej rękawiczki. Z oddali dobiegał cichy śmiech. Catherine gwałtownie przedzierała się ku obcemu brodaczowi w cylindrze, który odwrócił się gniewnie, gdy chwyciła go za ramię i z przerażeniem odkryła swoją pomyłkę.

Na dworze panowały nieprzeniknione ciemności. Wszystkie okna były zaciemnione, kształty budynków zlały się z równie mrocznym niebem. Natarczywy dźwięk w oddali spotężniał, zmienił się we wrzask syreny i natychmiast niewidzialny prąd kierujący rytmem miasta ustał, a ludzie rzucili się do teatru, w otwarte drzwi. Kule latarni na fasadzie budynku zgasły.

Catherine zaglądała w twarz mijającym ją pędem osobom. Strach na ich twarzach przesączał się w jej serce.

– Proszę wejść do środka – odezwał się karcąco starszy pan. – To syrena alarmowa. Nalot. – Kiedy nie odpowiedziała, wzruszył ramionami i wbiegł do teatru.

Wycie syreny stawało się coraz bardziej natarczywe. Wydawało się, że niebo zmienia się pod wpływem dźwięku, gdyż nabrało odcienia brudnej szarości, kłębiastej nad horyzontem. Cienkie nici światła przeszywały chmury na wylot. Szperacze. Odezwała się inna syrena, o wiele bliższa.

– Catherine.

Julian wziął ją za ramię. Tylko jego oko w nieruchomej masce zdradzało niepokój. Wciągnął ją do teatru. Szybko ruszyli wraz z innymi ku scenie, gdzie dystyngowany mężczyzna we fraku odsunął mięsistą kurtynę.

– Panie i panowie, proponuję państwu wyborne lokum pod sceną! – zagrzmiał.

– Czy bilety będą tańsze? – odkrzyknął ktoś.

Jakaś kobieta zachichotała nerwowo.

– Pomyśleć tylko, dyrygent dyryguje ewakuacją.

Julian, trzymający płaszcz Catherine, pomógł jej przejść przez zwoje sznurów na podłodze za kulisami, a potem po kilku stopniach stromych schodów. Ludzie odmówili dalszego schodzenia. Woleli zaryzykować pozostanie tu, gdzie się znaleźli. Dyrygent pospiesznie ich pożegnał i zaprowadził Catherine, Juliana i otyłego, dyszącego biznesmena trzęsącymi się metalowymi schodkami. Efektownym gestem otworzył drzwi, prowadzące do ceglanej piwnicy. Mdłe światło nagich żarówek prowadziło przegraną z góry walkę z mrokiem wielkiego wnętrza o łukowatym sklepieniu.

Dyrygent – jowialny jak przewodnik wycieczki – wytarł ręce o poły fraka.

– Wspólnie przeczekamy sztorm na tym statku. Przepraszam za brak ogrzewania. – Uścisnął dłonie Juliana i Catherine, drżącej w sukni z aksamitu. – Ale tutaj jesteśmy całkowicie bezpieczni.

Dyrygent i grubas uprzejmie przynieśli skrzynie i kufry, żeby wszyscy mieli na czym usiąść.

– Znajdujemy się w położonym pod piwnicą magazynie, gdzie przechowujemy dekoracje. – Dyrygent powiódł dostojnym gestem po ogromnych połaciach płótna z malowanymi szarymi górami i ognistym zachodem słońca. Inne stały pod ścianami.

– Widzę stąd góry z *Tannhäusera*. Choć ta opera została już zdjęta z afisza.

– Hop, hop! Czy jest tu dla nas miejsce? – Kobieta w średnim wieku oraz jej córka, dwudziestoparoletnia dziewczyna o ciemnych kędzierzawych włosach, schodziły szczękającymi schodami, kurczowo trzymając się balustrady. Znaleziono dla nich następną sfatygowaną skrzynię, gdyż rozdygotana młoda kobieta nie chciała usiąść na miejscu dyrygenta.

Catherine przywarła do Juliana. Stali cicho w cieniu, z daleka od innych. Czekała na odpowiednią chwilę, by unieważnić podstęp, który wcieliła w życie.

– Proszę, wracajmy na górę. Zaryzykujmy – szepnęła głosem, który poniósł się dźwięcznie w pomieszczeniu.

Julian pokręcił drętwo głową. Nie wiedziała, czy odmawia z powodu troski, czy przerażenia.

Wszyscy oprócz niej przeżyli już jakieś bombardowanie; ich pierwsza ulga po znalezieniu schronu szybko się ulotniła i zmieniła w ciężkie, trudne milczenie. Mijał czas. Dyrygent głośno wyraził żal, że nie ma kart albo partytury do studiowania. Nikt mu nie odpowiedział.

– Zatem sama znajdę rozrywkę, skoro reszta państwa nie chce się bawić – oznajmiła kędzierzawa młoda kobieta. Zrobiła spontaniczny piruet na tle malowanych dekoracji; światło ukazało kształt jej nóg pod cienkim materiałem spódnicy. Pozostali, zadowoleni z chwili odprężenia, choć występ dziewczyny był niezdarną, dość upiorną parodią baletowych pas, zaczęli bić brawo. Tancerka ukłoniła się z przesadnym przejęciem; w tej samej chwili rząd lamp na ścianach zaczął migotać.

Catherine skupiła wszystkie myśli na wyobrażonym kolorze, ogniście żółtym i pomarańczowym. Modliła się, żeby światło nie zgasło. Chłodno oceniła swoje dotychczasowe postępowanie, złożyła przysięgę, że dotrzyma pewnych postanowień w zamian za ratunek z tego miejsca.

Nagle ogarnęła ich czerń, niezgłębiona jak spokojne jezioro. Młoda kobieta upadła, kwiląc ze strachu.

– Do diaska – odezwał się głośno grubas.

– Światło zgasło przez ten taniec – zażartował dyrektor, ale w jego głosie nie było rozbawienia. – Choć dyrekcji by się spodobał. Ta dziewczyna ma talent.

– To straszne, tyle cegieł nad naszymi głowami. Pogrzebią nas.

– Więc co pani proponuje?

– W gabinecie mam latarnię. Przyniosę. – Dyrygent hałaśliwie wszedł po schodach, niezdarny jak ranne zwierzę. Przekleństwa, odgłosy grzebania, w końcu pisk drzwi i cienki jak drut promień światła.

W ciemności dźwięki wydawały się głośniejsze. Catherine rozpoznawała wszystkich po samym oddechu, wyraźniejszym niż niewidzialne ciała. Czuła coraz większe napięcie, świadoma, że te oddechy ucichną, gdy powietrze stanie się gęste od pyłu i kurzu, ceglanego miału, odprysków szkła.

Podłoga zadrżała; głuchy pomruk ciągnął się przez jeden, dwa, trzy oddechy.

Strach odmienił Catherine, zmienił jej dłonie, ręce, nogi w dygoczącą, niezdarną nieważkość. Palce Juliana delikatnie przesuwały się przez jej włosy, pieściły kark. Dłonie sięgały coraz dalej, stały się tarczą, tratwą ratującą ją przed mrokiem. Wtuliła się w Juliana, chwyciła go w uścisk. Przez myśl przebiegło jej, że razem zginą. Może w chaosie zniszczenia oboje zmienią się w słupy soli lub kamienne kolumny i w ten sposób ocaleją.

Pomruk narastał, nadchodził.

– Czy wszyscy tu umrzemy? – zapłakała młoda kobieta.

Dźwięk zmienił się w dygot, który ogarnął ziemię, przeniknął przez cienkie atłasowe pantofelki Catherine, popełzł po nogach do najgłębszego rdzenia jej ciała.

– Nigdy mnie nie zostawiaj! – krzyknęła Catherine, nie dbając o to, czy inni ją słyszą.

Potężny trzask wstrząsnął murami; podłoga się przechyliła, jakby grawitacja przestała ją obowiązywać, a w nieprzeniknionych ciemnościach spadł na nich kurz i grad czegoś niewidocznego. Ich wrzaski brzmiały nieludzko.

Cisza. Potem kaszlnięcie i jęk kobiety w średnim wieku.

Catherine zachłysnęła się, uniosła głowę, wypluła ostry, gorzki miał, wypełniający jej usta.

– Julianie! Julianie! – Zaczęła pełznąć po podłodze, chwyciła jeszcze ciepłe ramię i odetchnęła z ulgą, gdy Julian odpowiedział mocnym uściskiem.

– Dzięki Bogu. Dzięki Bogu. Muszę ci powiedzieć...

– Wszyscy mają jakieś ostatnie słowa i wyrazy żalu – przerwał grubas, niewidoczny, ale znajdujący się gdzieś blisko. – Takie same rozmowy słyszałem, kiedy moja łódź tonęła koło Islay. Darujmy sobie.

– Było blisko.

Cichy szmer u góry schodów obwieścił powrót dyrygenta, niosącego lśniący walec – latarnię, kołyszącą się w powietrzu z popiskiwaniem. Pod jego stopami chrzęścił ceglany gruz.

Latarnia stanęła na środku pomieszczenia. Jej światło rozpraszał nimb wirującego szarego pyłu. Z ulgi zaczęli mówić głośniej, otrzepując ubrania.

Dyrygent i gruby biznesmen przykucnęli obok siebie, złoszcząc się na tę upokarzającą bezwolność. Zgodzili się, że zeppeliny nie mogą lecieć do tyłu, a podczas wichru tracą sterowność.

– Strącimy drani z nieba!

– Módlmy się, żeby zeppeliny przeleciały, a nasze kłopoty się skończyły. – Starsza kobieta mocniej otuliła się szalem, a jej córka się pochyliła. Światło latarni rzeźbiło jej rysy, gdy wpatrywała się w Juliana.

Catherine ścisnęła dłoń Juliana, dając mu znak, że powinien cofnąć się poza krąg blasku.

– Już po wszystkim. Wyjdźmy stąd – poprosiła, ciągnąc go za ramię.

Ale młoda kobieta nie dała się zbyć.

– Zaraz – powiedziała. – Zaraz. Ten człowiek jest jakiś dziwny.

Dyrygent przyjrzał się Julianowi i odwrócił wzrok.

– Niebo się na nas wali. Wszystkim nam potrzeba odrobiny szczęścia. Proszę mu dać spokój.

Catherine poczuła, że jej skóra się ściąga, jakby cała postać kurczyła się ze strachu. Ratuj się, Julianie, pomyślała.

Julian czekał, nieruchomy jak posąg. Młoda kobieta przechyliła latarnię, świecąc mu prosto w twarz.

– Na Boga, spójrzcie na niego.

Catherine ruszyła, żeby bronić Juliana, ale ten odsunął ją na bok. Maska rzucała głęboki cień na jego szczękę; tylko oko wydawało się żywe w tej upiornie gładkiej twarzy. Bardzo ostrożnie uniósł zza uszu wąsy okularów i cała maska zsunęła się w jego dłonie, ruchem prostym i zwyczajnym.

Młoda kobieta wrzasnęła, pozostali się wzdrygnęli, jakby stali się jednym ciałem. Latarnia przewróciła się, jej światło rzuciło na ściany wyolbrzymione cienie ich miotających się postaci. Bali się Juliana bardziej niż ciemności.

– Gdzie on jest? Poszedł?

Obaj mężczyźni przeszukali pokój, świecąc pomiędzy teatralne dekoracje, jakby sądzili, że Julian przykucnął za nimi.

– Poszedł.

Światło latarni padło na Catherine, rozjarzyło jej skórę i suknię bielą.

– Kto to był?

– Potwór?

– Nie wiem – szepnęła. – Nie widziałam go. Stał za mną.

Otoczyli ją, niepewni. Serce jej stanęło. Przez ułamek sekundy miała ochotę rozładować napięcie, zażartować, wyprzeć się Juliana.

Odepchnęła dyrygenta i wbiegła, potykając się, na schody, ku światłu za drzwiami. Za nią podążyły głośne kroki.

– Puśćcie ją!

– Na litość, proszę unieść latarnię, żeby coś widziała.

Spódnica Catherine zaczepiła o balustradę; szarpnęła ją i rozdarła, tak bardzo się spieszyła, żeby dogonić Juliana.

Na górze było nieco jaśniej; po głuchym tupocie stóp Catherine odgadła, że znajduje się za kulisami. *Jeśli Julian wyszedł z teatru, nigdy go nie znajdę. Będę zgubiona.*

Jej młócące dłonie uderzyły o coś ciężkiego, mięsistego – o kurtynę; z trudem ją obeszła. Przez kurtynę wydostał się prąd chłodnego powietrza; Catherine prześliznęła się na drugą stronę i stanęła nieruchomo. Czerń otaczała ją zewsząd. Jej zmysły odebrały wrażenie wysokiego sklepienia, otwartej przestrzeni.

– Julian!

Światła w teatrze z wolna się zapalały, jej wzrok wyłaniał z nicości rzędy foteli, żyrandole, długi wzorzysty chodnik. Przekonała się, że stoi na skraju sceny. Zakręciło się jej w głowie, szybko się cofnęła.

Jakiś mężczyzna czekał na środku widowni.

– Julian?

Nie zareagował.

– Julianie, wybacz mi.

Ruszył przejściem między rzędami, z maską w ręce jak z tarczą. Stanął przed sceną.

Milczał tak długo, że w końcu krzyknęła.

– Czego chcesz! Powiedz. Zrobię to. Chciałam... – Pulsowanie, które czuła na szyi, stało się gwałtowniejsze, zdusiło jej słowa.

– Pewnego dnia zapragniesz, żebym zniknął. Nawet się nie zorientujesz.

Upadła na kolana, spódnica rozpostarła się wokół niej, a ona wyciągnęła błagalnie ramiona.

Minęła minuta, potem druga. Lampy, świecące równym blaskiem, zszarzały, gdy Julian odwrócił się i szybko odszedł.

– Nie zostawiaj mnie – szepnęła i uderzyła dłonią w scenę.

W oddali syrena wyła coraz przeraźliwiej, zapowiadając zbliżający się do teatru dygot.

EPILOG

1919 r.

Podczas uroczystości w wytwornej sali ratusza Anna odbierała odznaczenie za pracę w czasie wojny. Przyjęcie zorganizował znany w mieście przedstawiciel śmietanki towarzyskiej. Anna siedziała na scenie, obarczona brzydkim bukietem goździków i usiłowała dotrwać do końca nudnych peanów na cześć „pani Coleman". Kiedy jakieś dziewczę zaczęło śpiewać, Anna wodziła wzrokiem po widowni; twarze widzów rozpływały się i falowały wokół stojącego w głębi Kazanjiana. Konając z niecierpliwości, nie mogąc zejść ze sceny, dotrwała do końca pieśni i następujących po niej przemów.

W końcu przyjęła gratulacje, uciekła ze sceny i z twarzą wykrzywioną niepokojem przecisnęła się przez tłum, odpychając na bok przełożoną pielęgniarek, która chciała złożyć jej wyrazy uznania.

Podwójne brązowe drzwi na końcu sali były zamknięte. Kazanjian zniknął. Wyszła na zewnątrz i odnalazła go na samym końcu westybulu, opartego o balustradę. Był szczuplejszy, bardziej zatroskany.

– Doktorze... – zaczęła i widząc jego gest, poprawiła się. – Tak. Varaztadzie.

Odpowiedział uśmiechem.

Później doktor Kazanjian przyszedł do pracowni za domem Anny Coleman i z powagą wędrował wśród sztalug, i podestów do pozowania, na których stały niedokończone popiersia dziecka i młodzieńca. Przyglądał się pędzlom, farbom, kredom, pojemnikom z wodą, puszkom z terpentyną, pudełkom z gipsem i gliną, w ten sposób na nowo się do niej przyzwyczajając.

– Widziane już kiedyś przedmioty sprawiają, że czuję się mile widziany – powiedział cicho.

– Jak zawsze.

Tego dnia mówili o wielu rzeczach. Kazanjian wykładał obecnie na Harvardzie. Słyszał o doktorze McClearym.

Anna wyjaśniła, że kiedy on odjechał na front, została jeszcze przez jakiś czas w dworze. Chirurgia poczyniła ogromne postępy i ranni już nie potrzebowali masek. Ale pacjenci o najbardziej zdeformowanych twarzach pozostali, czekając na nowe leczenie, na cud. Niektórzy przeszli ponad czterdzieści operacji. Wielu nadal znajduje się na terenie posiadłości.

Słuchał tego jak wiadomości o tonącym statku, który cudem został uratowany.

– Mam też wiadomości o innych – dodała.

– Proszę, powiedz.

– Catherine mieszkała we dworze do końca wojny. Pracowała jako pielęgniarka. Nawet w czasie epidemii influency. Wielu pacjentów umarło, czasami w ciągu paru godzin od zachorowania. Personel nosił maski na twarzy, żeby uniknąć zarażenia. Wydawało się, że budynek jest nawiedzany przez duchy, bo wszyscy chodzili w bandażach i zasłonach, przerażeni. Cały majątek był objęty kwarantanną. Było strasznie. Julian znalazł pracę jako operator projektora w wiejskim kinematografie. W ciemnej sali projekcyjnej jego twarz nikogo nie raziła; pomieszczenie było dźwiękoszczelne, ściany wyłożono azbestem, ponieważ klisze są bardzo łatwopalne. Należał do garstki szczęściarzy. Nikt nie domyślał się jego związku z Catherine. Do chwili, kiedy zachorowała, a on się nią zaopiekował.

I tak dotarli do tego, co leżało między nimi niewypowiedziane.

Kazanjian przyglądał się jej przez chwilę.

– Pewnego razu doktor McCleary przytoczył sanskryckie przysłowie: „Zanim zadasz cios, obróć nóż w dłoni siedem razy".

– Mój drogi Varaztadzie, czy możemy w końcu porzucić tę ostrożność?

Kazał jej czekać na odpowiedź tak długo, aż wpadające przez okno słońce zaczęło ją palić w ramię, a ból karku rozszedł się po całym ciele.

– Cieszy mnie twoje pytanie – powiedział w końcu.

OD AUTORKI

Szkarłatny portret to fikcja literacka. Częściowo zainspirowały mnie dwie postaci historyczne, Anna Coleman Ladd i Varaztad Kazanjian. Przedstawione przeze mnie wydarzenia z ich życia są owocem mojej wyobraźni. Inne postaci, nazwiska i wydarzenia służą wyłącznie rozwojowi akcji i nie miały opisywać żadnych prawdziwych osób, grup ani instytucji.

Cennym źródłem podczas pracy nad tą książką były dla mnie pamiętniki z czasów edwardiańskich oraz pierwszej wojny światowej. *Memories and Base Details* Lady Angeli Forbes, *Ourselves, 1900–1930* Irene Clephane, *Discretions* hrabiny Frances Evelyn Greville i *Turn of the World* baronowej Elizabeth Wharton Decies zawierały relacje o zabawach z owych czasów. *Bright Armour* Moniki Grenfell Salmond i *The Rainbow Comes and Goes* lady Diany Cooper to pamiętniki dwóch młodych arystokratek, pracujących jako ochotniczki w szpitalu.

Unknown Warriors K.E. Luard, The *American Red Cross in the Great War* Henry'ego P. Davisona i *Observations of and Orderly* Warda Muira opisywały ówczesną sytuację w służbie zdrowia. Liczne dzienniki dostarczyły mi wiadomości o metodach stosowanych w chirurgii plastycznej i szczegółach operacji. Wśród nich znajduje się „La Revue Maxillo-Facial", „Journal of the American Medical Association", „British Medical Journal", „Proceedings of the Royal Society of Medicine" i „The Lancet". Wśród innych godnych wymienienia książek znajdują się *Le Colonel Picot et les gueules cassées* Noële Roubaud i R.N. Brehameta, *Gillies. Surgeon Extraordinary* Reginalda Pounda, *The Birth of the Clinic* Michela Foucault i *Skin* Claudii Benthien w tłumaczeniu Thomasa Dunlapa. Oublikowana w „Plastic and Reconstructive Surgery" praca Johna Marquisa Converse'a: *The Extraordinary Career of Doctor Varaztad Hovhannes Kazanjian*, oraz *History of the Harvard Dental School* Richarda Locke'a Hapgooda były mi nieocenioną pomocą podczas opisywania charakteru doktora.

Chciałabym podziękować mojemu wydawcy Terry'emu Adamsowi za jego ogromny wkład. Za życzliwe pozwolenie na korzystanie z Gillies Archives w Queen Mary's Hospital Sidcup pragnę wyrazić wdzięczność doktorowi Andrew Bamji. Chcę też podziękować Imperial War Museum, Armed Forces Institute of Pathology, Wellcome Institute i New York Academy of Medicine.